# ENDSTATION SEESCHLEUSE

Gerd Kramer wurde 1950 in der Theodor-Storm-Stadt Husum geboren und ist dort aufgewachsen. Nach seinem Physikstudium in Kiel arbeitete er als Akustiker und Software-Entwickler im Rheinland. 1987 gründete er eine eigene Firma, in der er noch heute tätig ist. Einen Teil des Jahres verbringt er in seiner Heimatstadt, die ihm den Stoff für seine Romane liefert.

GERD KRAMER

# ENDSTATION SEESCHLEUSE

*Küsten Krimi*

emons:

Lust auf mehr? Laden Sie sich die »LChoice«-App runter, scannen Sie den QR-Code und bestellen Sie weitere Bücher direkt in Ihrer Buchhandlung.

**Bibliografische Information der Deutschen Nationalbibliothek**
Die Deutsche Nationalbibliothek verzeichnet diese Publikation in der Deutschen Nationalbibliografie; detaillierte bibliografische Daten sind im Internet über http://dnb.d-nb.de abrufbar.

© Emons Verlag GmbH
Alle Rechte vorbehalten
Umschlagmotiv: neophoto/photocase.de
Umschlaggestaltung: Nina Schäfer, nach einem Konzept
von Leonardo Magrelli und Nina Schäfer
Umsetzung: Tobias Doetsch
Gestaltung Innenteil: César Satz & Grafik GmbH, Köln
Lektorat: Dr. Marion Heister
Druck und Bindung: CPI – Clausen & Bosse, Leck
Printed in Germany 2020
ISBN 978-3-7408-0917-1
Küsten Krimi
Originalausgabe

Unser Newsletter informiert Sie
regelmäßig über Neues von emons:
Kostenlos bestellen unter
www.emons-verlag.de

*Wir nehmen nicht die Wirklichkeit wahr,*
*sondern nur das Bild, das wir uns*
*von der Wirklichkeit machen.*

Herrmann Meyer (1871–1932),
deutscher Verleger und Geograf

# 1

Als Daniela aufwachte, blickte sie in das gleißende Licht einer Neonröhre und schloss sofort ihre Lider. Ihr Körper fühlte sich schwer an. Sie spürte Druck auf den Ohren, und ihre Handgelenke schmerzten. Sie konnte keinen klaren Gedanken fassen. War es nur die bleierne Müdigkeit, die sie am Denken hinderte, oder das unbestimmte Gefühl, dass sie in Gefahr schwebte? Sie öffnete erneut die Augen. Langsam drehte sie den Kopf zur Seite. Mit einem Schlag erfasste sie das Grauen. Sie lag auf einer Pritsche, an Händen und Füßen gefesselt. Panisch zerrte sie an den Gurten. Sie stieß einen Schrei aus, der von den Wänden widerhallte. Hektisch wandte sie ihren Blick in alle Richtungen. Neben dem Stahlbett befand sich ein Infusionsständer. In der Halterung steckte eine leere Flasche, von der ein Schlauch herunterbaumelte. Daneben standen ein Stuhl und ein Rollwagen, der mit medizinischen Geräten bestückt war. Über einen Bildschirm bewegten sich grüne und blaue Kurven. Kabel führten zu ihrer Brust und zu einer Klammer auf ihrem Zeigefinger. An der Wand stand ein Tisch mit einem aufgeklappten Laptop sowie weiteren Dingen, die sie nicht erkennen konnte. Sie war in einem Krankenhaus! Was war passiert? Ein Unfall? Wieso hatte man sie fixiert? War sie verletzt? Sie versuchte, sich zu bewegen. Die Fesseln hinderten sie daran. Aber sie spürte ihre Beine. Das war ein gutes Zeichen. Sie hob den Kopf und sah sich um. Niemand war anwesend. Kein Arzt, keine Schwestern.

Der Raum wirkte nicht wie ein Krankenzimmer. Es roch modrig. Die Wände waren kahl und grob wie in einem gemauerten Keller. Ihr Blick fiel auf ein kleines Fenster und dann auf eine graue Stahltür. Auch diese passte nicht in das Bild einer Klinik. Ihre Furcht wuchs. Erst jetzt bemerkte sie, dass sie noch ihre eigene Kleidung trug, jedenfalls das T-Shirt mit dem silbernen Notenschlüssel und ihre Jeans. Nur ihren BH hatte jemand ausgezogen. Vielleicht wegen der EKG-Elektroden, die sie auf ihrer Haut spürte.

Daniela Herzog versuchte, ihre Eindrücke in einen sinnvollen Zusammenhang zu bringen. Aber es gelang ihr nicht. Auch ihre Erinnerungen waren lückenhaft. Sie hatte im Außenbereich des Cafés auf ihre Freundin Brigitte gewartet. Sie war hinausgerannt, weil ihr übel geworden war. Jemand hatte sie angesprochen. Ein Auto? War sie in ein Auto gestiegen? Sie konnte sich nicht erinnern. Im Grunde spielte es auch keine Rolle, wie sie an diesen schrecklichen Ort gekommen war. Sie musste weg von hier. Mit aller Kraft zerrte sie erneut an ihren Fesseln. Aber es war sinnlos. Die Gurte an den Händen waren festgezurrt und würden nicht nachgeben. Sie richtete sich so weit wie möglich auf und rief um Hilfe. Schließlich sank sie erschöpft zurück in das Kissen. Horrorszenarien schossen ihr durch den Kopf, eins schrecklicher als das andere, von perversen Quälereien bis zum Organhandel. Sie versuchte, die Gedanken zu verdrängen. Vielleicht gab es eine harmlose Erklärung.

Plötzlich vernahm sie, wie die Stahltür geöffnet wurde. Sie schwankte einen Augenblick zwischen Angst und Hoffnung. Als sie eine Gestalt in weißem Kittel, mit Mundschutz und OP-Haube erblickte, schlugen ihre Gefühle in Panik um. Trotz der Vermummung konnte Daniela erkennen, dass es ein Mann war, der neben ihr auf dem Stuhl Platz nahm. Sie zitterte am ganzen Körper.

»Bleiben Sie ruhig«, sagte der Fremde. »Ich werde Ihnen nicht wehtun.«

Seine Worte nahmen ihr nicht die Angst, sondern verstärkten sie. So redete niemand, der ihr helfen wollte. So sprach kein Arzt. Seine Stimme klang merkwürdig verzerrt. Sie versuchte, ihm in die Augen zu schauen, aber sie waren hinter einer getönten Brille verborgen.

»Wie fühlen Sie sich?«

»Bitte, lassen Sie mich gehen«, flehte sie ihn an.

»Wenn alles gut verläuft, können Sie bald nach Hause.«

Auch dieser Satz klang nicht beruhigend. Wenn alles gut verläuft? Was sollte das heißen?

»Was wollen Sie von mir? Wer sind Sie?«

»Nennen Sie mich ganz einfach Doktor. Sie sind bei mir in guten Händen. Sie waren bewusstlos, aber jetzt ist Ihr Kreislauf wieder in Ordnung. Blutdruck, Puls und Herzfrequenz sind normal.«

»Was geschieht mit mir? Wo bin ich?«

Der Mann antwortete nicht. Er stand auf und ging zur Rückseite des Rollwagens. Daniela konnte nicht sehen, was er tat. Als er zurückkam, hatte er eine Spritze in der Hand. Sie erstarrte vor Entsetzen und war nicht einmal fähig, einen Schrei auszustoßen. Sie schloss die Augen, um das Geschehen auszublenden, so wie sie als Kind die Hände vor das Gesicht gehalten hatte, um eine Gefahr abzuwenden.

Dann spürte sie den Stich in ihrem Arm.

## 2

In etwa so hatte Hauptkommissar Flottmann sich seinen Job vorgestellt. Der Einbruch in der Apotheke vor ein paar Monaten war die gravierendste Straftat der letzten Zeit gewesen. Ansonsten beschäftigten ihn und die Kollegen der Husumer Kriminalpolizei Wohnungseinbrüche, Autodiebstähle, Fälle von Körperverletzung und Vandalismus, Rezeptbetrug und eine Brandstiftung in der Kleingartenanlage. Alles in normalem Rahmen. Auch in diesem Jahr war die Anzahl registrierter Straftaten im Norden gesunken. Zudem hatte sich die Aufklärungsrate weiter verbessert, was Flottmann ganz unbescheiden unter anderem seinem eigenen Engagement zuschrieb.

Privat lief ebenfalls alles zufriedenstellend. Die Beziehung mit Lena gestaltete sich weitgehend harmonisch, und sowohl sein Kater als auch er selbst hatten fast ein halbes Kilogramm abgenommen. Prozentual gesehen war Letzteres allerdings für Kater Bogomil eindeutig ein größerer Erfolg.

Flottmanns Lebenserfahrung hatte gezeigt, dass in der Vergangenheit nach jedem lang anhaltenden Hoch ein Tief folgte, und das galt nicht nur für das norddeutsche Wetter. Auf seinem Tisch lag eine Vermisstenmeldung. Die zweiunddreißigjährige Daniela Herzog war spurlos verschwunden. Ihr Lebensgefährte hatte die Polizei aufgesucht und erklärt, dass sie in der Nacht nicht in das gemeinsam bewohnte Haus zurückgekehrt war. Die näheren Umstände ihres Verschwindens schlossen ein Verbrechen nicht aus.

»Hübsche Frau.« Hilgersen war an Flottmanns Schreibtisch getreten und nahm das Porträtfoto aus der Aktenmappe.

»Sie wurde zuletzt im Schlosscafé beziehungsweise an einem der Tische im Außenbereich gesehen. Sie war dort mit einer Freundin verabredet, Brigitte Koch. Nach Aussagen des Personals hat Frau Herzog das Café überstürzt verlassen, bevor ihre Freundin eintraf. Mehr wissen wir nicht.«

»Dann sollten wir unser Wissen aufbessern. Ich kann das Lokal empfehlen. Wie wäre es heute Nachmittag mit Kaffee und Kuchen dort?«, fragte Hilgersen.

»Ich bin auf Diät.«

»Für den Diensteinsatz solltest du eine Ausnahme machen. Aber du könntest natürlich auch auf den Kuchen verzichten und nur einen Kaffee trinken.«

»Ich nehme die Ausnahme.«

»Sehr gut.« Hilgersen grinste und ging zurück an seinen Arbeitsplatz. Flottmann kämpfte seit Ewigkeiten mit seinem Gewicht. Allerdings tat er das nicht besonders konsequent. Es passierte schon mal, dass er am Abend eine Tüte Chips aß und eine Flasche Bier trank. Er entschuldigte sich damit, dass er unbedingt den Jo-Jo-Effekt vermeiden wollte, den ein kurzzeitiges und übermäßiges Diäthalten oder gar Fasten zwangsläufig mit sich brachte. Hilgersen, mit neununddreißig zehn Jahre jünger als Flottmann, war nicht nur einen Kopf kleiner als dieser, sondern auch ein Leichtgewicht. Offenbar konnte er essen, was er wollte, ohne zuzunehmen. Diese Ungerechtigkeit stieß Flottmann besonders auf, wenn der Kollege bei einer Besprechung ungeniert einen Keks nach dem anderen verdrückte.

Flottmann griff zum Telefon und rief Daniela Herzogs Lebensgefährten David Friedrichsen an.

»Herr Friedrichsen, mein Name ist Hauptkommissar Flottmann, Kripo Husum. Ich ermittle in der Vermisstensache. Sie wurden gebeten, uns die Kontaktdaten Ihrer Partnerin zu übermitteln.«

»Ich hab alles zusammengestellt und bereits an die Polizei geschickt. Daniela hat nicht viele Freunde und Bekannte. Die meisten habe ich bereits angerufen. Von einigen kenne ich die Telefonnummer nicht.«

»Das ist kein Problem. Hat Frau Herzog ihr Mobiltelefon dabei?«

»Ja. Das nimmt sie immer mit. Aber es ist ausgeschaltet. Die

Nummer hab ich Ihren Kollegen bei der Anzeige bereits mitgeteilt.«

»Wissen ihre Eltern Bescheid?«

»Ihre Mutter ist gerade bei mir. Wir machen uns große Sorgen. Daniela würde nie über Nacht wegbleiben. Es muss etwas passiert sein.«

»Haben Sie sich gestritten, oder ist irgendetwas anderes vorgefallen?«

»Nein, nein, gar nichts.« Friedrichsens Stimme klang aufgebracht. »Wir sind seit sechs Jahren zusammen. Wir wollen bald heiraten.«

»Sie verstehen, dass ich solche Fragen stelle?«

»Ja, natürlich. Aber es ist völlig ausgeschlossen, dass sie freiwillig weggegangen ist. All ihre Sachen sind noch hier. Sie hat sich auch nicht bei ihrer Mutter gemeldet.«

»War sie mit einem Pkw unterwegs?«

»Nein. Sie ist zu Fuß gegangen.«

Hilgersen kam herbei und legte Flottmann den Ausdruck einer E-Mail auf den Tisch. Darauf befanden sich die von Friedrichsen zusammengestellten Kontaktdaten.

»Bitte melden Sie sich, falls Sie etwas von Ihrer Lebensgefährtin hören. Und wir melden uns ebenfalls, wenn wir etwas Neues erfahren oder weitere Fragen haben. Auf Wiederhören, Herr Friedrichsen.«

»Wiederhören.«

Flottmann klappte die Akte zu. »Gibt es auch Frühstück dort?«

»Klar.«

»Dann sollten wir sofort los.«

»Hast du so einen großen Hunger?«

»Abgesehen davon, dass ich seit gestern Mittag nichts mehr gegessen habe, scheint mir die Vermisstensache dringlich zu sein.«

»Dein Bauchgefühl?«

»Mehr als das. Was Friedrichsen sagt, klingt glaubhaft. Ich bestelle die Freundin Brigitte Koch für heute Nachmittag ins

Büro. Vielleicht weiß sie etwas, das uns weiterhelfen kann.« Flottmann wählte die Telefonnummer ihrer Arbeitsstelle.

Eine Viertelstunde später fuhren sie durch die Einfahrt des Schlosshofs, die von zwei Löwen aus Sandstein bewacht wurde, und stellten den Wagen ab. Sie stiegen aus und fanden einen freien Tisch im Außenbereich des Cafés. Roséfarbene Kletterrosen verzierten die Backsteinwände des Gebäudes. Die roten Sonnenschirme waren aufgespannt, obwohl sich die Sonne hinter Wolken versteckte.

»Das Ambiente hat was.« Flottmann sah sich um und bewunderte das dreiflügelige Schloss mit dem markanten Mittelturm. »Warum heißt es Schloss *vor* Husum?«

»Weil es früher außerhalb der Stadtgrenzen lag. Es ist übrigens das einzige Schloss an der schleswig-holsteinischen Westküste. Im Südflügel hatte Theodor Storm einst seinen Arbeitsplatz als erster preußischer Amtsrichter. Es wurde im 16. Jahrhundert im Stil der niederländischen Renaissance errichtet, ist dann aber oft umgebaut …«

»Ich hatte nur nach dem Ursprung des Namens gefragt, Gustl, nicht nach Husums kompletter Geschichte.«

»Ich wollte dir eine ausführliche Antwort geben. Übrigens kannst du hier auch heiraten, kirchlich in der Schlosskapelle oder als Atheist wie du standesamtlich im Fortunasaal. Ich wäre bereit, dir als Trauzeuge zu dienen.«

»Danke, das ist nett von dir.«

Flottmann betrachtete den runden Tisch, an dem sie saßen. Dort stand kreisförmig geschrieben: »Unser Schlosscafé ist ein Lernort für die hauswirtschaftliche Ausbildung im Theodor-Schäfer-Berufsbildungswerk Husum.« In einem inneren Kreis waren die Zeichen des Fingeralphabets abgebildet.

»Die meisten, die hier arbeiten, sind hörbehindert«, sagte Hilgersen, während er die Karte studierte. »Das Frühstücksbüfett kann ich empfehlen. Aber ich hab Appetit auf etwas Süßes. Ich nehme zwei Stück Friesentorte.«

»Gleich zwei?«

»Klar. Und du? Es gibt bestimmt auch kalorienarme Sachen hier.«

Flottmann las laut: »Eisgewordener Kaffeegenuss trifft leckeres Bourbon-Vanille-Eis, gekrönt mit Sahne.«

»Das ist nicht dein Ernst.«

»Das steht hier.« Flottmann klappte die Mappe zu. »Du hast doch gesagt, dass ich für den Diensteinsatz eine Ausnahme machen soll.«

Ein junger Mann kam mit einem Schreibblock herbei und fragte nach den Wünschen der Gäste. Er hatte offenbar keine Schwierigkeiten, sie zu verstehen. Ob er nicht hörgeschädigt war oder von den Lippen ablas, konnte Flottmann nicht erkennen.

»Wir sind von der Husumer Polizei.« Er zog ein Foto aus seiner Jackentasche. »Kennen Sie diese Frau?«

Der Angesprochene nahm das Bild in die Hand und betrachtete es einige Sekunden. »Ja. Ich habe ein gutes Personengedächtnis. Sie war gestern Nachmittag hier. Dort drüben saß sie.« Er zeigte auf einen Tisch in der Nähe, an dem ein älteres Ehepaar saß.

»War sie alleine?«

»Ja, aber ich glaube, sie wartete noch auf jemanden. Deshalb hat sie nur einen Kaffee bestellt.«

»Haben Sie gesehen, dass eine Person an ihren Tisch getreten ist und mit ihr gesprochen hat?«

»Nein.« Der junge Mann gab Flottmann das Foto zurück. »Aber vielleicht fragen Sie drinnen nach. Ich war gestern ja nicht alleine hier.«

»Das werde ich machen. Vielen Dank.«

Die beiden Kommissare mussten nicht lange auf das Bestellte warten. So einen angenehmen Lokaltermin gab es nicht alle Tage. Noch bevor Flottmann mit dem Eiskaffee fertig war, hatte Hilgersen beide Kuchenstücke verdrückt.

»Sollten wir öfter machen«, sagte er und lehnte sich entspannt zurück.

»Wir sind nicht zum Vergnügen hier. Einer von uns geht jetzt rein und fragt, ob jemand etwas beobachtet hat.«

»Mach du das. Dann kannst du auch gleich bezahlen.« Hilgersen überreichte seinem Kollegen die Rechnung, die auf dem Tisch lag. »Bezahlt wird hier an der Kasse.«

»Willst du nicht …?«

»Nee, du bist der Boss.«

Widerwillig stand Flottmann auf und ging zum Eingang des Gebäudes. Der ehemalige Küchentrakt des Schlosses mit den gewölbten Räumen verströmte eine historische Atmosphäre. Auch zur Winterszeit konnte er sich hier ein romantisches Treffen mit Lena vorstellen. Vielleicht ließ sich ein Platz am offenen Kamin reservieren. Flottmann befragte das Personal. Einer der Angestellten hatte beobachtet, dass sich Daniela Herzog kurz mit einem Mann unterhalten hatte, konnte ihn aber nur sehr grob beschreiben. Flottmann bezahlte an der Kasse und kehrte zu Hilgersen zurück.

»Und?«

»Ein Zeuge hat gesehen, dass sie mit jemandem gesprochen hat. Für eine Fahndung reicht die Beschreibung leider nicht aus.«

»Hast du bezahlt?«

»Das nächste Mal bist du dran.«

»Das ist eindeutig Chefsache.«

## 3

Daniela schwebte zwei Meter über dem Boden. Sie sah sich selbst auf dem Bett liegen. Ein Gefühl von Leichtigkeit hatte sie erfasst. Nicht nur ihren Körper, sondern gleichzeitig ihre Seele. Die Angst war verschwunden.

Über ihr formierte sich ein Lichtkegel, ein Tunnel mit Wänden aus Licht, der in einem schwarzen Loch endete. Eine unsichtbare Kraft und ein unwiderstehliches Verlangen zogen sie in den Tunnel hinein. Ein Rauschen wie bei einem Orkan umgab sie. Mit rasender Geschwindigkeit flog sie auf den dunklen Fleck zu. Darin war ein schwach leuchtender Punkt zu erkennen. Dieser wurde größer und wuchs zu einem Kreis an. Seine Strahlen blendeten. Schließlich konnte sie nichts mehr sehen. Dann durchstieß sie die Barriere. Mit einem Schlag war es still, und sie fand sich in einer traumhaft schönen Landschaft wieder. Das Gefühl von Glück und Frieden durchdrang sie. Vor ihr lag ein Fluss. Sie glaubte, das Plätschern des Wassers zu hören. Sie stand am Ufer und blickte auf die andere Seite des Stroms, auf eine endlose Wiese aus frischem Gras und bunten Blumen.

Jemand winkte ihr vom gegenüberliegenden Ufer zu. Ihr Herz machte einen Freudensprung. Das war Christian, ihr Bruder! So lange hatte sie ihn nicht mehr gesehen. Sie musste zu ihm. Die Brücke! Nicht weit entfernt führte eine Hängebrücke mit dicken Seilen hinüber. Sie wollte loslaufen, aber eine unsichtbare Kraft hielt sie fest. Jemand sprach zu ihr, aber sie konnte die Worte nicht verstehen. Ein Sog packte sie und riss sie wieder in den Tunnel hinein. Alles schien jetzt rückwärts abzulaufen, bis sie schließlich erneut über ihrem leblosen Körper schwebte. Sie wollte nicht mehr mit ihm vereint sein. Sie wollte zurück in das Licht und in die andere Welt, die so friedlich war und in der ihr Bruder lebte.

Als Daniela aufwachte, trug sie eine Atemmaske über Mund und Nase. In ihrem rechten Unterarm steckte eine Kanüle. Ihr T-Shirt war bis zum Hals hochgeschoben. Sie nahm ihre Umgebung etwas verschwommen wahr, glaubte aber den »Doktor« wiederzuerkennen. Er stand vor ihr und war immer noch vermummt. In den Händen hielt er Geräte, die wie die Teile eines Defibrillators aussahen, mit denen Elektroschocks in den Körper geleitet wurden.

Der Doktor, der vermutlich keiner war, legte die Dinger auf den Rollwagen, trat an ihr Bett und zog ihr das Shirt über die nackte Brust. Als er dann ihre Fesseln an Händen und Beinen löste, keimte Hoffnung in ihr auf.

»Ich nehme Ihnen die Atemmaske ab. Sie benötigen sie nicht mehr. Sie sind über den Berg. Alles wird gut.« Er hob ihren Kopf an und zog die Maske herunter. Sie war überrascht über seine sanfte Art und seine fürsorglich klingenden Worte. Aber sie wollte sich nicht täuschen lassen. Der Mann hatte sie entführt und unter Drogen gesetzt oder irgendetwas anderes mit ihr angestellt. Falls er ihr eine Droge verabreicht hatte, hatte die Wirkung bereits nachgelassen. Außer Müdigkeit und Unwohlsein spürte sie nichts. Auch das Atmen fiel ihr ohne Maske nicht schwer.

»Ich muss auf die Toilette«, sagte sie.

»Gut. Dagegen kann man nichts machen. Stehen Sie auf. Ich werde Sie hinführen.«

Daniela brachte sich in Sitzposition und verharrte einen Augenblick. Dann setzte sie ihre Beine auf den Boden. Obwohl sie sich mit einer Hand am Bett abstützte, hatte sie Schwierigkeiten, das Gleichgewicht zu halten. Ein leichtes Schwindelgefühl überkam sie.

»Ich ziehe Ihnen eine Wollmaske über.« Er nahm etwas Schwarzes vom Rollwagen und stülpte es ihr über den Kopf. Ein wenig Licht drang durch den Stoff, aber sie konnte nichts mehr erkennen. Sie spürte, wie sie am ganzen Leib zitterte und die Beine versagten.

Der Fremde ergriff ihren Arm und stützte sie. Er führte sie

hinaus und eine Treppe hinauf. Nach einigen Schritten blieb er stehen, schob sie in einen Raum und schloss die Tür.

»Sie können die Maske abnehmen«, hörte sie ihn sagen.

Sie fand sich in einem kleinen Gästebad wieder, das keine Fluchtmöglichkeit bot. Sie wagte einen Blick in den Spiegel. Sie sah fürchterlich aus. Ihre blonden Locken standen wirr vom Kopf ab. Sie hatte dunkle Ringe unter den Augen, und die Stirnfalten zeichneten sich so deutlich ab wie nie. Das musste am Licht liegen oder am Schweiß und Schmutz. Sie strich ihr Haar zur Seite, sodass ein Ohr frei wurde. In der Muschel befand sich ein Stöpsel. Nein, das orangefarbene Ding war ein Hörgerät. Auch auf dem anderen Ohr trug sie eins. Sofort wusste sie, was das zu bedeuten hatte. Die Geräte veränderten die Töne. Sie sollte die Stimme des Entführers nicht wiedererkennen können. Das ergab nur einen Sinn, wenn er vorhatte, sie freizulassen. Verlassen konnte sie sich nicht auf ihre Schlussfolgerung.

Sie ließ die Stöpsel stecken und suchte nach einem Gegenstand, der ihr im Notfall als Waffe dienen konnte. Auf der Ablage vor dem Spiegel stand ein Glas. Daneben lagen eine Dreierpackung mit Zahnbürsten, eine Dose mit Handcreme und ein Kamm mit einem Metallstiel. Dieser war spitz genug, um ihn jemandem in den Hals zu rammen. Daniela erschrak bei diesem Gedanken. Sie nahm den Kamm von der Ablage. Mit festem Griff umschloss ihre Hand das Ende mit den Zinken. Die Spitzen drückten sich in ihr Fleisch. Es schmerzte, aber gab ihr das gute Gefühl, nicht mehr wehrlos zu sein. Sie steckte die Waffe in den Bund ihrer Jeans. Unter ihrem T-Shirt war sie nicht sichtbar und zeichnete sich kaum ab. War sie überhaupt fähig, damit zuzustechen? Einen Menschen zu verletzen oder gar zu töten, war nicht einfach. Aber in der Not würde die Hemmung sinken, und der Körper würde Kraftreserven mobilisieren. Das hoffte sie jedenfalls.

Selbst wenn sie ihn nur verletzte, könnte sie seine Verwirrung nutzen, um zu fliehen. Sie unterbrach ihren Gedankengang. Keinesfalls durfte sie zu lange verweilen. Ihr Widersacher könnte Verdacht schöpfen. Sie betätigte die Toilettenspülung.

Sie musste die Maske wieder aufsetzen, bevor er sie in das Kellerverlies zurückbrachte. Er zog ihr die Stoffmaske vom Kopf und wies sie an, sich an den Tisch zu setzen. Dann nahm er ihr gegenüber Platz. Hektisch steckte er einen Schlüsselbund ein. Irgendetwas Ungewöhnliches hatte sie daran entdeckt, etwas, das silbern glänzte. Aber sie konnte sich geirrt haben.

Er schwieg und tippte auf der Tastatur des Laptops. Daneben lagen einige Kabel und Gurte, die in einem schwarzen Kasten endeten, der mit dem Computer verbunden war. Was hatte der Mistkerl vor? Die Drähte erinnerten sie an Folterszenen aus Kino und Fernsehen. Danielas Blick wanderte zur Tür. Einen Moment überlegte sie, ob sie einen Fluchtversuch wagen sollte. Aber sie entschied sich dagegen. Sie tastete unauffällig nach dem Stahlkamm. Mit einem Griff unter das T-Shirt wäre die Waffe einsatzbereit.

Der Doktor stand auf und trat nahe an sie heran. Sein Atem roch nach Pfefferminz. Er griff nach ihren Haaren und hob einige Strähnen an, um sich zu vergewissern, dass sie die Hörgeräte noch trug.

»Ich werde einige Sensoren bei Ihnen anbringen. Haben Sie keine Angst. Das ist völlig harmlos.«

Er streifte eine Manschette über ihren linken Arm und befestigte einen Gurt in Höhe der Brust sowie einen weiteren im Bauchbereich.

»Geben Sie mir bitte die linke Hand.«

Sie streckte ihm die Linke entgegen, und er stülpte ihr weitere Manschetten über Zeige- und Ringfinger. »Für die Messung des Hautwiderstands.«

»Was haben Sie vor?«

»Das ist nur ein Lügendetektor. Nichts, wovor Sie sich fürchten müssten. Ich stelle Ihnen jetzt einige Fragen, auf die Sie wahrheitsgemäß antworten sollten. Haben Sie verstanden?«

»Ja.«

»Gut. Es kommt ganz einfach darauf an, dass Sie die Wahrheit sagen. Nur das ist wichtig. Am besten antworten Sie mit Ja oder Nein.«

Daniela nickte. Sie hatte keine Ahnung, was der Doktor bezweckte, aber sie musste das Spiel mitspielen. Er hatte die Macht über sie, und er bestimmte, ob sie am Leben blieb. Es war besser, wenn sie tat, was er sagte. Die Waffe, die sie auf ihrer Haut spürte, bot nur eine scheinbare Sicherheit. Ihr Gegner hatte eine kräftige und sportliche Figur. Wahrscheinlich war er in der Lage, sie mit einem Faustschlag niederzustrecken.

Er setzte sich wieder auf seinen Platz und tippte einige Zeichen in die Tastatur des Laptops.

Dann begann er: »Ihr Name ist Daniela Herzog?«

Sie war nicht überrascht, dass er ihren Namen kannte.

»Ja.«

»Sie sind zweiunddreißig Jahre alt und in Flensburg geboren?«

Auch das stand in ihrem Ausweis, den er ihr abgenommen hatte.

»Ja.«

»Haben Sie jemals etwas gestohlen?«

Was sollte diese Frage? Daniela sah ihr Gegenüber irritiert an.

»Bitte antworten Sie einfach. Haben Sie jemals etwas gestohlen?«

»Nein, noch nie.«

»Sind Sie verheiratet?«

»Nein.«

»Wollen Sie demnächst heiraten?«

Daniela zögerte. Sie konnte die Frage nicht beantworten. Sie war sich nicht sicher, ob sie David wirklich heiraten wollte. In letzter Zeit waren ihr immer mehr Zweifel gekommen. Seit sie zusammenwohnten, hatten sich Probleme eingeschlichen. Keine gravierenden, aber einiges an seinem Verhalten begann sie zu nerven. Am Wochenende schlief er nicht selten bis zum Mittag. Um den Haushalt kümmerte er sich so gut wie gar nicht. Dafür sah er sich im Fernsehen fast jede Sportsendung an, egal ob Fußball, Eishockey oder Skispringen. Und wenn es etwas Wichtiges zu besprechen gab, hatte er keine Zeit dafür, weil er einen wichtigen Artikel fertigstellen musste. Als freier Journalist verdiente er wenig, und sie würde weitgehend für den Lebensunterhalt aufkommen müssen, wenn sie einmal Kinder hätten.

»Nein, ich will noch nicht heiraten«, antwortete sie.

»Haben Sie den Kamm aus dem Bad eingesteckt?«

Sie spürte, wie sich ihr Herzschlag beschleunigte. Schweißperlen bildeten sich auf ihrer Stirn. Die Ausschläge des Lügendetektors mussten enorm sein. Sofort wurde ihr klar, dass sie in eine miese Falle getappt war.

»Ja.« Daniela zog den Kamm hervor und legte ihn auf den Tisch. Der Mundschutz des Doktors verzog sich und verbarg sein Grinsen nur unvollständig. Ohne seine Vermummung hätte sie an seiner Mimik vielleicht erkennen können, wie gefährlich ihre Situation war. Hatte er vor, sie zu erniedrigen, zu vergewaltigen, zu foltern und zu töten? War sein merkwürdiges Verhalten nur ein Vorspiel für das, was kommen sollte? Gern hätte sie sein Gesicht gesehen. Sie war sich sicher, dass sie die Antworten darin hätte ablesen können. Aber letztendlich war es gut, dass er sich nicht zu erkennen gab. Hätte er vor, sie zu töten, wäre seine Verkleidung nicht notwendig gewesen. Eine Tatsache, die ihr immer noch eine schwache Hoffnung gab.

»Ich wollte …«

»Sie brauchen das nicht zu erklären. Das Wichtigste ist, dass Sie mir die Wahrheit gesagt haben. Nur darauf kommt es an.«

Er stellte weitere Fragen, deren Sinn sie nicht erkennen konnte. Schließlich sagte er: »Sie hatten eine Zeit lang das Bewusstsein verloren. Ich mochte gerne wissen, was Sie gefühlt und geträumt haben.«

»Sie haben mich unter Drogen gesetzt? Ich wäre beinahe daran gestorben, nicht wahr?«

Der Doktor rückte seinen Mundschutz zurecht. »Sie haben überlebt. Und wie ich sehe, sind Sie wohlauf. Erzählen Sie mir, was Sie geträumt haben!« Seine Stimme hatte einen Befehlston angenommen. »Der Lügendetektor läuft mit. Also bleiben Sie bitte weiterhin bei der Wahrheit.«

Daniela gehorchte. Sie erzählte von ihrem Erlebnis, dem Tunnel, der Landschaft mit dem Fluss und der Begegnung mit ihrem Bruder, der starb, als sie zwölf Jahre alt war. Er war ihr großer Bruder gewesen, drei Jahre älter als sie, ständiger Freund und Beschützer in ihrer Kindheit. Sie hatte ihn vermisst, war wütend auf ihn gewesen, weil er sie allein gelassen hatte, allein mit einem strengen, lieblosen Vater und einer Mutter, die trank, Tabletten nahm und nur mit sich selbst beschäftigt war. Als ihr Vater nach Christians Tod die Familie verließ, hatte Daniela ihm keine Träne nachgeweint. Wie durch ein Wunder hatte ihre Mutter sich danach gefangen, und es hatte sich eine fast normale Mutter-Tochter-Beziehung entwickelt.

Daniela bemühte sich, ihr Erlebnis möglichst genau zu beschreiben. Ob der Lügendetektor tatsächlich den Wahrheitsgehalt ihrer Schilderung prüfen konnte, wusste sie nicht. Aber warum sollte sie den Entführer belügen?

»Es war alles so real«, schloss sie ihre Erzählung. »Anders als in einem normalen Traum. Ich wäre gerne für immer dort geblieben.« Auch das entsprach der Wahrheit. Noch nie hatte sie ein derart intensives Glücksgefühl erlebt wie in der Phase ihrer Bewusstlosigkeit. Es war, als wäre sie in eine fremde Welt eingetreten, in der es nur Frieden und Harmonie gab.

»Gut. Sehr gut.« Der Doktor tippte eine Taste auf der Computertastatur. »Ich hab Ihre Aussage aufgezeichnet. Ich gehe davon aus, dass Sie mir die Wahrheit gesagt haben.«

»Ja. Das hab ich«, erwiderte sie mit Nachdruck. »Der Kamm. Ich wollte nicht …«

Er lachte. »Das spielt keine Rolle. Etwas anderes interessiert mich. Neben Ihrem Bett steht der Infusionsständer. Den haben Sie sicher bemerkt. Am oberen Ende befindet sich eine Plattform.«

Daniela drehte den Kopf zur Seite. Der Ständer sah merkwürdig aus. Das war ihr bisher nicht aufgefallen. Eine Metallplatte war so hoch angebracht, dass sie kaum als Ablage dienen konnte.

»Obendrauf befindet sich eine Grafik, ein Symbol. Wissen Sie, wie es aussieht?«

Sie war über die Frage erstaunt. Man hätte auf eine Leiter steigen müssen, um einen Blick darauf werfen zu können. Wollte er mit ihr ein Ratespiel veranstalten?

»Nein.«

»Wirklich nicht?«

Sie schüttelte den Kopf.

Er tippte etwas auf der Tastatur und drehte anschließend den Laptop in ihre Richtung. »Kennen Sie dieses Symbol?«

Daniela betrachtete die Darstellung auf dem Bildschirm. Sie zeigte einen roten Kreis mit einem innen liegenden blauen Quadrat. Im Quadrat war der Buchstabe H zu erkennen. Was wollte der Entführer hören? Hing ihr Schicksal von ihrer Antwort ab? Der Lügendetektor warnte sie davor, dem Doktor etwas vorzumachen. Sie war überzeugt, dass seine freundliche Art lediglich Tarnung war. Sie befand sich immer noch in Lebensgefahr.

»Ich habe dieses Symbol noch nie gesehen.«

»Ganz sicher?«

»Ja.«

Seiner Stimme nach zu urteilen, schien er enttäuscht zu sein. Sein Verhalten und seine Fragen verwirrten Daniela immer mehr. Hatte sie es mit einem Irren zu tun, dessen Gedankengänge und Absichten sie nicht erraten konnte? Mit einem unberechenbaren Psychopathen? Plötzlich war wieder diese Angst da, die sie für einige Minuten unterdrückt hatte.

Der Doktor klappte den Laptop zu. Dann zog er die Verbindung zur schwarzen Box heraus, stand auf und nahm ihr die Verkabelung ab.

»Wir sind fertig«, sagte er. »Wenn Sie versprechen, dass Sie keinen Unsinn machen, werde ich Sie nicht ans Bett fesseln.«

»Ich verspreche es.«

»Gut.«

Sie nahm all ihren Mut zusammen. Ihre Hände fingen unkontrolliert an zu zittern, und ihr Herz pochte. »Werden Sie mich freilassen?«

Der Doktor sah sie an, aber sie konnte keine Regung hinter

seiner getönten Brille erkennen. Egal, wie seine Antwort ausfiel, sie würde ihm keinen Glauben schenken können.

»Ja. Heute Nacht.«

Er nahm den Kamm vom Tisch und steckte ihn in seine Hosentasche. Dann klemmte er sich den Computer unter den Arm und verließ den Raum. Die Tür war nicht abgeschlossen gewesen. Aber nachdem er das Zimmer verlassen hatte, hörte sie, wie ein Schlüssel im Schloss umgedreht wurde. Jetzt war sie allein. Sie setzte sich auf die Bettkante und weinte.

## 4

Brigitte Koch kam pünktlich. Sie war elegant gekleidet, mit dunklem Rock, weißer Bluse und unbequemen Schuhen. Sie hatte kurzes schwarzes Haar, einen dunklen Teint und war für Flottmanns Geschmack ein wenig zu auffällig geschminkt.

»Danke, dass Sie gekommen sind«, sagte er und reichte ihr die Hand. Nachdem auch Hilgersen sie begrüßt hatte, nahm sie auf dem Besucherstuhl Platz.

»Sie waren mit Frau Herzog im Schlosscafé verabredet?«

»Ja. Wir wollten uns dort nach Feierabend, um halb fünf, treffen. Ich war nur ein paar Minuten zu spät. Als ich eintraf, war sie nicht da. Ich hab die Bedienung gefragt. Daniela hatte an einem Tisch gesessen und einen Kaffee getrunken. Sie war offenbar früher als verabredet eingetroffen. Kurz bevor ich kam, ist sie gegangen, ohne zu bezahlen. So etwas hätte sie unter normalen Umständen nie getan. Vielleicht hatte sie eine dringende Nachricht erhalten und musste sofort gehen. Aber dann hätte sie sich doch später gemeldet. Sie ist sehr zuverlässig. Es muss etwas passiert sein.«

»Ein Mann ist an ihren Tisch getreten und hat sich mit ihr unterhalten. Er hatte relativ langes, schwarzes Haar, war sehr groß und trug eine Sonnenbrille. Kennen Sie jemanden aus ihrem Umfeld, der so aussieht?«

»Nein. Allerdings ...«

»Ja?«

»Sie hat einmal erzählt, dass sie sich von einem Mann beobachtet fühlte.«

»Wissen Sie etwas über ihn?«

»Nein. Sie hat ihn einmal vor ihrer Wohnung auf der Straße gesehen und ein anderes Mal auf dem Aldi-Parkplatz an der Nordhusumer Straße. Er kam ihr merkwürdig vor. Wie er aussah, weiß ich nicht. Glauben Sie, dass der Mann etwas mit Danielas Verschwinden zu tun hat?«

Flottmann zuckte mit den Schultern. »Wir gehen allen Spuren nach. Hat sie sonst irgendetwas erzählt, das ihr ungewöhnlich vorkam?«

»Nein. Auf der Arbeitsstelle bei der Bank gab es in letzter Zeit etwas Stress, hat sie mir erzählt. Ein Kollege hat ständig versucht, sie anzumachen. Aber sie hat ihn abblitzen lassen. Daniela kann sich ganz gut gegen so etwas wehren.«

»Kennen Sie den Namen des Kollegen?«

Sie schüttelte den Kopf.

Hilgersen wandte sich an die Besucherin. »Möchten Sie einen Kaffee oder ein Glas Wasser?«

»Nein, vielen Dank. Ich glaube, ich kann Ihnen nicht weiterhelfen. Vielleicht hatte sie einen Unfall und liegt im Krankenhaus.«

»Das haben wir bereits überprüft. Sagen Sie, wie ist Frau Herzogs Verhältnis zu ihrem Lebensgefährten, Herrn Friedrichsen?«

»Wie meinen Sie das? Denken Sie, dass er etwas mit ihrem Verschwinden zu tun hat?«

»Wir wollen uns lediglich ein möglichst genaues Bild von ihr verschaffen. Das hilft uns bei der Suche. Versteht sie sich gut mit ihm?«

»Sie wohnen zusammen und wollen heiraten. Manchmal hat sie Bedenken, ob er für die Ehe taugt. Er ist ein träger Typ. Er interessiert sich fast ausschließlich für Sport. Dabei treibt er selbst gar keinen Sport. Sie hat sich oft beschwert, dass er im Haushalt keinen Handschlag tut. Sie hofft, dass das anders werden wird, wenn mal Kinder da sind. Aber ich sollte so etwas nicht erzählen. Auch wenn ich ihn nicht besonders mag, er würde ihr niemals etwas antun.«

Während Flottmann mit der Befragung fortfuhr, nahm Hilgersen den Telefonhörer ab, um einen Anruf entgegenzunehmen. Obwohl er den Inhalt des Gesprächs nicht mitbekam, merkte Flottmann an der Reaktion des Kollegen, dass es um eine wichtige Angelegenheit ging.

»Okay, wir kommen!« Hilgersen legte auf.

»Was gibt es?«, fragte Flottmann.

»Wir werden gebraucht«, war die ausweichende Antwort.

»Bist du so weit?«

»Ja. Wir sind fertig.« Flottmann wandte sich Brigitte Koch zu. »Falls wir noch Fragen haben, werden wir Sie kontaktieren. Natürlich werden wir Sie auch benachrichtigen, sobald wir etwas über den Aufenthaltsort Ihrer Freundin erfahren. Haben Sie vielen Dank, Frau Koch.«

Nachdem die Besucherin gegangen war, sagte Hilgersen: »Eine weibliche Leiche am Ufer der Husumer Au, in der Nähe der Theodor-Storm-Schule. Das ist hier gleich um die Ecke.«

»Wer?«

»Die Identität ist noch unklar. Feuerwehr und Sanitäter sind vor Ort. Auch die Kollegen vom K1 und die Spusi sind bereits da. Bei der Toten könnte es sich um Daniela Herzog handeln. Aber diese Vermutung wollte ich vor der Zeugin nicht äußern.«

Flottmann nickte. »Dann los.«

Es folgte eine ausgesprochen kurze Dienstreise. Nach weniger als einem halben Kilometer erreichten sie den Busbahnhof, der in der Nähe der Fundstelle lag. Sie stellten ihr Fahrzeug neben einem Pkw der Feuerwehr ab und stiegen aus. Der Einsatzleiter der Feuerwehr kam auf sie zu, ein stämmiger Mann mit Vollbart.

»Moin«, grüßte er. »Kruse.«

Hilgersen und Flottmann stellten sich vor und schüttelten ihm die Hand.

»Für uns gibt es hier nichts mehr zu tun«, sagte Kruse. »Wir haben die Leiche aus dem Wasser gefischt. Sie hatte sich an der Uferbefestigung verfangen. Die Todesursache scheint unklar zu sein. Es sind wohl keine äußeren Verletzungen erkennbar. Vermutlich ist die Frau ertrunken. Allerdings ist die Husumer Au nicht gerade ein reißender Fluss. Dr. Kessel kann euch sicher Näheres zur Todesursache sagen. Hundert Meter dort lang.« Er zeigte mit der Hand Richtung Osten.

Schon von Weitem war eine Schar von Gestalten in weißen

Overalls zu sehen, die das Ufer absuchten. Am Leichenfundort stand ein Mann ohne Schutzkleidung. Er kam auf die Kommissare zu.

»Moin, Dr. Kessel. So trifft man sich wieder«, begrüßte Hilgersen ihn.

»Moin, Herr Hilgersen, Moin, Herr …«

»Flottmann.«

»Richtig. Wir hatten auch schon miteinander zu tun. Der Tote an der Halbmondwehle. Kopfschuss. Ich hab gehört, dass die Husumer Kripo den Mörder gefasst hat.«

Flottmann nickte und ergriff die ausgestreckte Hand des Arztes.

»Diesmal ist die Todesursache nicht so eindeutig?«, fragte Flottmann.

»Nein, ganz und gar nicht. Ich hab überhaupt keine Anzeichen für eine Gewalteinwirkung gefunden.«

»Ist die Frau ertrunken?«

»Auch das kann ich weder bestätigen noch ausschließen. Da müssen Sie die Obduktion abwarten.«

»Die wird ergeben, ob sich Wasser in der Lunge befindet.«

»So einfach ist die Sache leider nicht. So ein Lungenödem kann auch bei einem Herzinfarkt auftreten. Außerdem können die Gerichtsmediziner oft gar nicht entscheiden, ob das Opfer bereits tot war, als es ins Wasser fiel. Auch bei einem Toten füllen sich die Lungen mit Wasser, wenn er einige Zeit untergetaucht war. Eine Wasserleiche ist eine komplizierte Angelegenheit. Ich kann Ihnen leider überhaupt keine Hinweise geben. Sicher ist nur, dass die Tote mindestens zwei Tage in der Au lag. Mein Job ist hier jedenfalls beendet. Jetzt sind Sie dran.« Kessel verabschiedete sich.

»Moin«, grüßte ein Mann in Jeans und schwarzem T-Shirt. Es war Lothar Böttcher vom Flensburger K1. Sein braun gebranntes Gesicht wies darauf hin, dass er frisch aus dem Urlaub kam. »Dieses Mal waren wir vor euch da.«

»Hauptsache, ihr seid ausgeschlafen«, erwiderte Hilgersen lachend.

»Darauf kannst du dich verlassen.« Böttcher begrüßte die Husumer mit Handschlag. »Dort drüben ist eine Brücke. Der Weg vom Parkplatz der Schule bis dahin ist gut befahrbar, und nachts ist hier tote Hose. Kein schlechter Platz, um eine Leiche loszuwerden. Vermutlich wurde sie von der Brücke geworfen und ist an der ersten Biegung hängen geblieben. Jedenfalls gibt es keine Spuren am Ufer. Es ist durchgängig mit Schilf bewachsen. Es hätten umgeknickte Halme zu sehen sein müssen, wenn jemand einen Körper an der Fundstelle oder irgendwo anders ins Wasser geworfen hätte.«

»Ihr wisst nicht, wer die Tote ist?«, fragte Flottmann.

»Nee. Aber es gab bei euch einen Vermisstenfall, hab ich gehört?«

»Ja. Daniela Herzog. Zweiunddreißig Jahre alt.«

»Dann kommt mal mit. Die Spurensicherung ist bereits hier gewesen. Die suchen noch das Ufer großräumig ab und die Zufahrten zum Gelände auf Reifenspuren und so weiter.«

Böttcher ging voran. Ein Mann im weißen Overall stand mit einer Kamera vor der Leiche und schoss Fotos aus verschiedenen Perspektiven.

»Ich bin so weit fertig«, sagte er und entfernte sich.

Die drei traten an die tote Frau heran. Ihr Gesicht war aufgedunsen, die Haare schmutzig und verklebt. Flottmann versuchte, das Bild, das er von Daniela Herzog im Kopf hatte, mit dem Anblick in Einklang zu bringen, was ihm aber nicht gelang.

# 5

Leon Gerber klappte den Gitarrenkoffer seiner Martin zu. Hatte er auch nichts vergessen? Er klappte ihn wieder auf. Der Kapodaster war an seinem Platz, drei Sätze Gitarrensaiten, obwohl ihm ganz selten eine Saite riss, Plektren verschiedener Größen, obwohl er fast ausschließlich mit den Fingern spielte, und ein Stimmgerät, das er nicht benutzte, weil er jede noch so geringe Verstimmung heraushören konnte, besser als die Elektronik. Trotzdem führte er alles mit. Auch wenn das Zubehör weitgehend überflüssig war, gab es ihm doch eine gewisse Sicherheit. Und diese gefühlte Sicherheit brauchte er für seinen Auftritt, denn seine Nervosität schien grenzenlos zu sein. Seit vielen Jahren hatte er kein Konzert mehr gegeben. Sein Hang zur Perfektion war ihm zum Verhängnis geworden. Passierten kleinste Patzer, brach er seinen Vortrag mitten im Stück ab. Auch wenn sich während des Spiels eine Saite geringfügig verstimmte, tat er das Gleiche. Dazu kam der Lärm der Zuhörer. Selbst den Applaus konnte er nur schwer ertragen. Seine Sensibilität hatte krankhafte Züge. Lange hatte er dagegen angekämpft, aber ohne wesentlichen Erfolg. Erst Laura hatte ihn auf den richtigen Weg gebracht. Sie hatte ihm geraten, seine Hörempfindlichkeit anzunehmen und als Geschenk zu betrachten. Und sie hatte ihm Wege gezeigt, wie er damit umgehen konnte.

Sie war es auch gewesen, die ihn im letzten Jahr zu einem Auftritt überredet hatte, als Gastmusiker mit lediglich zwei Liedern, die er selbst geschrieben hatte. Das Ganze hatte in einer Katastrophe geendet. Das Dach der Scheune, in der er zusammen mit der Gruppe Acoustic Food aufgetreten war, war unter der Schneelast zusammengebrochen. Erst jetzt traute er sich wieder, öffentlich zu spielen. Das Konzert sollte im »Speicher« am Husumer Binnenhafen stattfinden. Mit Laura zusammen hatte er sich Tricks zur Bewältigung seiner Probleme überlegt. Das Nachstimmen einzelner Saiten gelang ihm jetzt nach einiger

Übung während des Spiels, ohne dass die Zuhörer es bemerken würden. Er hatte auch daran gearbeitet, kleine Fehler zu ignorieren. Laura hatte ihn überzeugt, dass es sich in solchen Fällen gar nicht um wirkliche Patzer handelte, sondern lediglich um Abweichungen von seiner eigenen Vorstellung. Keinem im Publikum würde etwas auffallen.

Ganz sicher hatte sie recht. Trotzdem wollte Gerbers Anspannung zwei Stunden vor dem Konzert nicht weichen. Er schloss den Koffer und ging in seinem kleinen Tonstudio auf und ab. Würde er die Erwartungen der Zuhörer erfüllen können? Vor einiger Zeit war ein Artikel über ihn in der Zeitung erschienen. Er hatte dem Interview nur widerwillig zugestimmt. Laura hatte ihn dazu überredet, und sie war dabei gewesen, als der Redakteur seine Fragen gestellt hatte. Und sie war es gewesen, die erwähnt hatte, dass Gerber mit seiner Gitarre Geschichten erzählen konnte.

Einige Tage später war Gerber von einem Veranstalter angerufen worden. Dann hatte alles seinen Lauf genommen. Jetzt bereute er seine Zusage. Aber es war zu spät. Die rote LED, die für die Klingel zuständig war, blinkte. Laura und Sophia waren eingetroffen, um ihn abzuholen. Laura hatte darauf bestanden, dass sie fuhr. Wahrscheinlich traute sie seinen Fahrkünsten wegen seiner Nervosität nicht. Vielleicht war auch ihr Zweifel an der Zuverlässigkeit seines alten Daimler der Grund. Sie wusste, dass er jede Gelegenheit nutzen würde, um seinen Auftritt doch noch platzen zu lassen. Die meisten Künstler kannten Lampenfieber. Aber Gerbers Nervosität war extrem und hatte mit den Jahren sogar zugenommen.

Als er die Tür öffnete, überreichte Sophia ihm einen Stoffhasen. »Das ist Jonas. Er hat lange Ohren und bringt dir Glück und beschützt dich. Du musst ihn mitnehmen. Du kannst ihn mir später zurückgeben.«

»Das stimmt«, sagte Laura, die sich mit einem dunklen Rock und weißer Bluse in Schale geworfen hatte, obwohl die Lokalität eher rustikal und das Publikum in der Regel bunt gemischt und locker war.

Gerber nahm den Plüschhasen in Empfang. »Danke, Sophia. Er wird mir bestimmt helfen.«

»Schatz, geh schon mal zurück ins Auto. Wir kommen gleich nach«, sagte Laura.

»Okay.«

»Ich hab auch noch etwas für dich.« Laura zog eine Schachtel aus ihrer Handtasche. »Falls der Hase versagt.«

»Was ist das?«

»Etwas zur Beruhigung. Nimm zwei davon. Die Pillen sind völlig harmlos.«

»Sie könnten mein Spiel beeinflussen.«

»Ganz sicher nicht. Ich verspreche es dir. Du wirst sehen, dass deine Anspannung verschwindet.« Sie nahm zwei Exemplare heraus und gab sie ihm. Gerber schluckte sie in der Küche mit etwas Wasser hinunter.

Nach weniger als einer halben Stunde erreichten sie die Husumer Innenstadt. Laura stellte ihren Renault Espace auf einem Parkplatz an der Schiffbrücke ab. Die hundert Meter bis zum Veranstaltungsort gingen sie zu Fuß. Im historischen Getreidespeicher fanden regelmäßig Konzerte, Lesungen und Theateraufführungen statt. Träger war ein gemeinnütziger Verein. Gerber war erst einmal dort gewesen, als Zuhörer bei einem Konzert von Werner Lämmerhirt. 2013 war das. Gern hätte er sich mit ihm nach dem Konzert unterhalten, hatte sich aber nicht getraut, ihn anzusprechen. Jetzt war es zu spät. Der Gitarrist und Songwriter war vor einigen Jahren gestorben.

Es waren noch knapp zwei Stunden bis zum Beginn der Veranstaltung. Gerber benötigte die Zeit für Vorbereitungen und den Soundcheck. Der Mann am Mischpult war professionell und geduldig. Dennoch kostete es Gerber Überwindung, sein Okay zu geben und auf die letzten Feinheiten zu verzichten. Er wusste, dass er sich in einer Endlosschleife wiederfinden würde, wenn er seine Vorstellungen zu hundert Prozent umsetzen wollte. Sobald das Publikum eintraf, würde sich die Akustik sowieso verändern. Damit musste er klarkommen. Laura hatte mit ihm trainiert, sein zwanghaftes Streben nach Perfektion zumindest zeitweise abzulegen. Sie hatte von ihm sogar verlangt, mit einer leicht verstimmten Gitarre zu spielen, was ihm körperliche Schmerzen bereitet hatte. Dazu kamen verschiedene Strategien, mit denen er Umgebungsgeräusche wie das Stühlerücken der Zuhörer und andere Störungen ignorieren konnte. Alles das half, aber ein Musiker, der das Rampenlicht genoss, würde er nie werden.

Der Raum füllte sich mit über hundert Menschen. Gerber saß bis kurz vor Konzertbeginn in der ersten Reihe bei Sophia und Laura, so, als wäre er Zuhörer und nicht der Künstler, der gleich auf der Bühne stehen würde.

Die Leute klatschten, als er dort oben stand. Das waren Vorschusslorbeeren, denn niemand wusste, was ihn erwartete. Im Grunde wusste auch Gerber es nicht. Lediglich zur Einstimmung und um seine Nervosität in Grenzen zu halten, hatte er am Anfang ein eigenes Lied vorgesehen, das er schon oft gespielt hatte. Danach wollte er improvisieren, wobei er Begriffe aus dem Publikum als Thema wählen würde. In der Nacht, in der sie die Polarlichter in Lüttmoorsiel beobachtet hatten, hatte er Laura spontan etwas Romantisches zu den faszinierenden Himmelserscheinungen vorgespielt. So war die Idee entstanden.

Der Gitarrenkoffer lag geöffnet auf der Bühne, und über den Rand lugte Jonas, der Hase mit den langen Ohren. Gerber nahm seine Martin vom Ständer, stöpselte den Klinkenstecker ein und setzte sich auf den Stuhl in der Mitte der Bühne. Bereits nach den ersten Tönen legte sich seine Aufregung. Es war ein guter Rat gewesen, mit einem Stück zu beginnen, das ihm vertraut war. Vielleicht hatten auch die Pillen, die Laura ihm gegeben hatte, einen Anteil daran, dass seine Anspannung nachließ. Der Beifall, den er erhielt, unterstützte ihn zusätzlich.

Nun kam der wesentliche Teil seines Auftritts. Er bat das Publikum, Motive vorzuschlagen, zu denen er eine akustische Geschichte vortragen wollte. Eine ältere Frau meldete sich mit dem Stichwort »Meer«. Gerber benötigte einige Sekunden der Konzentration, in denen er seine Umgebung ausblendete. Als er dann zu spielen begann, flossen seine inneren Bilder und Gefühle in die Musik, und wie so oft glaubte er, keinen Einfluss darauf zu haben. Selbst kurze Textzeilen, die ihm spontan einfielen, sang er dazu. Dabei kam ihm zu Hilfe, dass er so manches Mal mit seinem inzwischen verstorbenen Freund Michael Mehler musiziert hatte. Auch dabei hatten sie mehr oder weniger sinnvolle Reime kreiert.

Die Zuhörer schienen Gerber zu folgen und hörten aufmerksam zu. Es kamen weitere Vorschläge aus ihren Reihen: »Herbst«, »Frühling und Krokusblüte«, »Eine Wanderung durch den Wald«. Gerbers Nervosität war vollständig verschwunden, und er vergaß sogar, die vorgesehene Pause einzuhalten. Nach anderthalb Stunden war er erschöpft.

Zum Schluss, als er erneut eines seiner Standardwerke spielen wollte, meldete sich ein Mann mit schwarzem Haar und Brille. Er lenkte sofort die Aufmerksamkeit auf sich, da er wie mit einer Computerstimme sprach. Er hielt sich einen zylinderförmigen elektronischen Sprachverstärker an den Hals. Offenbar hatte er seine natürliche Sprechfähigkeit durch die Entfernung des Kehlkopfes eingebüßt.

»Bitte spielen Sie etwas über den Tod«, sagte er. Ein leises Raunen ging durch das Publikum. Bisher hatten alle Vorschläge positive Aspekte beinhaltet. Das lag vermutlich am natürlichen Wunsch der Konzertbesucher, unterhalten zu werden und guter Stimmung zu sein. Aber es gab keinen Grund, nicht auch Themen mit negativer Grundstimmung zu vertonen. Und für einen Krebspatienten lag es nahe, sich mit dem Tod zu beschäftigen.

Gerber dachte in den Sekunden der Vorbereitung an seine Schwester, deren Unfalltod sein ganzes Leben beeinflusst hatte, und an den Suizid seines Freundes Michael, zu dessen Beerdigung er ein Stück auf der Gitarre vorgetragen hatte. Die Gedanken gingen ihm durch den Kopf, ohne dass er sie absichtlich heraufbeschwor. Genauso entwickelte seine Musik ein Eigenleben, und so manches Mal hatte er den Eindruck, dass sie nicht von ihm selbst kam, sondern von außen, woher auch immer.

Es herrschte gespannte Ruhe, als die ersten Töne den Raum

erfüllten. Vermutlich hatte fast jeder Anwesende auf irgendeine Art Erfahrungen mit dem Tod gemacht und ließ ganz individuelle Bilder an sich vorbeiziehen. Als Gerber sein Instrument ausklingen ließ, war es still. Niemand sprach, und niemand klatschte Beifall. Er selbst löste nach einiger Zeit die Spannung auf, indem er sein Schlusslied anstimmte. Laura lächelte ihm zu. In ihrem Gesicht spiegelte sich Erleichterung wider. Erleichterung darüber, dass er das Konzert zu Ende gebracht hatte und dass es erfolgreich gewesen war.

Gerber stand auf und stellte seine Martin in den Ständer. Dann nahm er den Stoffhasen aus dem Gitarrenkoffer. Bevor er die Bühne unter Beifall verließ, sah Gerber noch einmal zu dem Platz hinüber, auf dem der Fremde gesessen hatte, der den Tod ins Spiel gebracht hatte. Er war verschwunden.

Laura und Sophia warteten draußen in der Menge der Besucher, die den Sommerabend bei einer Flasche Bier oder einer Zigarette am Hafen ausklingen ließen.

»Du warst toll«, empfing Sophia ihn.

»Jonas hat mir geholfen.« Gerber überreichte ihr den Hasen und strich ihr über das Haar. »Und wahrscheinlich die Pillen«, sagte er an Laura gewandt. »Was war das für Zeug?«

Sie lachte. »Traubenzucker, nichts weiter. Ein Placebo.«

»Schurkin!«, schimpfte er und gab ihr einen Kuss.

Sophia saß auf der Rückfahrt mit Jonas im Arm im Fond. Sie spiele nicht mehr mit Stofftieren und Puppen, hatte sie betont. Der Hase sei ein Glücksbringer, und das habe er an diesem Abend wieder einmal bewiesen.

Nachdem sie in Rosendahl angekommen waren, fuhr Laura in die Auffahrt ihres Hauses. Gerber und sie waren sich stillschweigend einig, dass er in dieser Nacht in seinem eigenen Bett schlafen würde.

»Danke«, sagte er zum Abschied. »Ohne euch beide hätte ich es nicht geschafft.«

Dann nahm er seinen Gitarrenkoffer aus dem Auto und ging die Straße hinab. Es waren nur wenige Meter bis zu seinem

Haus. Leichter Nieselregen hatte eingesetzt. Das Laternenlicht spiegelte sich auf dem nassen Asphalt. Er sah, wie zwei Gestalten auf ihn zukamen. Sie machten nicht den Eindruck, als würden sie vom schmalen Bürgersteig auf die Fahrbahn ausweichen. Deshalb trat Gerber einen Schritt zur Seite. Fast wäre er am Kantstein gestolpert. Einer der beiden jungen Männer versperrte ihm mit einem Sprung den Weg.

»Hey, Alter. Was hast du da in der Kiste?« Er boxte Gerber gegen die Brust. Die Alkoholfahne des Fremden war deutlich zu riechen. Er war von kräftiger Statur, kein Mann, mit dem sich Gerber anlegen mochte. Keiner der beiden Männer war aus der Gegend, sonst hätte er sie gekannt. Vermutlich kamen sie von einer Feier.

»Eine Gitarre«, antwortete Gerber.

»Echt? Dann spielst du uns doch bestimmt etwas vor, oder? Eh, Axel, der ist Musiker. Der gibt uns ein ganz persönliches Konzert.«

»Lass die arme Sau in Ruhe. Komm endlich, wir sind spät dran!«

»Gleich, Mann. So eine Gelegenheit kriegen wir nicht wieder.«

Gerber wollte an dem Betrunkenen vorbeigehen. Doch der stellte sich ihm erneut in den Weg, setzte ein Bein hinter Gerber und gab ihm einen Stoß, sodass er zu Boden fiel. Der Gitarrenkoffer schrammte über den Asphalt.

»Sorry.« Der Angreifer ging zum Koffer und bückte sich, schien aber mit dem Verriegelungsmechanismus nicht vertraut zu sein. Schließlich schaffte er es trotz seines Alkoholspiegels, alle drei Schlösser zu öffnen.

Gerber war aufgestanden. Er sah, wie der Mann das Instrument herausnahm und mit beiden Händen am Hals fasste.

»Okay. Ich spiele etwas für euch«, sagte Gerber schnell.

»Ich hab mal gesehen, wie einer auf der Bühne seine Klampfe zertrümmert hat. Ich zeig dir mal, wie das geht.«

Gerber blickte sich hilfesuchend um. Niemand war in der Nähe, der ihm hätte beistehen können.

Der Mann hob die Gitarre in die Höhe.

Gerber stieg das Blut in den Kopf. Sein Herz pochte. In der nächsten Sekunde würde das Wertvollste, was er besaß, unwiederbringlich vernichtet werden. Er hatte nie gelernt, sich zu wehren, und hatte im Laufe seines Lebens so manche Niederlage einstecken müssen. »Der Klügere gibt nach« war das Motto seiner Tante gewesen, bei der er aufgewachsen war. Jetzt war der Punkt gekommen, an dem der Spruch seine Bedeutung verlor. Gerber lief auf den Betrunkenen zu und versetzte ihm mit dem rechten Fuß einen kräftigen Tritt in die Weichteile. Der Fremde stöhnte auf und sackte in sich zusammen. Gerber gelang es, das Instrument zu fassen, bevor es auf dem Boden aufschlug. Bis zu seinem Haus waren es nur noch wenige Meter. Er wollte gerade die Flucht antreten, als der zweite Typ mit einem Springmesser vor ihm stand. »So nicht, du Pisser! Du kannst doch meinem Freund nicht in die Eier treten!«

»Den machen wir fertig«, röchelte der andere und rappelte sich auf.

»Schluss, Jungs. Ihr geht jetzt brav heim zu Mutti. Und du gibst mir das Messer!«

Wie aus dem Nichts war ein Mann aufgetaucht. Er sah sportlich und muskulös aus. Mit seinem glatt rasierten Schädel hatte er trotz seiner geringeren Größe eine gewisse Ähnlichkeit mit Bruce Willis.

»Was willst du?«, pflaumte ihn der mit dem Messer an. »Dich mach ich …«

Weiter kam er nicht. Er erhielt einen Tritt vors Schienbein und gleichzeitig einen Schlag gegen den Handrücken. Das Messer flog in hohem Bogen durch die Luft und landete scheppernd auf der Straße. Die beiden Angreifer trollten sich davon. Aus einiger Entfernung stießen sie Flüche und Schimpftiraden aus.

»Sie haben mir das Leben gerettet«, stammelte Gerber. »Wie kann ich Ihnen danken?«

»Ach, nicht der Rede wert.« Der Mann sammelte das Messer auf und schritt ohne weitere Worte zu einem alten Audi 80, stieg ein und fuhr davon.

Gerber stand noch eine Weile mit seiner Gitarre in den zittrigen Händen auf der Straße. Dann packte er das Instrument in den Koffer und ging zu seinem Haus. Er überlegte, ob er Laura anrufen sollte, um ihr den Vorfall zu erzählen. Aber er tat es nicht. Auch die Polizei benachrichtigte er nicht.

## 6

Daniela hatte kein Auge zugetan. Stundenlang war sie in ihrem Gefängnis auf und ab gelaufen und hatte über die Motive des Entführers gegrübelt. Was hatte er während ihrer Bewusstlosigkeit mit ihr angestellt? Was für eine Droge hatte er ihr verabreicht? War sie ein Versuchskaninchen für ihn? Offenbar war etwas schiefgegangen. Der sogenannte Doktor hatte sie wiederbeleben müssen. Dann diese merkwürdigen Fragen, die er ihr gestellt hatte. Was hatte das alles zu bedeuten? Sie fand keine plausiblen Erklärungen.

Angeblich wollte er sie in dieser Nacht freilassen. Mit seinem Versprechen und seiner freundlichen Art war es ihm gelungen, ihren Widerstand zu brechen. Sie hatte seine Anweisungen befolgt und sich auf sein merkwürdiges Spiel eingelassen, in der Hoffnung, dass er ihr nichts antun würde. Trauen konnte sie ihm nicht. Vielleicht stand ihr das Schlimmste noch bevor, und sie wäre gut beraten, jede noch so kleine Möglichkeit zur Flucht zu nutzen. Sollte sie kämpfen oder sich ihrem Schicksal ergeben? Was war die richtige Strategie?

Vielleicht konnte sie aus irgendwelchen Gegenständen im Raum eine Waffe herstellen. Mit einem Tischbein könnte sie zuschlagen, wenn er hereinkam. Auch der Infusionsständer ließe sich verwenden. Aber so einfach war das nicht. Er war stark, und sie würde ihn kaum so präzise treffen, dass sie ihn außer Gefecht setzte. Außerdem vermutete sie, dass er es bemerken würde, wenn sie Vorbereitungen für einen Angriff traf. Wahrscheinlich hatte er sogar Kameras im Raum installiert und beobachtete sie. Sie konnte zwar keine sehen, aber das hieß nichts. Manche waren klein und nicht zu erkennen.

Wenn sie nur wüsste, worum es dem Entführer ging und was er vorhatte, dann könnte sie entscheiden, ob sie sich wehren sollte. Was hatte es mit dem Symbol auf dem Infusionsständer auf sich? Existierte das wirklich?

Kurz entschlossen nahm sie einen Stuhl und rückte ihn neben das Bett. Sie stieg hinauf und stellte sich auf die Zehenspitzen. Aber die Höhe reichte nicht aus, um einen Blick von oben auf die Ablage zu werfen. Sie sprang herunter und schob den Stuhl beiseite. Erst jetzt bemerkte sie den Ring, mit dem man die Länge des Ständers verstellen konnte. Sie hob den Ständer an und ließ die obere Stange abwärtsgleiten. Jetzt konnte sie das Symbol sehen, das der Doktor ihr am Computerbildschirm gezeigt hatte. Sie schüttelte den Kopf. Das war absurd. Hatte sie es mit einem Verrückten zu tun, der einfach nur unsinnige Dinge tat? Das glaubte sie nicht. Ihr Eindruck war ein anderer. Er schien überlegt zu handeln. Ihre Zuversicht, sie könnte sein Tun durchschauen, schwand immer mehr.

Sie setzte sich aufs Bett und wartete auf das, was kommen würde. Ihre Gedanken wanderten zu David. Würde er nach ihr suchen? War er zur Polizei gegangen? Sie hatte die Frage des Doktors, ob sie heiraten wollte, mit Nein beantwortet. Unter dem Einfluss des Lügendetektors hatte sie die Wahrheit gesagt. Sie war selbst über ihre Antwort überrascht gewesen. Bisher war sie wie selbstverständlich davon ausgegangen, dass sie und David heiraten würden, und plötzlich hatte sie das in Frage gestellt, im Grunde sogar ausgeschlossen. Das hieß nicht, dass sie sich von ihm trennen wollte. Aber offenbar scheute sie den Schritt zu einer noch festeren Bindung, vielleicht sogar mit Eigenheim und Kindern. Was hatte sich seit ihrer Entführung verändert? Sah sie jetzt klarer, oder hatte sie Angst vor der Entscheidung bekommen? Hatte der Schock ihr die Augen geöffnet oder neue Zweifel heraufbeschworen? Es ergab keinen Sinn, jetzt darüber nachzugrübeln.

Daniela dachte an ihr Erlebnis während ihrer Bewusstlosigkeit. Sie hatte ihren Bruder gesehen. So manches Mal hatte sie von ihm geträumt, anfangs oft, später nur noch selten. Die Bilder waren unscharf gewesen und basierten auf alten Erinnerungen. Aber dieses Mal hatte sich alles so wirklich abgespielt, fast wirklicher als im wahren Leben. Sie war nicht gläubig. Weder sie noch ihre Eltern waren in der Kirche gewesen. Seit dem

Religionsunterricht in der Schule hatte sie sich nicht mehr mit Glaubensfragen auseinandergesetzt. Das Bild, das die Kirchen von einem Gott hatten, war ihr völlig fremd. Vielleicht konnte man die Natur mit einem Schöpfer gleichsetzen. So etwas konnte sie sich vorstellen. In ihrer Bewusstlosigkeit hatte sie ein Glücksgefühl erlebt und die Nähe von etwas Großartigem gespürt. Nicht die von einem personifizierten Gott, zu dem man beten konnte, aber vielleicht von etwas, das ewig war und das ganze Universum umfasste.

Sie unterbrach ihre Gedankengänge. Ihre merkwürdigen Erlebnisse hatten sie ausgelöst, aber die Überlegungen würden sie nicht aus ihrer Lage befreien. Wenn sie lebend davonkam, hatte sie Zeit, über alles nachzudenken, auch über ihr Leben und ihre Zukunft.

Sie sah auf die Uhr. Es war kurz nach zwei Uhr in der Nacht. Sie wünschte sich, dass ihr Entführer endlich kommen würde. Das Warten war unerträglich. Wenn sie sterben musste, konnte es auch jetzt sein. Das machte keinen Unterschied.

Es war drei Uhr, als ein Schlüssel im Schloss umgedreht wurde. Das Geräusch fuhr ihr durch Mark und Bein. Die Tür wurde geöffnet, und der Doktor trat ein. Sie bemerkte, dass er zusätzlich zu seiner Vermummung Gummihandschuhe trug. Für einen Moment glaubte sie zu spüren, wie seine Hände ihr den Hals zudrückten und sie nach Luft rang.

Er hatte eine Reisetasche dabei und zog die Wollmaske daraus hervor.

»Es ist so weit«, sagte er.

Daniela stand auf. Sie wagte nicht zu fragen, was er damit meinte. Sie ging einfach davon aus, dass er sie laufen lassen würde. Alles andere wollte sie sich nicht vorstellen. Er übergab ihr die Maske, die sie bereits einmal getragen hatte. Sie benötigte etwas Zeit, um sie überzuziehen und zurechtzurücken. Spätestens jetzt war sie völlig hilflos und musste sich in ihr Schicksal ergeben.

Er fasste ihren Arm und führte sie aus dem Raum. Es ging

eine Treppe hinauf, durch eine Tür und drei Stufen hinab ins Freie. Ein kühler Wind umstrich ihr Gesicht. Im ersten Augenblick genoss sie die frische Luft, dann überwog ihre Angst, und sie begann am ganzen Körper zu zittern. Sie musste in ein Auto steigen. Die Fahrt dauerte eine halbe Stunde. Beide sprachen kein Wort. Das letzte Stück ging über eine unebene Straße. Dann hielten sie an. Der Motor wurde ausgeschaltet, und plötzlich war es still. Dann wurde die Fahrertür geöffnet und wenig später die Beifahrertür. Der Doktor zog sie am Arm heraus, dabei drückte er nicht fest zu. Er führte sie vielmehr und stützte sie, als sie ins Stolpern geriet. Es roch nach Erde und Tannennadeln.

»Halt«, sagte er und ließ sie los. Daniela hatte urplötzlich das Bild einer Hinrichtung vor Augen. Zielte er mit einer Pistole auf ihren Kopf? Sie wartete darauf, dass er ihr befahl niederzuknien. Sie hoffte, dass alles schnell vorbei war. Es folgten die schrecklichsten Sekunden ihres Lebens. Sie dachte an ihre Mutter, an Christian. Szenen ihres Lebens zogen im Zeitraffer an ihr vorbei. Ihr Bruder tauchte auf, wie er sie auf den Gepäckträger seines Fahrrads setzte und johlend durch eine Pfütze fuhr, sodass das schmutzige Wasser über ihre Kleidung spritzte.

»Sie können die Maske abnehmen.«

Sie gehorchte nicht sofort. Sie war wie gelähmt. Doch dann ergriff sie den Stoff und zog ihn vom Kopf. Vor ihr stand der Doktor. Das Scheinwerferlicht blendete, aber sie konnte sehen, dass er keine Pistole auf sie gerichtet hatte. Stattdessen hielt er die Reisetasche in der Hand.

»Lassen Sie die Maske fallen.«

Sie folgte seiner Aufforderung.

»Und jetzt ziehen Sie sich bitte aus. Vollständig!«

Sie schüttelte heftig den Kopf. »Nein, bitte nicht!«

Ihre Augen wanderten umher. Die Scheinwerfer erhellten die unmittelbare Umgebung, aber weiter weg war es stockdunkel. Wenn sie jetzt losrannte, hatte sie eine Chance, in der Dunkelheit zu entkommen.

»Sie müssen keine Angst haben. Ich möchte nur, dass Sie

etwas anderes anziehen. Weiter nichts.« Er griff in die Tasche, brachte ein Päckchen hervor. Durch die transparente Folie schimmerte bläuliches Material.

»Ein Einwegoverall«, erklärte er. »Ihre Sachen werde ich behalten. Also, ziehen Sie alles aus und legen Sie die Kleidungsstücke auf den Boden. Sie dürfen sich umdrehen, wenn es Ihnen lieber ist.«

Langsam begann Daniela zu begreifen. Es sollten keine DNA-Spuren des Doktors an ihr zu finden sein, wenn sie zur Polizei ging – oder wenn man ihre Leiche fand. Vielleicht hatte er eine Pistole in seiner Reisetasche und würde sie erschießen, sobald sie sich umgezogen hatte. Aber dann hätte er sie bereits jetzt damit bedrohen können. Sie wurde aus ihm nicht schlau. Der Mann war unberechenbar. Jedenfalls konnte sie seine Handlungen nicht verstehen. Und jetzt konnte sie sowieso keinen klaren Gedanken mehr fassen.

»Mach schon!«, schrie er.

Daniela zuckte zusammen. Schließlich begann sie, sich auszuziehen, ohne ihm den Rücken zuzuwenden. Es war ihr in diesem Moment egal, wenn er sie anstarrte.

»Auch Schuhe, Strümpfe und die Armbanduhr!«, befahl er.

Als sie völlig nackt vor ihm stand, trat er auf sie zu und überreichte ihr den Overall. Sie riss die Folie auf, nahm das Kleidungsstück heraus und ließ die Verpackung auf den Boden fallen. Mit zittrigen Händen entfaltete sie den Overall und zog ihn an.

Er sammelte all ihre Sachen ein und verstaute sie in der Reisetasche. Auch die Verpackung hob er auf.

»Ich werde jetzt gehen. Leider hab ich keine Schuhe für Sie. Aber Sie werden klarkommen. Bis zur Straße ist es nicht weit. Warten Sie eine Viertelstunde hier. Ich rate Ihnen, nicht zur Polizei zu gehen. Ich habe Ihnen keinen Schaden zugefügt. Aber sollte ich erfahren, dass Sie die Polizei eingeschaltet haben, werde ich Sie töten. Haben Sie verstanden?«

»Ja.«

»Gut. Jetzt noch die beiden Hörgeräte, bitte.« Er hielt ihr

die offene Tasche entgegen. Sie nahm die Stöpsel aus den Ohren und warf sie hinein. Er zog den Reißverschluss zu und ging zu seinem Fahrzeug. Sie sah, wie die Rückwärtsscheinwerfer aufleuchteten. Eine Minute später war das Auto verschwunden.

Daniela blieb im Dunkeln zurück. Sie war zu aufgeregt gewesen, um sich die Autonummer zu merken. Wahrscheinlich waren die Schilder sowieso gefälscht oder gestohlen. Bei der Vorsicht, die der Entführer an den Tag gelegt hatte, konnte sie sich nicht vorstellen, dass er mit gültigen Kennzeichen herumfuhr.

Daniela verharrte noch einige Zeit auf der Stelle. Dann tastete sie sich den Feldweg entlang. Trotz der Dunkelheit verspürte sie kaum noch Angst. Es war vorbei! Der Doktor war fort, und niemand würde ihr etwas antun. Sie hatte keine Ahnung, wo sie sich befand, aber aus der Ferne schimmerte ein Licht durch die Zweige. Es war schwach und bewegte sich nicht. Dort musste ein Haus sein. Die Bewohner würden ihr weiterhelfen.

Nur mit Mühe konnte sie verhindern, dass sie stolperte und hinfiel. Nach einiger Zeit erreichte sie eine befestigte Straße. Vielleicht konnte sie ein Auto stoppen. Aber zu dieser Nachtzeit war die Chance gering. Selbst wenn ihr jemand entgegenkam, würde er vermutlich nicht anhalten. Mit ihrer merkwürdigen Kleidung sah sie nicht gerade vertrauenerweckend aus.

Sie wusste nicht, wie weit sie gelaufen war, als sie sich dem Gebäude näherte, dessen Außenbeleuchtung sie gesehen hatte. Ihre nackten Füße schmerzten. Trotzdem beschleunigte sie ihre Schritte. Ein spitzer Stein grub sich zwischen ihre Zehen, und sie spürte, wie das warme Blut herausquoll. Unbeirrt lief sie weiter, bis sie ihr Ziel erreicht hatte. Es war ein heruntergekommenes Gebäude mit Stallungen, aus denen Geräusche von Tieren drangen. Sie ging zum Eingang des Wohnhauses und klingelte. Nur ein schwaches Läuten erklang. Ein Hund bellte. Sie wartete, aber niemand öffnete, obwohl drinnen das Licht angegangen war. Für einen Moment war es still.

»Wer ist da?«, erklang eine Frauenstimme.

»Bitte machen Sie auf. Ich brauche Hilfe!«, rief Daniela.

»Gehen Sie weg, sonst hole ich die Polizei!«

Erneutes Hundegebell.

Daniela hämmerte gegen die Tür. »Aufmachen! Bitte aufmachen!«

Polizei wäre okay, dachte sie und betätigte die Klingel im Dauermodus, bis sie verstummte. Schließlich drehte sie sich um, ließ sich mit dem Rücken an der Tür auf die Steinstufe gleiten und fing an zu weinen. Mit der Faust schlug sie immer wieder gegen das Holz. Sie war erschöpft. Doch sie würde nicht aufgeben, bis jemand die Tür öffnete oder die Polizei eintraf. Die Kälte kroch ihr in alle Glieder. Ihre Füße schmerzten. Sie war müde und sehnte sich nach einem heißen Bad und einem warmen Bett.

Vielleicht war sie für einige Minuten eingeschlafen. Als sie die Augen öffnete, erblickte sie zwei Polizisten in Uniform, die auf sie einredeten. Einer der beiden reichte ihr die Hand, half ihr auf und brachte sie zum Streifenwagen. Sie stieg in den Fond ein und erhielt eine Rettungsdecke, in die sie sich einwickelte.

Der Polizist stand vor der offenen Tür. »Polizeiobermeister Schmidtmann. Wie geht es Ihnen? Sind Sie verletzt?«

»Ich bin okay. Mir ist kalt. Ich will nach Hause.«

»Haben Sie keine Papiere dabei?«

Daniela schüttelte den Kopf.

»Wie ist Ihr Name?«

»Daniela Herzog. Bitte bringen Sie mich nach Hause.«

»Frau Herzog, wir bringen Sie erst einmal ins Krankenhaus. Schnallen Sie sich bitte an.« Schmidtmann schloss die Wagentür.

Sie sah, wie er zu seinem Kollegen ging, der mit einer alten Frau an der Haustür sprach. Dann kamen beide Polizisten zurück.

Daniela bekam auf der Fahrt mit, dass während des Funkverkehrs über sie gesprochen wurde. Auch das Wort »Vermisste« fiel. Man hatte also nach ihr gesucht. Aber sie würde niemandem erzählen, was passiert war. Der Doktor wusste, wer sie war und wo sie wohnte.

## 7

Die Identität der Toten von der Husumer Au konnte schnell geklärt werden. Das Tattoo auf ihrer Schulter, das in einem Husumer Studio gestochen worden war, lieferte den Hinweis. Sie hieß Juliane Thielsen, war sechsundzwanzig Jahre alt geworden und hatte in der kleinen Stadt Garding auf der Eiderstedter Halbinsel gewohnt. Dort war sie Lehrerin an einer Grundschule gewesen. Niemand hatte sie als vermisst gemeldet. Ihre Eltern, die in Husum ein Uhrengeschäft betrieben, waren davon ausgegangen, dass sie den geplanten Urlaub in Frankreich angetreten hatte. Sie hatte erzählt, dass sie auf dem Weg ein befreundetes Ehepaar in Trier besuchen wollte.

Hauptkommissar Flottmann saß an seinem Schreibtisch und las den Obduktionsbericht. Die Leiche hatte vier Tage im Wasser gelegen. Es war keine Fremd-DNA gefunden worden. Im Körper der Toten hatten die Rechtsmediziner Reste der Medikamente Ajmalin und Lidocain sowie ein weiteres Mittel gefunden, das bisher nicht bestimmt werden konnte. Als Todesursache war im Bericht Herzstillstand angegeben, vermutlich hervorgerufen durch die aufgeführten Substanzen. An Armen und Beinen waren Hämatome und Einschnürungen festgestellt worden, die von einer Fesselung stammen konnten. Das Opfer musste versucht haben, sich daraus zu befreien.

Flottmann legte das Papier zurück in die Akte und klappte sie zu.

»Was steht drin?«, fragte Hilgersen, der emsig auf seiner Computertastatur herumhackte und jetzt aufsah.

»Man hat irgendein Zeug im Körper der Frau gefunden. Das könnte für ihren Tod verantwortlich gewesen sein.«

»Drogen?«

»Medikamente.«

»Selbstmord?«

»Wohl eher nicht. Es sei denn, sie hat sich auf das Brückengeländer gesetzt, sich das Zeug gespritzt und ist dann in den Bach gefallen.«

»In den Fluss.«

»Was?«

»Die Husumer Au ist ein Fluss. Forellen, Aale, Barsche und Lachse kannst du darin angeln.«

»Der Rhein ist ein Fluss«, sagte Flottmann.

»Schon, aber …«

»Die Flensburger Mordkommission hat die Ermittlungen übernommen. Wir sind also raus aus der Sache.«

»Schade. Aber wir haben ja noch den Einbruch in den Fahrradladen, die Grabschändung auf dem Südfriedhof und die Schießerei auf dem Marktplatz.«

»Schießerei auf dem Marktplatz?«

»Vier Jugendliche haben sich mit Paintballs beschossen. Anschließend haben sie auf die Scheiben der Geschäfte gezielt. Das war eine Sauerei, sag ich dir. Es gibt Beschreibungen von einem der Täter.«

»Damit kannst du dich beschäftigen. Ich kümmere mich weiter um die Vermisstensache Daniela Herzog.«

»Ach, das vergaß ich dir zu sagen. Sie ist wieder da. Eine Streife, Rasmussen und Schmidtmann, haben sie in Schwesing aufgegriffen. Die Fahndung nach ihr hab ich bereits abgeblasen.«

»Also hat sie sich nur eine Auszeit genommen?«

»Nee. Da steckt mehr dahinter. Sie ist mitten in der Nacht an einem Bauernhof aufgetaucht. Sie trug nichts anderes als einen blauen Overall. Die Kollegen haben nichts aus ihr rausgekriegt. Sie haben sie ins Krankenhaus gebracht.«

»Sie sollte uns schon erzählen, was passiert ist.«

Flottmann griff zum Telefonhörer und wählte die Nummer der Klinik. Dort erfuhr er, dass die Patientin auf eigenen Wunsch bereits wieder entlassen worden war. Also rief er bei ihr zu Hause an. Ihr Lebensgefährte meldete sich.

»Frau Herzog geht es nicht gut«, blockte er ab. »Sie können sie nicht sprechen.«

»Es wäre sehr wichtig, dass sie eine Aussage macht.«

»Ausgeschlossen. Dazu ist sie nicht in der Lage.«

»Ich muss leider darauf bestehen. Sie ist nicht mehr in ärztlicher Behandlung?«

»Nein. Aber sie braucht unbedingt Ruhe.«

»Das verstehe ich. Doch falls eine Straftat vorliegt, eine Entführung oder Ähnliches, sind wir verpflichtet, der Sache nachzugehen. Es wäre am einfachsten, wenn ich noch heute zu Ihnen käme. Alternativ müssten wir Frau Herzog vorladen. Ich denke, ein kurzes Gespräch in ihrer gewohnten Umgebung wäre angenehmer für sie.«

Es trat eine Pause ein, und Flottmann hörte, wie im Raum gesprochen wurde.

»Gut. Wann werden Sie kommen?«

Flottmann sah auf seine Armbanduhr. »Elf Uhr?«

»In Ordnung.«

Damit war das Gespräch beendet.

Das Paar wohnte zur Miete in einer Doppelhaushälfte am Stadtrand, in der Berliner Straße. Die Siedlungshäuser waren in den 1920er und 1930er Jahren auf langen, schmalen Grundstücken errichtet worden, alle mit Ställen für die Kleintierhaltung. Da das Eisentor offen stand, fuhr Hauptkommissar Flottmann in die Einfahrt des roten Backsteingebäudes und stellte sein Auto hinter einem BMW älterer Bauart ab. Nachdem er ausgestiegen war, wurde die Tür geöffnet, und eine Frau, die Flottmann auf Mitte fünfzig schätzte, ließ ihn herein.

»Ich bin Danielas Mutter«, klärte sie ihn mit einem freundlichen Lächeln auf. Sie war etwa einen Meter siebzig groß, hatte kurze dunkelblonde Haare, eine rundliche Figur und ein rundes Gesicht. Ein gemütliches, sympathisches Äußeres, fand Flottmann. Sie führte ihn durch einen engen Flur ins Wohnzimmer. Der Raum war klein, aber so im skandinavischen Stil eingerichtet, dass er nicht beengt wirkte. Auf der beigefarbenen Couch saß Daniela Herzog, eine zierliche Person mit langen blonden Haaren. Sie trug schwarze Jeans und ein blaues Top. Flottmann wusste, dass sie Anfang dreißig war, aber sie sah deutlich jünger aus. Er bemerkte, dass sie geweint hatte. Auch jetzt wischte sie sich mit dem Handrücken Tränen ab. Ihr Freund hielt ihre Hand.

»Bitte setzen Sie sich.« Danielas Mutter zeigte auf einen der Sessel. Sie nahm auf dem anderen Platz.

»Wir, das heißt, Daniela hat sich entschlossen, mit Ihnen zu reden und alles zu erzählen«, sagte Friedrichsen.

Daniela Herzog nickte, schwieg dann aber. Offensichtlich suchte sie nach den richtigen Worten.

»Lassen Sie sich Zeit«, sagte Flottmann. »Sie hatten sich mit Ihrer Freundin Brigitte Koch im Schlosscafé verabredet?«

»Ja. Ich war etwa eine Viertelstunde zu früh da. Ich hab draußen gesessen und mir schon einmal einen Kaffee bestellt. Ein Mann ist an meinen Tisch getreten. Er sah etwas merkwürdig aus.«

»Inwiefern? Können Sie ihn näher beschreiben?«

»An der Kleidung war nichts Auffälliges. Aber die Frisur – irgendwie passte sie nicht zu ihm. Ich glaube, er trug eine schwarze Perücke. Der Typ wirkte mit seinem dunklen Oberlippenbart und der Sonnenbrille unheimlich auf mich. Alles sah wie eine Verkleidung aus. Er hatte ein Heft dabei, so eine Touristeninformation. Er schlug eine Seite auf und hielt sie mir vor die Nase. Er fragte, ob ich wüsste, wo es in der Nähe einen Sandstrand gäbe. Dabei hat er geflüstert, so als wäre er heiser. Ich hab ihm Lundenbergsand bei Simonsberg genannt und Fuhlehörn auf Nordstrand sowie, natürlich etwas weiter weg, St. Peter-Ording. Ich bin mir sicher, dass er mir in dem Moment etwas in den Kaffee geschüttet hat. Ich konnte meine Tasse nicht sehen, weil er das Heft davorhielt. Er hat sich bedankt und ist weggegangen. Nach einigen Minuten ist mir übel geworden. Ich hatte das Gefühl, ich müsste mich übergeben. Ich bin vom Schlosshof auf die Straße gelaufen. Dort – ich glaube, die Straße heißt König-Friedrich-V.-Allee – parkte ein Auto, und daneben stand der Mann vom Café. Ich bin mir ziemlich sicher, dass es derselbe Mann war.« Sie unterbrach ihre Schilderung und griff nach einem Glas Wasser.

Ihre Mutter wandte sich an Flottmann. »Herr Hauptkommissar, darf ich Ihnen etwas anbieten? Wasser, Tee?«

»Nein, vielen Dank. Später vielleicht.«

Daniela Herzog fuhr fort. »Ich war irgendwie willenlos. Ich kann mich erinnern, dass ich in das Auto gestiegen bin. Normalerweise würde ich das bei einem Fremden nie tun. Ich sah die Welt wie in einem Zerrspiegel und handelte automatisch. Ich kann das nicht genau beschreiben. Ich muss dann die Besinnung verloren haben und bin erst wieder in diesem schrecklichen Raum aufgewacht. Ich war gefesselt. Können Sie sich vorstellen, welche Angst ich ausgestanden habe?« Sie wischte sich eine Träne ab.

Flottmann nickte. »Sie haben Schreckliches erlebt. Deshalb sollten Sie ärztliche und psychologische Hilfe in Anspruch nehmen, Frau Herzog.«

»Ich komme schon zurecht.«

Sie schilderte die weiteren Ereignisse, die Wiederbelebung durch den »Doktor«, dessen Fragen unter Kontrolle des Lügendetektors und schließlich ihre Freilassung.

»Hatten Sie Halluzinationen während Ihrer Bewusstlosigkeit? Oder einen Traum?«

»Nein, ich habe wirklich erlebt, was ich erzählt habe. Ich habe meinen Bruder gesehen.« Sie schaute zu ihrer Mutter hinüber, und weitere Tränen rollten über ihre Wangen. Die Mutter hielt dem Blick ihrer Tochter nicht stand. Flottmann sah aus den Augenwinkeln, wie die Frau den Kopf senkte und ebenfalls mit den Tränen kämpfte.

»Der Entführer hat gedroht, Daniela etwas anzutun, wenn sie die Polizei einschaltet«, sagte Friedrichsen. »Niemand darf von unserem Gespräch erfahren. Können Sie dafür sorgen?«

»Ja. Alles bleibt unter uns«, antwortete Flottmann. Dabei definierte er »uns« für sich als die Anwesenden und die ermittelnden Polizeibeamten.

»Frau Herzog, als Sie aus der Bewusstlosigkeit erwacht sind, hatten Sie das Gefühl, dass der Entführer Ihnen etwas …«

»Angetan hat? Nein. Er hat mich nicht vergewaltigt, wenn Sie darauf hinauswollen. Und er hat mich nicht gequält. Auch danach nicht. Er war freundlich zu mir. Selbst als er mich mit dem Kamm erwischt hat, blieb er ruhig und hat nicht geschimpft.«

Flottmann musste sofort an das Stockholm-Syndrom denken, das ein bekanntes psychologisches Phänomen beschrieb, bei dem das Opfer mit dem Täter sympathisierte und ihm sogar dankbar für die Freilassung war. Er wischte den Gedanken fort.

»Hat man Sie im Krankenhaus medizinisch untersucht?«, fragte er.

»Ein EKG wurde gemacht. Und mir wurde Blut abgenommen. Es war alles in Ordnung. Mir geht es gut. Nur die Erlebnisse – besonders das mit meinem Bruder hat mich mitgenommen. Und die Angst natürlich. Die meiste Zeit habe ich nicht geglaubt, dass er mich freilässt. Aber manchmal hatte ich doch Hoffnung, weil er maskiert war und mir Stöpsel in die Ohren gesteckt hatte, damit ich seine Stimme nicht wiedererkenne. Das hätte er nicht getan, wenn er vorgehabt hätte, mich zu töten.«

»Stöpsel? Können Sie die beschreiben?«

»Ich hatte sie nur ganz kurz in der Hand. Sie sahen wie normale Hörgeräte aus. Nachdem ich sie rausgenommen hatte, hat er kein Wort mehr gesagt.«

»Haben Sie etwas aus seinen Worten herausgehört? Auffällige Ausdrücke oder einen Dialekt?«

»Nein. Er sprach ganz normal.«

»Hatten Sie das Gefühl, den Mann schon einmal vorher gesehen zu haben?«

»Nein. Aber wie ich sagte, war er während meiner Gefangenschaft vermummt und vorher wahrscheinlich verkleidet.«

»Trotzdem könnte er sich durch seine Art, seine Bewegungen oder Gesten verraten haben.«

Sie schüttelte den Kopf.

»Ihnen ist auch nichts Merkwürdiges aufgefallen? Haben Sie sich in der Vergangenheit beobachtet gefühlt?«

Sie zögerte mit der Antwort. »Ich weiß nicht. Ja. Einige Male hab ich einen Mann bemerkt, der dem im Café ähnelte. Aber das ist schon länger her.«

»Welches Fahrzeug fuhr der Mann, der Sie entführt hat? Kennen Sie die Marke, oder haben Sie sich das Kennzeichen gemerkt?«

»Das Auto? Eine dunkle Farbe hatte es, blau oder schwarz.«

Flottmann schloss für einen Moment die Augen. Zeugenaussagen waren selten präzise. Ob es dabei Unterschiede zwischen Männern und Frauen gab, wusste er nicht. Aber er war sich sicher, dass das bei der Frage nach dem Fahrzeugtyp ganz sicher der Fall war.

»War es eine Limousine, ein Kombi, Transporter?«

»Ich weiß nicht. Ein Kombi, glaube ich.«

»Aha. Gut. Haben Sie etwas vom Kennzeichen gesehen?«

»Die Scheinwerfer haben geblendet. ›NF‹ und vielleicht ein ›K‹. Mehr weiß ich nicht.«

Flottmann zog eine Visitenkarte aus seiner Jackentasche und legte sie auf den Tisch. »Falls Ihnen noch etwas einfällt, rufen Sie mich bitte an. Jede Kleinigkeit ist wichtig, Frau Herzog. Wir können nicht ausschließen, dass der Entführer weitere Menschen in seine Gewalt bringt. Deshalb bin ich Ihnen sehr dankbar, dass Sie mit uns kooperieren. Wir müssen diesen ›Doktor‹ so schnell wie möglich aus dem Verkehr ziehen. Was, meinen Sie, hat er mit Ihrer Entführung und diesen Versuchen bezweckt?«

Sie schwieg einen Moment. Dann sah sie Flottmann in die Augen und antwortete: »Ich glaube, er wollte wissen, wie es nach dem Tod weitergeht.«

## 8

Kater Bogomil empfing sein Herrchen wie immer mit lautem Maunzen. Flottmann wusste nicht genau, was das in die menschliche Sprache übersetzt bedeutete. Er interpretierte es als »Schön, dass du da bist, ich hab dich vermisst«. Vielleicht hieß es allerdings auch: »Wird Zeit, dass du kommst. Endlich gibt es was zu fressen!« Bogomil zeigte ihm den Weg in die Küche. Das Öffnen der Dose musste Musik in Katers Ohren sein. Auch heute gab es einen Löffel weniger als am Tag zuvor. Flottmann nannte das Verfahren »ausschleichende Diät« und versuchte es auch bei sich selbst anzuwenden. Trotzdem gönnte er sich eine Flasche Bier und ließ sich im Wohnzimmer auf das Sofa fallen. Er hatte mit Unbehagen registriert, dass ihn die neuerlichen Fälle mehr berührten, als es für einen professionellen Ermittler angebracht war. Erst die tote Frau von der Husumer Au, dann die Entführung eines weiteren Opfers. Er schloss nicht aus, dass beides zusammenhing, auch wenn das auf den ersten Blick nicht erkennbar war. Daniela Herzogs Schilderungen legten nahe, dass der Täter medizinische Versuche an ihr durchgeführt hatte. Was, wenn die Tote von der Au bei einem missglückten Experiment gestorben war? Noch beunruhigender war die Frage, ob mit weiteren Taten des offensichtlich irren Mörders zu rechnen war.

Flottmann legte die Füße auf den Couchtisch und nahm einen kräftigen Schluck aus der Flasche. Das kühle Bier betäubte für Sekunden die trüben Gedanken, die ihn in den letzten Jahren heimsuchten, wenn er mit den menschlichen Abgründen konfrontiert wurde. Früher, als er noch jünger war und das Bonner Dezernat für Tötungsdelikte geleitet hatte, war das anders gewesen. Natürlich hatte es auch damals Fälle gegeben, die ihn nach Feierabend nicht losgelassen hatten, aber fast immer hatte er letztendlich die notwendige Distanz aufbauen können, die für unvoreingenommene Ermittlungen erforderlich gewesen

war. Jetzt hatte er nicht mehr die Verantwortung für Mord-
fälle. Die lag beim K1 in Flensburg. Trotzdem waren er und
seine Kollegen nicht außen vor, wenn solche Verbrechen in der
Gegend verübt wurden. Und wenn er ehrlich war, wollte er
auch nicht darauf verzichten, in Form der Amtshilfe ein wenig
mitzumischen.

Bogomil kam ins Zimmer, leckte sich um die Schnauze, bevor
er auf den Bauch seines Herrchens sprang und zu schnurren
begann. Jetzt konnte Flottmann sein Bier nicht mehr erreichen,
das er auf dem Couchtisch abgestellt hatte.

Seine Gedanken wanderten erneut zu Daniela Herzog. Ihre
Erlebnisse mussten traumatisch gewesen sein. Noch machte
sie einen stabilen Eindruck. Aber er war sich sicher, dass das
nicht so bleiben würde. Meistens stellten sich die psychischen
Probleme mit einer gewissen Verspätung ein, so als weigere
sich das Gehirn, alles auf einmal ins Bewusstsein zu rücken.
Ein Schutzmechanismus vermutlich. Doch spätestens, wenn
die Alpträume einsetzten, zeigte sich, dass die Verarbeitung
der Erlebnisse noch nicht ausreichend stattgefunden hatte.

Bogomils Gewicht lastete schwer auf Flottmanns Bauch.
Nun fing der Kater auch noch an, sich zu putzen. Flottmann
blies ihm ins Gesicht. Das konnte das Tier auf den Tod nicht aus-
stehen. Es verließ den gemütlichen Ort und führte seine Körper-
pflege in der äußeren Ecke des Sofas fort. Endlich konnte sich
Flottmann vorbeugen und die Bierflasche erreichen. Er trank
den Rest in einem Zug aus. Eigentlich bevorzugte er Wein, aber
den trank er lieber in Lenas Gesellschaft. Allein machte es ihm
keinen Spaß mehr. Gern hätte er auch seine beruflichen Sorgen
mit ihr geteilt, aber das durfte er nur bis zu einem gewissen
Grad. Der richtige Ansprechpartner für seine Überlegungen
war Hilgersen. Es hatte einige Zeit gedauert, bis sich die beiden
aneinander gewöhnt hatten. Aber inzwischen war aus ihnen ein
gutes Team geworden.

Flottmann sah zu Bogomil hinüber. Der Kater konnte zu
jeder Zeit schlafen. Ihn quälten keine Sorgen. Das nahm Flottmann jedenfalls an. Bogomil zuckte mit den Pfoten. Vermutlich

verfolgte er im Traum gerade eine Maus. Allerdings bezweifelte Flottmann, dass sein Kater überhaupt wusste, was eine Maus war. Hatte er manchmal Alpträume? Wenn, dann beschränkten die sich wahrscheinlich darauf, dass eines Tages das Futter versiegte. Doch da war ja noch die Entführung durch seinen Vorbesitzer gewesen. Es war nicht auszuschließen, dass sich das schreckliche Erlebnis in seinen Träumen widerspiegelte. Diese Gedanken und das Bier machten Flottmann müde. Er beschloss, zu Bett zu gehen.

Am nächsten Morgen kam er einigermaßen ausgeschlafen ins Büro. Wie gewöhnlich saß Hilgersen bereits an seinem Schreibtisch.

»Was hat die Befragung gestern ergeben?«, fragte er, nachdem sich Flottmann eingerichtet und wie immer als Erstes die E-Mails gelesen hatte.

Flottmann brachte seinen Kollegen auf den neuesten Stand.

»Und du denkst, dass der Todesfall Juliane Thielsen und die Entführung Daniela Herzogs miteinander zu tun haben?«

»Du behauptest doch immer, dass Verbrechen in Nordfriesland so selten sind, dass sie zusammenhängen müssen, wenn welche verübt werden.«

»Das gilt nur für Mord und Totschlag. Vermutlich hat zum Beispiel das, was ich gerade bearbeite, nichts mit unserem Fall zu tun.«

»Worum geht's?«

»In der Gutenbergstraße wurde Herrenunterwäsche von der Leine geklaut.«

»Okay, du hast recht. Auf den ersten Blick kann ich auch keine Verbindung zum Mord und der Entführung erkennen.«

»Hast du andere Indizien dafür, dass die Fälle Thielsen und Herzog demselben Täter zugeschrieben werden können?«

»Nein. Aber ein guter Hinweis wäre, wenn bei beiden Opfern dieselben Substanzen im Blut festgestellt werden würden«, sagte Flottmann.

»Ajmalin und Lidocain?«

»Ich staune, dass du die Namen behalten hast.«

»Hab sie gerade vom Bildschirm abgelesen. Ich hab ein wenig recherchiert, was die Wirkung angeht. Wusstest du, dass dieser Krankenpfleger, der vermutlich über hundert Menschen umgebracht hat, unter anderem die beiden Mittel verabreicht hat?«

»Tatsächlich? Das ist interessant.«

»Er hat danach versucht, die Patienten wiederzubeleben, um als Held dazustehen. Glaubst du an einen Nachahmungstäter?«

»Nein. Jedenfalls nicht im eigentlichen Sinn. Aber er könnte die gleiche Methode benutzt haben, um die Frauen an den Rand des Todes zu bringen. Recherchiere doch mal über Nahtoderlebnisse.«

»Was?«

»Einiges spricht dafür, dass der Täter irgendwelche Experimente mit Menschen durchführt.«

»Um etwas über den Tod zu erfahren?«

»Ich schließe das nicht aus. Jedenfalls deuten Daniela Herzogs Aussagen darauf hin.«

»Okay, ich werde mich mal mit dem Thema beschäftigen. Und was machst du?«

»Ich schreib schon mal einen Bericht für das K1. Die Kollegen müssen informiert werden. Es steht auch noch eine offizielle Befragung der Herzog aus. Aber vielleicht wollen die Flensburger das selbst durchführen. Man müsste …« Flottmann kratzte sich am Kinn.

»Was müsste man?«

»Das Blut von Daniela Herzog auf die Substanzen untersuchen. Dann könnten wir vielleicht herausbekommen, ob es eine Verbindung zwischen den Fällen gibt. Wenn beiden Opfern das gleiche Zeug verabreicht wurde, hätten wir einen ziemlich sicheren Hinweis dafür. Im Krankenhaus wurde ihr Blut entnommen. Man könnte das zur Analyse an das LKA schicken.«

»Das geht nicht einfach so. Dafür brauchst du eine richterliche Genehmigung.«

»Ich denke, Frau Herzogs Erlaubnis wird ausreichen.«

Flottmann begann damit, den Bericht zu verfassen. Schreib-kram gehörte nicht gerade zu seinen Lieblingsaufgaben. Aber in diesem Fall half es ihm, die Gedanken zu ordnen. Nachdem er damit fertig war, kochte er Kaffee. Er kam mit zwei vollen Bechern zurück und übergab den mit der Aufschrift »Platt-schnacker« an Hilgersen.

»Hast du einen Schuss Rum reingetan?«

»Den gibt es nur für besondere Verdienste. Was hast du über die Nahtodsache herausgefunden?«

Hilgersen nahm vorsichtig einen Schluck des dampfenden Kaffees. »Eingeweihte bezeichnen das Phänomen als NTE. Das ist die Abkürzung für Nahtoderfahrung. Und so etwas gibt es wirklich. Niemand bezweifelt das. Menschen, die fast gestorben sind, haben erstaunliche Erscheinungen gehabt.«

»›Fast gestorben‹ klingt für mich wie ›fast schwanger‹.«

»Nee. Das Sterben ist ein Prozess und kein plötzlicher Über-gang vom Leben zum Tod. Und während dieses Übergangs erleben die meisten ein großartiges Glücksgefühl. Sie beschrei-ben, wie sie durch einen Tunnel schweben, an dessen Ende ein helles Licht zu sehen ist. Es ist erstaunlich, dass genau dieses Motiv immer wieder auftaucht. Natürlich können davon nur Sterbende berichten, die ins Leben zurückkehren.«

»Letzteres klingt ziemlich logisch.«

»Manche Wissenschaftler tun das Phänomen als Illusion des Gehirns ab, das versucht, dem Sterbevorgang einen Sinn zu geben. Trost zu spenden sozusagen. Andere glauben, dass NTEler einen Blick ins Jenseits erhascht haben. Ich kann mir das gut vorstellen. Es gibt zahlreiche Berichte, dass Betroffene herrliche Landschaften wahrnehmen und ihnen Verwandte oder übernatürliche Gestalten erscheinen, um sie abzuholen. Viele spüren auch die Anwesenheit von Gott. Na ja, als Atheist bist du wohl nicht offen für so etwas. Aber es gibt mehr zwischen Himmel und Erde …«

»Nicht schon wieder diesen Spruch bitte! Damit kannst du jedes Gegenargument erschlagen.«

»Ich meine ja nur. Du wolltest Informationen, und ich liefere sie dir. Du hast erzählt, dass auch Daniela solche Erlebnisse hatte. Sie hat ihren Bruder gesehen?«

»Ja, hat sie angeblich. Noch was? Hast du noch mehr? Fakten, meine ich.« Flottmann ging zurück zu seinem Schreibtisch und setzte sich auf den Drehstuhl.

»Sicher ist, dass NTEs die Menschen verändern, und nicht wenige entdecken ihren Glauben neu oder vertiefen ihn. Manche widmen sich anschließend karitativen Aufgaben und konzentrieren sich auf das Wesentliche im Leben.«

»Gut, das reicht mir erst einmal.«

»Das Thema hat mich gepackt. Ich werde weiterrecherchieren. Das ist alles hochinteressant, finde ich. Ach ja, das vergaß ich zu erzählen. Hier in Husum gibt es einen Kreis von NTElern und Leuten, die sich mit der Materie befassen.«

»Das ist interessant. Es könnte nicht schaden, wenn wir uns die Zuhörerliste besorgen würden. Und Informationen über den Veranstalter.«

»Okay. Ich kümmere mich darum.«

# 9

Der Doktor saß an seinem Schreibtisch. Er trank Rotwein und war zufrieden. Die Probandin hatte überlebt und ihm die gewünschten Informationen geliefert. Leider hatte sie das Symbol nicht gesehen. Das war ein Wermutstropfen. Nein, es war mehr als das. Hätte sie das Zeichen beschreiben können, wäre es der ultimative Beweis für eine außerkörperliche Wahrnehmung gewesen, dafür, dass sich die Seele zeitweise vom Körper getrennt und über ihm geschwebt hatte. Das Wort »Seele« war natürlich kein wissenschaftlicher Begriff. Er benutzte ihn trotzdem oft als Ersatz für Geist und Bewusstsein. Letztendlich lief alles auf die Frage hinaus, ob beides nach dem physischen Tod weiterexistierte, außerhalb von Raum und Zeit. Wie diese Existenz aussah, konnte man anhand der geschilderten Erlebnisse bisher nur grob abschätzen.

Nach seinem eigenen Tod würde er es genauer wissen. Aber er wollte es zu Lebzeiten untersuchen und seine Ergebnisse an die Menschheit weitergeben. Die Versuche mussten unter definierten Bedingungen stattfinden. Alle bisherigen Schilderungen waren in Situationen entstanden, bei denen es stets um die Rettung von Leben ging. Niemand hatte direkt nach einer Reanimation entsprechende Forschungen angestellt. Er war der Erste, der so etwas tat. Es war bedauerlich, wenn ein Proband nicht überlebte. Aber für das wichtige Ziel waren Opfer vielleicht unvermeidbar. Man würde ihm für die Erkenntnisse dankbar sein, und je mehr Erfahrung er sammelte, desto wahrscheinlicher war es, dass die Versuchspersonen ohne Schaden davonkamen.

Auch wenn Daniela Herzog das auf der Plattform angebrachte Symbol nicht beschreiben konnte, hieß es nicht, dass sie es nicht gesehen hatte. Während eines Nahtoderlebnisses waren die Eindrücke oftmals so überwältigend, dass man nicht auf solche Dinge achtete. Trotzdem wurde alles im Gehirn abgespeichert. Einiges gelangte erst ins Bewusstsein, wenn das

Erlebnis verarbeitet worden war. Manches brach erst heraus, wenn erneut etwas Gravierendes im Leben geschah. Manches blieb allerdings für immer verborgen.

Er hatte die Probanden sorgfältig ausgesucht und sich lange auf die Versuchsreihe vorbereitet. Seine Unternehmungen waren gefährlich. Trotz aller Vorsicht würde man ihm irgendwann auf die Schliche kommen. Deshalb hatte er dafür gesorgt, dass seine Forschungsergebnisse veröffentlicht würden, egal, was passierte. Er war gerade dabei, sein Skript zu aktualisieren. Danach würde er es wie üblich in der Cloud abspeichern.

Sein Büro war spartanisch eingerichtet: ein Schreibtisch mit Stuhl, ein Bücherbord mit Fachliteratur sowie ein Bild des Malers Hieronymus Bosch an der Wand, eine künstlerische Darstellung eines Nahtoderfahrungen. Es zeigte einen Tunnel, der in einem Meer aus Licht endete, das eine menschliche Gestalt überstrahlte. Nachdem er die letzten Zeilen geschrieben und seine Arbeit gesichert hatte, wanderte sein Blick durch das Fenster auf das verwilderte Grundstück. Ihn störte es nicht, dass dort das Unkraut wucherte. Das war völlig unwichtig. Wieso sollte er sich mit so nichtigen Dingen wie Gartenarbeit beschäftigen? Das ergab keinen Sinn, nicht für ihn selbst und schon gar nicht für die Menschheit.

Der Garten verschwamm urplötzlich vor seinen Augen. Eine Wiese mit Obstbäumen tauchte auf. Für eine Sekunde sah er das brennende Elternhaus. Er hörte, wie die Scheiben barsten und Flammen aus den Fenstern loderten. Dann war der Spuk wieder vorbei. Sein Magen verkrampfte sich. Schweißperlen hatten sich auf seiner Stirn gebildet. Mit zittrigen Händen ergriff er das Glas und trank es in einem Zug aus. Die Flashbacks kamen unvermittelt, und er konnte sich nicht dagegen wehren. Er hoffte, dass sie irgendwann für immer verschwänden.

Er wischte sich den Schweiß mit dem Handrücken ab, öffnete eine Schublade des Schreibtischs und nahm ein DIN-A4-Blatt heraus. Darauf standen sieben Namen. Die Reihenfolge auf der Liste hatte keine Bedeutung. Die endgültige Auswahl der Versuchspersonen geschah nach anderen Kriterien, zum Beispiel danach, ob die Umstände stimmten, die das Risiko der Entführung minimierten. Außerdem sollte der Proband unter keiner akuten Krankheit leiden. Das würde nicht nur die Ergebnisse verfälschen, sondern könnte auch die Gefahr erhöhen, dass die Reanimierung ohne Erfolg blieb. Ein Kandidat, der bei den Versuchen starb, nahm seine Nahtoderfahrungen mit ins Grab. Das musste er unbedingt vermeiden.

Die Kandidaten hatte er mit größter Sorgfalt ausgewählt. Es war nicht einfach gewesen, sie zu finden. Noch schwieriger war es, genügend Informationen über sie zu erhalten. Aber das Internet war eine großartige Unterstützung. Fast alle hatte er über verschiedene Foren gefunden. Menschen, die sich mit religiösen Fragen beschäftigten, Atheisten, Skeptiker, die nur anerkannte naturwissenschaftliche Erklärungen akzeptierten, sowie Angehörige verschiedener Kulturkreise. Wenn jemand in das gewünschte Profil passte und über das Forum und persönliche Chats genug von sich preisgegeben hatte, versuchte er, dessen Klarnamen herauszubekommen. Das bereitete in der Regel keine besonderen Schwierigkeiten. Meistens genügten schon wenige Informationen, um auf das Individuum schließen zu können. Facebook, Twitter und Co. leisteten dabei gute Dienste. Letztendlich benötigte er aber detaillierte Daten über das Verhalten und die Lebensumstände der in Frage kommenden Personen, die nur ihre genaue Beobachtung liefern konnte. Manchmal war er gezwungen, dafür die Dienstleistung eines Privatdetektivs in Anspruch zu nehmen. Aber das brachte zusätzliche Risiken mit sich.

Der Doktor überlegte, wen er als Nächstes aus der Liste auswählen sollte. Er fuhr mit dem Finger über die Eintragungen. Der Name »Juliane Thielsen« war durchgestrichen. Sie hatte nicht überlebt. Der ganze Aufwand für die Recherche zu ihrer Person, für die Entführung und die Versuchsausführung war vergeblich gewesen. So etwas durfte sich nicht wiederholen. Vermutlich war die Dosis, die er ihr verabreicht hatte, zu stark gewesen. Aber auch andere Gründe kamen in Frage. Letztendlich würde er die Ursache nicht klären können.

Sein Finger wanderte eine Zeile nach unten. Daniela Herzog. Bei ihr war alles zufriedenstellend verlaufen. Während ihres Nahtods hatte er alle medizinischen Daten aufgezeichnet, jedenfalls die, die ihm zugänglich waren. Gern hätte er bei seinen Versuchen Kernspinaufnahmen vom Gehirn erstellt. Aber die Kosten für die Technik lagen jenseits seiner Möglichkeiten. Im Grunde erwartete er davon sowieso keine neuen Erkenntnisse. Wichtig war, dass die Experimente unter definierten Bedingungen stattfanden, und das konnte er mit seiner Methode ausreichend sicherstellen. Dass Daniela Herzog sich nicht an das Symbolbild erinnern konnte, war ausgesprochen ärgerlich. Aber er hatte die Hoffnung noch nicht aufgegeben, diesen endgültigen Beweis für eine außerkörperliche Erfahrung liefern zu können.

Der nächste Name auf der Liste: Konstantin Domeyer. Er war sozusagen der Ersatz für Juliane Thielsen. Es war spannend zu sehen, inwieweit die Religiosität eines Probanden Einfluss auf die Nahtoderfahrung hatte. Domeyer war strenggläubig. Er war Mitglied der Freien evangelischen Kirche und gehörte seiner Einstellung nach zu den Kreationisten. Das hatten die vielen Chats mit ihm eindeutig ergeben. Er war überzeugt, dass Gott den Himmel, die Erde und alles Leben erschaffen hatte. Die von Wissenschaftlern behauptete Evolution habe es nie gegeben. Der Doktor war sich sicher, dass Domeyer nicht nur diese Ansichten vertrat, sondern unerschütterlich daran glaubte, ebenso wie an das Jüngste Gericht und an das ewige Leben.

Sehr interessant war auch der nächste Kandidat seiner Studie: Leon Gerber. In der Zeitung war ein Artikel über ihn erschienen, nur ein kleiner Bericht, aber der hatte genügt. Dem Musiker wurde ein besonderes musikalisches Talent zugesprochen. Und das war für das Projekt interessant. Kreativität und insbesondere das musikalische Schaffen wurden nach Ansicht einiger Wissenschaftler durch Zugriff auf ein globales Bewusstsein gespeist. Viele berühmte Künstler behaupteten, die Quelle für die Intuition befände sich nicht in ihrem Kopf, sondern irgendwo »da draußen«. Sie würden die Quelle lediglich anzapfen. Gerber war der richtige Kandidat, um herauszubekommen, ob es solche Verbindungen gab und das globale Bewusstsein vielleicht sogar mit dem Jenseits gleichgesetzt werden konnte. Gerber war ein Sonderling mit autistischen Zügen. Auch er hatte eine ihm nahestehende Person verloren, wie alle anderen auf der Liste. Noch fehlten einige Informationen über ihn. Die zu beschaffen war nicht leicht, weil der Musiker in keinen sozialen Medien vertreten war. Aber das Problem ließ sich lösen.

Der Doktor tippte mit dem Zeigefinger auf den nächsten Namen: Kanita Luang. Die Thailänderin sollte Aufschluss über kulturelle Einflüsse auf Nahtoderfahrungen geben. Sie lebte erst seit drei Jahren in Deutschland. Es gab Untersuchungen, nach denen Thailänder keine Lichterscheinungen wahrnahmen und auch keine Euphorie empfanden. Das stand ein wenig im Widerspruch zu den sonst so weitreichend übereinstimmenden Erfahrungen anderer NTEler und musste untersucht werden.

Schließlich standen noch der Atheist Rolf Brauer und die blinde Simone Fassbinder auf der Liste. Beide hatte er über das Internet kennengelernt. Würde ein Atheist etwas anderes erleben als ein religiöser Mensch? Und würde eine von Geburt an Blinde Lichterscheinungen sehen oder gar einen Tunnel und eine Landschaft? Das waren spannende Fragen, die es zu klären galt.

Der Doktor spürte, wie seine Erregung stieg. Noch nie hatte jemand versucht, der Sache mit kontrollierten Experimenten auf den Grund zu gehen. Er würde der Erste sein, und seine Ergebnisse würden von höchster Bedeutung für die Menschheit sein.

Er hatte für jeden Probanden ein Dossier angelegt, in dem er alle Informationen über ihn zusammengetragen hatte. Er klappte seinen Laptop auf. Mit einem Mausklick erschien Simone Fassbinders Beschreibung auf dem Bildschirm. »Achtundzwanzig Jahre alt, von Geburt an blind, wohnt im Schlossgang, arbeitet halbtags bei der VR-Bank im IT-Bereich, konfessionslos …« Weiter musste er nicht lesen. Er kannte ihr Profil zur Genüge. Das zugehörige Bild zeigte eine junge, hübsche Frau mit blonden, kurzen Haaren und schlanker Figur. Er kannte ihre Vorlieben und Gewohnheiten. Ihr Leben lief nach einem genauen Zeitplan ab. Ihrer habhaft zu werden, sollte kein besonderes Problem darstellen. Sie sollte sein nächstes Versuchsobjekt werden. Es gab in der Literatur Berichte über blinde Menschen, die während einer Nahtoderfahrung optische Eindrücke gehabt hatten. Angeblich hatte ein von Geburt an blinder Amerikaner während einer NTE das erste Mal in seinem Leben Schnee gesehen. Aber die Schilderungen waren nicht nachprüfbar, und es gab nur wenige solcher Fälle. Das Phänomen wartete geradezu auf eine wissenschaftliche Klärung.

## 10

Die Runde, die sich wöchentlich im Weißen Saal des Schlosses traf, nannte sich »Nadelöhr«. Sie kam Weber wie der Gesprächskreis einer Selbsthilfegruppe vor. Jedenfalls so, wie er sich eine solche vorstellte, eine für Menschen mit Alkoholproblemen, Angststörungen oder Beziehungsproblemen. Alle neun Teilnehmer saßen in einem Kreis, auf harten Stühlen und mit ernsten Gesichtern. Neben Fred Weber hatte eine Frau Platz genommen, die ebenfalls das erste Mal anwesend war. Sie hatte knallrotes, langes Haar, eine Brille mit riesigen Gläsern und eine Höckernase. Die Gruppe wurde von Dr. Maximilian Katzenbach geleitet. Er begrüßte die beiden Neuzugänge. Sein Erscheinungsbild: graues Haar mit Mittelscheitel, sonnengebräunte Haut und tiefe Falten auf der Stirn. Er trug Pullover und Jeans.

»Ladies first«, sagte er, nachdem Ruhe eingekehrt war. »Es ist üblich, dass sich die Neuen vorstellen. Bitte erzählen Sie uns etwas über sich und, falls Sie bereits eine NTE hatten, über Ihre entsprechenden Erlebnisse.«

NTEs, Nahtoderfahrungen, darum ging es. Die Ankündigung eines Vortrags in der Presse hatte Weber neugierig gemacht. In einem Artikel dazu war die Gruppe »Nadelöhr« erwähnt worden. Spontan hatte sich Weber für das nächste Treffen angemeldet und eine Gebühr von fünf Euro gezahlt. Er hatte nur eine vage Vorstellung von dem, was ihn erwarten würde.

»Mein Name ist Silke Hansen«, begann die Frau neben ihm und sah sich etwas unsicher in der Runde um. »Ich bin achtundvierzig Jahre alt, habe zwei Kinder, die bereits erwachsen sind, und arbeite wieder als Arzthelferin.« Sie nahm ihre Brille ab und fuhr fort. »Ich hatte vor einem Jahr einen Verkehrsunfall, den ich selbst verschuldet habe. Zum Glück ist niemand außer mir zu Schaden gekommen. Ich bin mit meinem Auto von der Straße abgekommen. Warum, weiß ich bis heute nicht. Es war Herbst, es hatte geregnet, und auf der Straße lagen Blätter. Vielleicht war das der Grund, warum ich die Gewalt über meinen Wagen verlor und gegen einen Baum prallte. Jedenfalls hatte ich eine ganz deutliche Nahtoderfahrung. Ich schwebte minutenlang über der Unfallstelle und sah meinen eigenen Körper von oben. Er war aus dem Auto geschleudert worden und lag auf einer Wiese. Ich wusste, dass es meine Hülle war. Aber das war mir egal. Ich beobachtete die Situation ohne Angst und Traurigkeit. Ich bekam noch mit, dass sich Menschen um mich bemühten. Plötzlich wurde ich in einen Tunnel aus Licht gezogen. Mit unglaublicher Geschwindigkeit flog ich hindurch. Aber es war nicht mein Körper, der sich bewegte. Es war mein Geist oder meine Seele. Ich weiß nicht, wie ich es nennen soll. Dann sah ich eine Gestalt, die von hellem Licht umgeben war. Ich bin nicht gläubig, das heißt, ich war es nicht. Trotzdem war ich überzeugt, Gott begegnet zu sein. Er schickte mich zurück. Meine Zeit sei noch nicht gekommen. Und so geschah es, dass ich mich plötzlich wieder im Tunnel befand und zurückflog. Ich weiß heute, dass unter den Helfern ein Arzt war, der mich wiederbelebt hat. Das ist meine Geschichte.«

Eine Minute lang herrschte Schweigen. Alle schienen von der Schilderung beeindruckt zu sein. Auch Katzenbach sagte nichts. Ein leichtes Lächeln umspielte seine Mundwinkel. Weber hatte den Eindruck, dass der Gruppenleiter erfreut über den Bericht der neuen Teilnehmerin war. Vermutlich passte die Schilderung in sein Konzept. Er musterte die Anwesenden eine Zeit lang. Dann blieb sein Blick an Weber hängen. Er sah kurz auf das Papier, das er in der Hand hielt.

»Ich begrüße ebenfalls Fred Weber. Sie sind Physiker?«

Weber nickte.

»Was haben Sie uns zu erzählen, Herr Weber?«

Weber räusperte sich. »Ich bin mehr aus Neugier in diese Veranstaltung geraten.«

»Das ist in Ordnung«, sagte Katzenbach. »Wir sind für alle offen. Und ein Physiker in unserer Runde könnte vielleicht neue Impulse liefern. Wie ist Ihre Geschichte? Hatten Sie eine Nahtoderfahrung?«

»Das weiß ich nicht. Vielleicht.« Weber hob seinen linken Arm und streifte den Ärmel seines Pullovers nach oben. Jetzt konnte man den Übergang zwischen der Prothese und dem Armstumpf erkennen. Mit einem kaum hörbaren Knirschen ballte sich die künstliche Hand zu einer Faust. Der Aufmerksamkeit für seine Erzählung konnte Weber sich nach seiner Demonstration sicher sein.

»Jemand hat mich mitten im kalten Winter mit Handschellen nackt an einen Baum gefesselt«, begann er. Ein Raunen ging durch die Runde. Eine Frau mit schneeweißen Haaren stöhnte entsetzt auf und hielt sich die Hand vor den Mund.

»Ich wäre fast erfroren. Ganz sicher war ich dem Tode nahe. Und auch ich habe Dinge gesehen, Lichtphänomene und merkwürdige Gestalten. Mein gesamtes Leben lief im Zeitraffer an mir vorbei. Zum Glück hatte mein Entführer mir ein Taschenmesser dagelassen. In einem wachen Moment habe ich meine linke Hand abgeschnitten und mich befreit. Das war meine Geschichte.«

Weber lehnte sich zurück und schlug die Beine übereinander. Er hatte seine Schilderung mit Absicht kurz und knackig gehalten. Er wollte abwarten und nicht zu viel von sich preisgeben, solange er nicht genug über die ihm ein wenig obskur erscheinende Runde wusste. In gewisser Weise war er ein gebranntes Kind, was solche oder ähnliche Zusammentreffen anging. Als Student hatte er sich für außersinnliche Wahrnehmung interessiert, für Parapsychologie, Ufologie und Prä-Astronautik. Darunter insbesondere für Erscheinungen, die seiner Ansicht nach einer wissenschaftlichen Betrachtung wert waren. Aber nach einiger Zeit war bei ihm Ernüchterung eingetreten. In Wirklichkeit war es den Teilnehmern bei den einschlägigen Vorträgen und Veranstaltungen gar nicht um eine Klärung der Phänomene gegangen. Sie hatten sich vielmehr versammelt, um an etwas zu glauben, das jenseits ihrer Erfahrungswelt lag. Mehr als einmal hatte er bei kritischen Fragen an den Vortragenden den Unmut des Publikums gespürt. Wie ein Ketzer war er sich vorgekommen. Ob die »Nadelöhr«-Teilnehmer genauso reagieren würden, wusste Weber nicht. Immerhin ging es hier auch um objektive Tatsachen. Nahtoderlebnisse gab es wirklich. Daran zweifelte kaum jemand. Allein die Erklärungen dazu waren unter Wissenschaftlern strittig. Das war interessant genug, um sich damit zu beschäftigen.

»Hat das Erlebnis Ihr Leben nachhaltig verändert?«, fragte Katzenbach die beiden Neuen.

»Ich weiß jetzt, dass es ein Jenseits gibt«, antwortete Silke Hansen. »Und dass es schön dort ist. Der Tod ist nicht das Ende.«

»Herr Weber?«

»Das, was wir wahrnehmen, ist nur ein winziger Ausschnitt aus dem großen Ganzen. Die Wirklichkeit ist viel komplexer, als wir es uns vorstellen können. Das war mir allerdings schon lange vor dem Geschehen klar. Vielleicht hat sich die Erkenntnis danach ein wenig verfestigt.«

»Hm. Können Sie uns das näher erklären?«

Weber musste aufpassen, dass er nicht bereits als Kritiker einer übersinnlichen Erklärung entlarvt wurde. Vielleicht war es ein Fehler gewesen, im Anmeldeformular den Beruf Physiker einzutragen. Seinen Doktortitel hatte er nicht angegeben, auch nicht, dass er an der Kieler Universität forsche. Ihm fiel spontan Platons Höhlengleichnis als Antwort auf Katzenbachs Nachfrage ein.

»Von Platon gibt es ein schönes Gleichnis. Es gehört zu meinen Lieblingsgeschichten. Darin geht es um Menschen, die angekettet in einer Höhle leben. Hinter ihnen brennt ein Feuer, und sie beobachten nur die Schatten von Gegenständen, die hinter ihnen vorbeigetragen werden. Sie halten die Schattenbilder für die Wirklichkeit. Das Gleichnis geht noch weiter. Einer der Gefangenen wird befreit, und als er sich umdreht, sieht er die Realität, sieht, wie die Welt tatsächlich ist. Aber das Feuer blendet ihn, und er hat das Bedürfnis, wieder in die Dunkelheit zu gehen und weiterhin die vertrauten Schatten zu beobachten. Er kehrt in die Höhle zurück und schildert sein Erlebnis. Die Angeketteten lachen ihn aus. Sie können seine Erkenntnisse nicht nachvollziehen und glauben ihm nicht. Ich denke, uns geht es genauso. Wir können nur einen Teil der Wirklichkeit erfassen. Der Rest bleibt uns verborgen.«

»Erfahren wir den, wenn wir die Schwelle zum Tod überschreiten?«, fragte Katzenbach.

Weber zuckte mit den Schultern. »Das wäre zumindest eine verlockende Vorstellung.«

»Gut. Belassen wir es dabei.«

Es meldete sich ein Mann zu Wort, der vollständig in Schwarz gekleidet war. Weber hatte mitbekommen, dass ihn einige mit »Pfarrer« titulierten. Ob sie damit auf seinen Beruf anspielten oder der Titel lediglich seiner Kleidung geschuldet war, wusste er nicht. Später erfuhr er, dass der Typ, der Lothar Schwerthfeger hieß, in Augsburg einige Semester Theologie studiert und in Hamburg als Pfleger in einem Krankenhaus gearbeitet hatte, bevor er nach Husum gezogen war.

»Sie kennen meine Geschichte«, begann er. »Nachdem meine Frau und mein Sohn bei einem Verkehrsunfall gestorben waren, wollte ich nicht mehr leben. Eines Abends betrank ich mich und nahm Tabletten. Ich bin sicher, dass ich die Schwelle zum Tod überschritten hatte. Ich reiste durch einen Tunnel voller Licht auf die andere Seite, dorthin, wo meine Liebsten auf mich warteten. Ich hab sie gesehen. Es geht ihnen gut. Ich wollte zu ihnen, aber irgendetwas hielt mich zurück. Eine Stimme sagte, dass ich noch eine Aufgabe zu erfüllen hätte. Ich glaube, dass Gott zu mir gesprochen hat. Er wollte, dass ich den Menschen erzähle, dass die Existenz auf der Erde nur eine Episode ist, die zum ewigen Leben führt. Ich bin überzeugt, dass mir an der Schwelle zum Tod ein Einblick ins Jenseits gewährt wurde. Und irgendwann wird auch die Wissenschaft zeigen, dass der Tod nicht das Ende ist. Ein berühmter Physiker, ich glaube, es war Werner Heisenberg, hat einmal gesagt: ›Der erste Schluck aus dem Becher der Wissenschaft führt zum Atheismus, aber auf dem Grund des Bechers wartet Gott.‹«

Bei den letzten Worten warf er Weber einen Blick von der Seite zu. Der fühlte sich angesprochen. »Die Wissenschaft ist die einzige Möglichkeit, dem Phänomen auf die Spur zu kommen. Wir alle wissen, dass das Gehirn uns ständig etwas vorgaukelt. Alle von uns, die eine Nahtoderfahrung hatten, leben noch. Wer wirklich tot ist, kann nicht mehr berichten, was nach dem Ableben passiert.«

Weber bereute seinen Kommentar sofort. Ihm war klar, dass niemand in der Gruppe eine neurologische Erklärung haben wollte, die das Phänomen quasi als Hirngespinst abtat. Er hatte sich provozieren lassen und bemerkte an den Reaktionen der anderen, dass er sich bereits ins Abseits manövriert hatte.

Eine ältere Frau schüttelte den Kopf. Mit krächzender Stimme protestierte sie: »Sie wollen doch nicht unsere Erlebnisse als Träume oder Halluzinationen abtun? Die sind nämlich meist konfus und unlogisch. Nicht so die NTEs. Alle Beschreibungen ähneln sich, egal, von wem sie stammen. Auf der ganzen Welt ist das so. Auch in dieser Runde haben alle Ähnliches erlebt. Die NTEs zeigen uns, was uns nach dem Tod erwartet.«

Zustimmendes Nicken in der Runde. Weber schwieg.

Katzenbach griff ein. »Wissenschaft und Glauben müssen sich nicht unbedingt widersprechen. Wir sind hier, um unsere Erfahrungen auszutauschen, und wir sollten für verschiedene Erklärungen offen sein. Ich habe für unsere nächsten Veranstaltungen Vortragende eingeladen.« Er las von einem Zettel ab: »Dr. Petzold beschäftigt sich seit über zwanzig Jahren mit dem Hirntod. Sein Thema: ›Organspende – wird die Seele mit verpflanzt?‹ Und Professor Shaw, ein renommierter Wissenschaftler aus den USA, wird einen Vortrag mit dem Titel halten: ›Eine kurze Reise hinter den Horizont‹. Ich werde Sie wie üblich rechtzeitig per Mail über Näheres informieren. Ich danke Ihnen. Wir sehen uns dann in einer Woche wieder.«

## 11

Nachdem sich die Versammlung weitgehend aufgelöst hatte, kam der »Pfarrer« auf Weber zu. Schwerthfeger hatte eine dunkle Haut mit Pockennarben, kurzes schwarzes Haar und auffällig abstehende Ohren.

»Sie haben sich wissenschaftlich mit unserem Thema auseinandergesetzt?«, fragte er.

»Nein. Aber ich finde es spannend, und ich kann es nicht lassen, alles unter wissenschaftlichen Aspekten zu betrachten. Das ist sozusagen eine Berufskrankheit. Mit ›glauben‹ kann ich nichts anfangen. Ich möchte ›wissen‹. Da sind Sie vermutlich besser dran.«

»Nur scheinbar. Letztendlich möchte auch ich wissen beziehungsweise eine Bestätigung für etwas haben, an das ich glaube. Um beim Thema zu bleiben: Ich glaube an ein Jenseits. An ein Leben nach dem Tod. Meine Nahtoderfahrung war keine Halluzination. So wie bei den meisten Menschen, denen so etwas passiert ist, hat sich das Erlebnis absolut real angefühlt, mit einer Klarheit, die realer schien als das wirkliche Leben.«

Weber nickte. »Ich verstehe.« Er hatte keine besondere Lust auf die Unterhaltung. Der »Pfarrer« wollte letztendlich nur seine Anschauung bestätigt haben. Aber dafür stand Weber nicht zur Verfügung.

»Ich hab leider noch einen Termin.« Er sah demonstrativ auf seine Uhr.

»Wenn Sie noch eine halbe Stunde Zeit hätten, könnten wir uns im Schlosspark die Füße vertreten und uns dabei ein wenig unterhalten.«

Draußen war herrliches Sommerwetter, und gegen einen Spaziergang im Park hatte Weber nichts einzuwenden.

»Okay. Mein Termin kann warten.«

Sie verließen den Weißen Saal und gingen hinaus in den Hof. Das Schlosscafé hatte bereits geschlossen. Noch bevor sie das Sandsteinportal erreichten, das zum Park führte, nahm Schwerthfeger den Gesprächsfaden wieder auf.

»Es gibt sehr viele Berichte von NTElern, die behaupten, sie seien durch einen Tunnel gereist. Ich habe gehört, dass ein physikalisches Phänomen dahinterstecken könnte. Wenn sich die Seele mit Lichtgeschwindigkeit bewegt, würde sich die Welt um sie herum zu einem Tunnel verzerren. Was halten Sie davon?«

»Für einen Beobachter nahe der Lichtgeschwindigkeit trifft das zu. Welche Bedingungen für eine Seele gelten, weiß ich nicht. Das fällt nicht in mein Fachgebiet. Manche glauben, dass der Tunnel eine Erinnerung an den Geburtsvorgang ist. Das scheint mir plausibler zu sein. Aber auch die Erklärung ist reine Spekulation.«

Die beiden Männer schwiegen eine Weile. Als sie das Portal und den Brunnen passiert hatten, fuhr Schwerthfeger fort: »Ich fand das Höhlengleichnis, das Sie geschildert haben, sehr anschaulich. Sind Sie überzeugt, dass es eine umfassendere Wirklichkeit gibt als die, die wir wahrnehmen?«

»Selbstverständlich. Mit unseren Sinnen nehmen wir nur einen ganz geringen Ausschnitt der Realität wahr. Das ist ohne Zweifel so. Die Frage ist eher, ob unser Gehirn in der Lage ist, das große Ganze zu verstehen. Schließlich hat die Evolution es nur für das Überleben optimiert und nicht, damit wir die Welt erforschen. Vielleicht ist das auch der Grund, warum sich so manches in der Physik unserer Anschauung komplett entzieht.«

»Wie Einsteins Relativitätstheorie?«

»Damit kommen wir noch einigermaßen klar. Schwieriger ist da schon die Quantentheorie. Sie funktioniert perfekt, aber kein Mensch versteht sie wirklich. Da gibt es zum Beispiel das Phänomen der Verschränkung, bei dem zwei Teilchen über beliebige Entfernungen miteinander verbunden sind. Raum und Zeit werden bedeutungslos für sie. Einstein gefiel die Vorstellung absolut nicht. Er nannte das eine ›spukhafte Fernwirkung‹. Inzwischen wurde die Eigenschaft jedoch in vielen Experimenten nachgewiesen. Es sieht so aus, als sei das gesamte Universum auf eine Art raum- und zeitlos miteinander vernetzt. Das ist auch für einen Physiker nur schwer zu akzeptieren. Aber zweifellos ist die Welt nichtlokal, wie wir das nennen.«

»Haben Sie schon einmal etwas von dem globalen Bewusstsein gehört?«

Weber lachte. »Ja, aber ich halte das für sehr spekulativ.«

»Es ist Gegenstand seriöser Forschung, unter anderem an der Universität Princeton.«

»Sie meinen das Global Consciousness Project?«

»Ja. Daran sind hundert Forscher und Ingenieure weltweit beteiligt.«

»Ich weiß.«

»Sie haben sichere Hinweise gefunden, dass es ein globales Bewusstsein gibt.«

»Ich kenne die Ergebnisse, aber ich bleibe skeptisch.«

Vermutlich war Schwerthfeger über Webers Äußerungen enttäuscht. Aber er ließ sich nichts anmerken.

Weber entschloss sich, ihm ein paar Zuckerstücke zuzuwerfen. »Immerhin hat einer der größten Physiker des letzten Jahrhunderts, Erwin Schrödinger, gesagt: ›Es gibt nur ein Bewusstsein, und wir alle sind ein Teil davon.‹ Und der Nobelpreisträger Eugene Paul Wigner: ›Die Quantentheorie beweist die Existenz eines universellen Bewusstseins im Universum.‹«

Mit seinen Bemerkungen zauberte Weber ein Schmunzeln auf Schwerthfegers Lippen. Sie setzten sich auf eine Bank, die einigermaßen frei von Vogelkot war.

»Es soll Menschen geben, die das globale Bewusstsein anzapfen können«, sagte Schwerthfeger. »Mozart soll seine Musik während des Träumens zugeflogen sein.«

»Ich kenne ähnliche Aussagen anderer Komponisten und Künstler. Aber ich stehe solchen Erklärungen skeptisch gegenüber. Sie glauben, dass man nach dem Tod als Teil des globalen Bewusstseins weiterlebt? Und während eines Nahtoderlebnisses erhält man einen Vorgeschmack auf das, was uns erwartet?«

Der »Pfarrer« nickte. »Und wie deuten *Sie* die eindrucksvollen Erlebnisse?«

»Ich glaube, dass das Gehirn dem Sterbenden einen tröstlichen Ausblick auf das angebliche Paradies gibt, um ihm den Abschied zu erleichtern. Der Körper schüttet drogenähnliche Stoffe aus, die das bewirken. Ein Trick der Evolution, nichts weiter.«

»Verliert man als Wissenschaftler jeglichen Blick für die Wunder der Natur und unserer Existenz?«

»Oh, nein. Ganz im Gegenteil. Je tiefer wir in die Materie eindringen, desto seltsamer wird das, was wir Realität nennen.« Weber sah auf die Uhr. »Ich muss leider los. Vielleicht wird die zukünftige Forschung eine endgültige Klärung der letzten Fragen liefern.«

»Es war interessant, sich mit Ihnen zu unterhalten«, sagte Schwerthfeger.

»Das Vergnügen war ganz auf meiner Seite.«

## 12

Flottmann gähnte, als er das Büro betrat. Bogomil hatte ihn mehrmals in der Nacht geweckt und war jaulend in die Küche gelaufen. Aber Flottmann war hart geblieben. Der Kater sollte mindestens ein weiteres Kilogramm abnehmen. Allerdings war er sich nicht ganz sicher, wer von beiden den längeren Atem haben würde. Bisher hatte Bogomil es immer geschafft, sein Herrchen zu »überzeugen«.

Seine eigene Diät gestaltete sich noch schwieriger. Schließlich hatte er niemanden, der ihm das Futter zuteilte. Doch ihm war klar, dass weniger die Menge, die er aß, das Problem war. Auf eine ausgewogene Ernährung kam es an. Er hatte schon mal über einen Kochkurs nachgedacht, bei dem man so etwas lernen konnte. Aber ebenso wie beim Tanzkurs oder Fitnesstraining war er über das Planungsstadium nicht hinausgekommen. Immerhin hatte er all das und vieles mehr auf seine To-do-Liste gesetzt.

»Moin«, grüßte er.

»Moin, Moin«, antwortete Hilgersen.

»Gute Laune?«

»Klar. Woher weißt du das?«

»Das doppelte Moin und die Betonung. Du bist nicht der Einzige, der den Gemütszustand eines Norddeutschen an der Intonation erkennen kann. Was ist der Grund für deine Stimmung? Hast du den Fall gelöst?« Flottmann schaltete seinen Computer ein.

»Allerdings. Einer der Jungs hat Fingerabdrücke hinterlassen, und die führten zu einem Treffer in der Datenbank.«

»Welche Jungs?«

»Na, die von der Paintball-Bande.«

»Ach so. Und das ist der Grund für deine gute Laune?«

»Franziska ist gestern aus Hamburg gekommen und wohnt ein paar Tage bei mir. Es ist zwar ziemlich eng in meiner Wohnung, aber das hat ja auch einen besonderen Reiz. Du und Lena, ihr wohnt immer noch nicht zusammen?«

»Nee. Eine gewisse Distanz erhält die Liebe. Lass dir das von einem erfahrenen Kollegen gesagt sein. Gibt es etwas Neues über die Nahtodsache?«

»Ich hab die Liste mit den Teilnehmern dieses NTE-Vereins. Glaubst du, dass darunter der Täter sein könnte?«

»Das ist nicht besonders wahrscheinlich, auszuschließen ist es aber nicht. Wie viele sind es?«

»Inklusive des Leiters der Gruppe, eines Dr. Maximilian Katzenbach, zehn. Ich hab die Liste auf deinen Rechner kopiert. Ein Name ist mir aufgefallen, Fred Weber.«

»Fred Weber, der Physiker aus Kiel, der sich die Hand mit einem Taschenmesser abgeschnitten hat?«

»Könnte sein. Allerdings ist kein Doktortitel angegeben.«

»Das bedeutet nichts. Ich rufe ihn an. Hast du noch die Nummer von damals? Du bist doch immer so gut organisiert.«

»Dein Lob ist irgendwie stets zweckgebunden. Kann das sein?«

»Unsinn. Also, hast du sie?«

»Hab sie schon rausgesucht.«

Hilgersen diktierte Webers Mobilfunknummer, und eine Minute später hatte Flottmann den Physiker am Telefon.

»Erinnern Sie sich an mich, Herr Weber?«

»Und ob. Ohne Sie wäre ich jetzt vermutlich tot.« Weber lachte.

»So weit würde ich nicht gehen. Ich hab halt meinen Job gemacht.«

»Kann ich jetzt etwas für Sie tun, Herr Hauptkommissar?«

»Vielleicht. Sagt Ihnen das Thema Nahtoderfahrung etwas?«

»Hm, ja. Aber ich dachte, Sie beschäftigen sich bei der Kriminalpolizei nur mit vollständig Toten.«

»Nicht nur. Im günstigsten Fall versuchen wir, ebensolche zu verhindern. Aber Scherz beiseite. Ihr Name ist im Zusammenhang mit einer Gruppe aufgetaucht, die sich ›Nadelöhr‹ nennt.«

»Werde ich seit damals beobachtet?«

»Natürlich nicht. Dafür gibt es keine Veranlassung. Sie kennen diesen Verein?«

»Ich nehme an den Besprechungen und Veranstaltungen teil. Aber es ist kein Verein, eher so eine Art Selbsthilfegruppe für Betroffene und für Interessenten. Auch ich hatte Erscheinungen, als ich dem Tode nahe war. Allerdings waren es zumindest in meinem Fall nur Halluzinationen und nichts Übersinnliches. Trotzdem interessiert mich das Thema. Das Phänomen ist ja real. Es wäre schon interessant, es streng wissenschaftlich zu untersuchen.«

Flottmann wurde hellhörig. »In Form von Experimenten an Menschen?«

»Äh – würden Sie sich freiwillig zur Verfügung stellen? Ich nicht. Aber es gab die sogenannte AWARE-Studie mit zweitausendsechzig Patienten verschiedener Nationalitäten, die einen Herzstillstand hatten. Dreihundertdreißig davon wurden nach der Wiederbelebung befragt. Der Rest konnte nicht mehr antworten. Einige der Reanimierten hatten angeblich Geräusche und Vorgänge wahrgenommen und konnten sie beschreiben, obwohl ihr Hirn längst aufgehört hatte zu funktionieren. Aber das Ganze fand natürlich nicht unter kontrollierten Versuchsbedingungen statt. Immerhin gab es Experimente mit Ratten. Leider konnten die nichts über ihre Nahtoderfahrungen berichten. Aber man hat festgestellt, dass deren Hirnwellen nach dem Herzversagen nicht versiegten, sondern sprunghaft anstiegen. Die Gehirnaktivität nahm bis auf das Achtfache zu. Irgendwie bäumt sich das Leben vor dem Tod noch einmal auf und erhellt den Geist. Vielleicht erlangt man ja in dieser Phase die totale Erkenntnis über die universellen Zusammenhänge, und sei es nur für Sekunden. Das wäre doch eine tröstliche Aussicht. Besonders für einen Forscher wie mich.«

»Ich sehe, Sie haben sich intensiv mit dem Thema beschäftigt«, sagte Flottmann.

»Vorwiegend aus wissenschaftlicher Neugier. Aber was interessiert die Polizei daran?«

»Es könnte mit einem Fall zu tun haben. Genaues kann ich

Ihnen leider nicht verraten. Sie nehmen regelmäßig an den Treffen der Gruppe teil?«

»Ich habe vor, daran teilzunehmen. Wenn möglich, werde ich es mit Besuchen bei meinen Eltern verbinden, die in Husum wohnen. Weshalb fragen Sie?«

»Es könnte für uns hilfreich sein, wenn Sie uns bei Bedarf einige Informationen über die Teilnehmer lieferten.«

»Ich soll für die Polizei Mitbürger bespitzeln?«

»Nein, nur die Ohren offen halten. Das ist alles. Hier geht es nicht um Falschparken, sondern um Mord. Aber behalten Sie das bitte für sich.«

»Mord? Das – okay, das ist etwas anderes. Und die Ohren offen zu halten, verstößt nicht gegen meine Prinzipien.«

»Danke, Herr Weber.«

»Grüßen Sie Gustav von mir.«

»Mach ich.«

Flottmann legte auf. »Ich soll dich grüßen.«

»Danke. Weber ist schon ein cooler Typ. Er ist unser Undercovermann beim ›Nadelöhr‹-Verein?«

»Ich denke, er wird uns Informationen liefern, wenn es darauf ankommt. Du hättest den Job natürlich auch übernehmen können, aber so ist es einfacher. Du kannst den Kriminalisten sowieso nicht ablegen und wärst schnell aufgeflogen.«

Bevor Hilgersen darauf antworten konnte, wurde die Bürotür geöffnet, und Malte Schubert kam herein. Die Duftwolke, die ihn begleitete, sprach dafür, dass er immer noch auf die lebensverlängernde Wirkung der Knoblauchknolle schwor.

»Moin.«

Die beiden Kollegen erwiderten den Gruß.

»Ich hab gehört, dass ihr wieder eine Leiche habt?« Malte sah erst Flottmann, dann Hilgersen an.

»Wir haben sie an die Flensburger abgegeben«, sagte Hilgersen.

»Aber ihr seid doch sicher auch an dem Fall dran, oder?«

»Minimal.«

»Wenn ihr mal wieder meine Hilfe braucht, gebt Bescheid.«

»Darauf kannst du dich verlassen.«

»Gut.« Malte wandte sich zum Gehen.

»Ach, Malte.« Hilgersen ließ seinen Drehstuhl rotieren.

»Ja?«

»Du bist doch unser Fachmann für Übersinnliches. Hast du schon mal etwas von Nahtoderfahrungen gehört?«

»Klar. Ich hab sogar selbst schon so etwas gehabt. Auf einer Grillparty hab ich mich an einem Stück Fleisch verschluckt. Es ist mir quer in der Luftröhre hängen geblieben. Da hab ich komplett die Besinnung verloren. Ich war schon drüben auf der anderen Seite, aber eine Stimme hat mich zurückgeschickt. Es sei noch so viel zu tun für mich auf der Erde, hat sie gesagt. Na ja, auf der Fete war ein Arzt. Erst wollte er bei mir einen Luftröhrenschnitt durchführen. Aber dann hat er es irgendwie geschafft, die Luftröhre wieder frei zu kriegen und mich zu reanimieren. Um ein Haar wäre ich jetzt nicht mehr unter euch.«

»Bist du auch durch einen Tunnel geschwebt?«

»Ja, und ich bin auf ein Licht zugeflogen und in einer wunderschönen Landschaft gelandet. Alles war voller Geborgenheit und Liebe. Ich wäre gerne dort geblieben. Aber ich musste ja zurück. Warum fragst du?«

»Reines Interesse. Schließlich gehört der Tod sozusagen zu unserem Job.«

»Svenja, meine Verlobte, weiß viel mehr darüber als ich. Wenn ihr Fragen dazu habt …«

»Großartig. Bei Bedarf kommen wir gerne darauf zurück.«

»Okay.« Malte verließ das Büro.

Wie immer öffnete Flottmann das Fenster zur Poggenburgstraße, sobald Malte den Raum verlassen hatte.

»Musstest du ihn unbedingt auf das Thema ansprechen, Gustl?«

»Es war doch interessant, was er zu erzählen hatte.«

»Wir sollten uns an Tatsachen halten und uns nicht mit irgendwelchem Esoterikkram beschäftigen.«

»Du machst einen Gedankenfehler, Waldemar. Nein, sogar zwei. Erstens besteht kein Zweifel, dass es NTEs gibt. Die gibt es eindeutig. Das ist nachgewiesen. Wie man sie interpretiert, ist eine andere Sache.«

»Einverstanden.«

»Und zweitens sollten wir versuchen, den Täter zu verstehen. Wir müssen uns in ihn hineinversetzen können. Er wird überzeugt sein, dass NTEs einen Einblick ins Jenseits ermöglichen.«

»Wie kommst du darauf?«

»Würde er sonst solch einen Aufwand betreiben?«

»Er könnte ebenso nachweisen wollen, dass Nahtoderfahrungen nichts anderes sind als Chaos im Gehirn.«

»Die Motivation dafür wäre wohl nicht besonders groß. Stell dir vor, Erich von Däniken hätte ein Buch über die Nichtexistenz von Ufos geschrieben. Das wäre bestimmt kein Bestseller geworden.«

»Ich verstehe, was du meinst. Allerdings hast auch du einen Gedankenfehler gemacht. Wenn er fest glaubt, dass es ein Jenseits gibt, muss er es nicht nachweisen. Ein wirklich gläubiger Mensch versucht auch nicht nachzuweisen, dass es Gott gibt.«

»Hm. Da ist was dran. Aber vielleicht will unser Täter andere überzeugen. Dann braucht er Beweise. Oder er möchte erfahren, wie das Jenseits aussieht.«

»Das erfährt er früh genug. Und wenn es so weit ist, wird er enttäuscht sein«, sagte Flottmann.

»Wieso?«

»Weil da nichts ist.«

»Kannst du das beweisen?«

»Nein.«

»Eben. Also, wie sieht unser Täterprofil aus?«

»Der Papst ist es nicht. Den können wir schon mal ausschließen. Ein Atheist kommt auch nicht in Frage. Für den existiert das Jenseits nicht. Einem Agnostiker ist das egal. Der denkt gar nicht über so etwas nach. Ein Geistlicher, der eine Bestätigung sucht oder die Menschheit von der Existenz des Jenseits überzeugen möchte?«

»Das könnte ich mir vorstellen«, sagte Hilgersen.

»Findest du nicht, dass unsere Überlegungen ein bisschen dünn für ein Profiling sind?«

»Ja, zugegeben. Wie wäre es mit: hat eine medizinische Ausbildung und Zugang zu speziellen Medikamenten, ist ledig oder geschieden, groß und kräftig, zugezogen.«

»Wie kommst du darauf?« Flottmann runzelte die Stirn.

»Wenn er verheiratet wäre, könnten der Ehefrau seine Aktivitäten auffallen, groß und kräftig muss er sein, um die bewusstlosen Opfer abzutransportieren.«

»Aber wieso zugezogen?«

»Na ja. Ein echter Nordfriese tut so etwas nicht.«

»Stimmt, Ähnliches hast du schon mal gesagt. Das hatte ich doch glatt vergessen.«

# 13

»Es ist acht Uhr und fünf Minuten«, ertönte der Wecker und spielte Simone Fassbinders Lieblingsmelodie »Here Comes the Sun«.

Sie hatte das Licht der Sonne nie erblickt, aber ihre wärmenden Strahlen auf der nackten Haut gehörten zu ihren sinnlichsten Erlebnissen. Deshalb hatte sie den Titel der Beatles ausgesucht. Noch etwas schlaftrunken tapste sie durch den Flur zur Küche. Die Fingerrücken berührten leicht die Türzarge, bevor sie den Raum betrat. Obwohl sie barfuß war, konnte sie den Klang ihrer Schritte auf den Fliesen hören. Zielsicher trat sie an die Arbeitsplatte heran, nahm die Kanne aus der Kaffeemaschine und hielt sie unter den Wasserhahn. Sie wusste genau, wann sie die richtige Menge eingefüllt hatte. Nur noch ein paar Handgriffe, den Papierfilter einsetzen, zwei Lot Pulver aus der Dose nehmen und in den Filter schütten, Maschine einschalten. Wenn nur alles so einfach wäre wie Kaffeekochen. In der eigenen Wohnung funktionierte alles perfekt, aber sobald sie die Räume verließ, wurde es komplizierter, wenn auch nicht so schwierig, wie die Sehenden es sich meist vorstellten. Simone kam gut zurecht im Leben, sie hatte Arbeit und verdiente ihr eigenes Geld. Das war wichtig.

Aber heute war Samstag. Und wie jeden Samstag wollte sie einen Spaziergang unternehmen. Dieselbe Strecke wie immer, zum Hafen und Richtung Meer, bis zur Dockkoogspitze. Einmal hatte sie die Schritte für den Weg hin und zurück gezählt. Es waren fast siebentausend gewesen. Die Tour führte sie stets an die Grenze ihrer Kräfte. Den größten Teil der Strecke musste sie sich konzentrieren und ihren Langstock einsetzen. Zwar kannte sie den Weg genau, aber sie konnte nie wissen, ob unbekannte Hindernisse hinzugekommen waren, eine neue Baustelle beispielsweise, oder ob nur jemand sein Fahrrad auf dem Bürgersteig abgestellt hatte.

Im Bad nahm sie eine Dusche. Das Duschgel erkannte sie an der Form der Flasche. Diese war fast leer. Das musste sie sich für den nächsten Einkauf merken. Sie trocknete sich ab. Dann trat sie ans Waschbecken und griff zur elektrischen Zahnbürste. Mit dem Zeigefinger an den Borsten fühlte sie, wie die Zahnpasta aufzutragen war. Alles Routine. Sie liebte die Routine am Morgen, die ihr eine gewisse Sicherheit für den Tag gab.

Der Wetterbericht hatte gutes Wetter angesagt. Am Morgen sollten es bereits achtzehn Grad sein, bewölkt zwar, aber niederschlagsfrei. Sie öffnete den Kleiderschrank. Für den Spaziergang wollte sie ganz einfach Jeans und T-Shirt anziehen. Das weiße T-Shirt konnte sie erfühlen. Das sollte laut ihrer Freundin Birgit gut zur blauen Hose aussehen.

Nachdem sie sich angezogen hatte, setzte sich Simone ins Wohnzimmer und genoss den Kaffee. Dazu aß sie ein Brötchen mit Marmelade. Sie hatte das Fenster geöffnet, damit sie die Vögel zwitschern hören konnte.

Ihre sprechende Armbanduhr teilte ihr mit, dass es zehn Minuten nach neun war. Zeit für ihren Spaziergang, der für sie eher ein Fitnessprogramm bedeutete, eine Ertüchtigung nicht nur in körperlicher Hinsicht, sondern auch ein Programm für die Psyche. Wenn sie zurück war, fühlte sie sich regelmäßig gestärkt, manchmal sogar euphorisch.

Sie nahm ihren Langstock und verließ die Wohnung. Diese lag im Dachgeschoss, und sie musste zwei steile Treppen bewältigen, wenn sie fortgehen wollte. Aber das nahm sie gern in Kauf. Die Wohnung lag zentral. Mit wenigen Schritten erreichte sie den Marktplatz oder in entgegengesetzter Richtung den Schlosspark. Auch ihre Arbeitsstelle war nicht weit entfernt. Wenn sie gefragt wurde, warum sie so weit oben hauste und nicht im Erdgeschoss, antwortete sie stets verschmitzt: »Wegen der schöneren Aussicht.«

Simone Fassbinder ging mit ihrer Behinderung, die sie lieber »Einschränkung« nannte, locker um. Anders als Menschen, die erst im Laufe ihres Lebens erblindeten, hatte sie sich damit nicht abfinden müssen. Wie konnte sie etwas vermissen, das sie nicht kannte? Dennoch war ihr als Kind natürlich irgendwann bewusst geworden, dass sie anders war als die anderen. Aber dafür hatte es keinen festen Zeitpunkt gegeben. Die Erkenntnis hatte sich nach ihrer Erinnerung nur langsam in ihr Leben geschlichen.

Ihre Einschränkungen waren nicht gravierend. Abgesehen von ein paar »Kleinigkeiten« musste sie auf nichts verzichten. Dass sie nicht Auto fahren konnte, war eine davon. Aber in Husum war alles gut zu Fuß zu erreichen, und sie hatte den kompletten Stadtplan im Kopf. Öffentliche Verkehrsmittel brachten sie an weiter entfernte Ziele. Sie wäre auch in der Lage gewesen, in ferne Länder zu reisen, aber hier in Husum hatte sie alles, was sie für Erholung und Freizeit brauchte. Nicht umsonst kamen jedes Jahr Tausende Touristen an die norddeutsche Küste.

Einen Partner zu finden, gehörte zu den größeren Schwierigkeiten. Ein Flirt über Augenkontakt war ja nicht möglich. Dazu kam, dass ihr Stock die Männer abschreckte. Dass sich jemand in einem Lokal zu ihr an den Tisch setzte, war die große Ausnahme. Aber vor ein paar Tagen hatte sie solch eine Ausnahme erlebt. Sie hatte an einem Zweiertisch außen vor dem »Pub« gesessen, bei Pizza und einem Bier. Vielleicht waren keine Plätze mehr frei gewesen. Jedenfalls hatte ein Mann mit angenehmer Stimme gefragt, ob er sich zu ihr setzen dürfe.

Thorsten hieß er. Sie waren ins Gespräch gekommen und hatten sich ganz normal unterhalten. Er hatte nicht gefragt, ob sie eine Vorstellung von Farben hatte oder wovon sie nachts träumte. Bevor sie auseinandergingen, hatten sie ihre Telefonnummern ausgetauscht. Aber er hatte sie bisher nicht angerufen, und sie wollte nicht den ersten Schritt tun. Vielleicht, um ihn nicht in Verlegenheit zu bringen, vielleicht auch aus Angst vor einer Enttäuschung.

Simones letzte Beziehung lag drei Jahre zurück und hatte nur knapp vier Monate gedauert. Jürgen war in Ordnung gewesen. Aber er hatte – merkwürdigerweise erst im Laufe der Beziehung – ein Helfersyndrom entwickelt, das schließlich in einen Kontrollzwang ausgeartet war. Seine Fürsorge hatte absurde

Züge angenommen. Sie hatte sich nicht mehr frei gefühlt und selbst bemerkt, dass sie sich Stück für Stück in Abhängigkeit von ihm begeben hatte. Schließlich waren sie im Guten auseinandergegangen. Hin und wieder hatten sie noch miteinander telefoniert. Dann hatte er eine andere kennengelernt. Seitdem herrschte Funkstille.

Simones Eltern hatten von Anfang an darauf geachtet, dass sie nicht überbehütet aufwuchs. Doch als sie mit zwanzig beschloss auszuziehen, waren ihnen Bedenken gekommen. Es hatte lange Diskussionen gegeben. Aber Simone hatte sich durchgesetzt. Sie hatte ihren Abschluss als Informatikkauffrau ohne Probleme geschafft und mit ihrem Job bei der Bank den letzten Schritt zur Selbstständigkeit vollzogen. Sie wusste, dass ihre Eltern stolz auf sie waren. Simone besuchte sie etwa alle zwei Wochen in Simonsberg, etwas über eine Viertelstunde Fahrt mit dem Bus. Dort war sie aufgewachsen und kannte jeden Baum und jeden Stein im Garten des Einfamilienhauses.

Als sie ins Freie trat, war sie bereits mitten im Leben. Auf dem Brauereiplatz hatten sich auf der Terrasse von »Jacqueline's Café« die ersten Gäste eingefunden. Simone schnappte einige Worte in Dänisch auf, die sie nicht verstand. An einem anderen Tisch wurde mit hessischem Dialekt gesprochen.

Simones Stock pendelte über das Kopfsteinpflaster, während sie auf das Rathaustor zuging, das zum Marktplatz führte. Wie an jedem Samstag und Donnerstag fand dort rund um den Tine-Brunnen der in ganz Nordfriesland bekannte Wochenmarkt statt. Es war nicht einfach für sie, sich einen Weg an den Ständen vorbei zu suchen. Aber das große Gedränge hatte noch nicht begonnen, und so erreichte sie ohne Probleme die Twiete, eine schmale Gasse, die zur Krämerstraße, zur Schiffbrücke und zum Hafen führte. Der Duft nach frischen Brötchen bestätigte ihr, dass sie das Tine-Café erreicht hatte. Auf der Schiffbrücke herrschte nur wenig Verkehr. Sie hatte keine Mühe, die Straße zu überqueren. Der Brötchenduft ging in den typischen Geruch des Hafens bei Niedrigwasser über. In einiger Entfernung zur

Kaimauer faltete sie ihren Stock zusammen. Jetzt unterschied sie sich nicht von ihren Mitmenschen. Niemand würde sie beachten, wenn sie bis an den Rand trat. Sie war nun wie alle anderen. Mit dem Stock in der Hand war es ihr einmal passiert, dass jemand sie unsanft am Arm gepackt und zurückgerissen hatte.

Vielleicht war es kindisch, was sie tat, aber es bereitete ihr Spaß, im wahrsten Sinne des Wortes an die Grenze zu gehen. Sie bewegte sich langsam vorwärts, bis sie mit der Fußspitze den Abgrund ertasten konnte. Sie schätzte, dass die Spitzen ihrer Sneaker fünf Zentimeter über den Rand hinausragten. Dreißig Sekunden blieb sie so stehen. Sie glaubte, die Tiefe vor sich zu erspüren. Noch einmal sog Simone den Geruch des Hafens ein. Dann trat sie einen Schritt zurück und beendete ihre Mutprobe. Sie fasste den zusammengeklappten Stock am Griff. Blitzschnell entfaltete er sich und wies sie wieder als blinde Person aus.

Ihr Weg führte sie am Restaurantschiff MS Nordertor vorbei durch die im Sommer für den Autoverkehr gesperrte Hafenstraße. Hier gab es viele Lokale. Manche konnte sie an den Geräuschen und Gerüchen erkennen, den Italiener mit den Außenplätzen, die Eisdiele, den Andenkenladen, vor dem Kinder lärmendes Spielzeug ausprobierten, und das Fischhaus, das bereits um diese Zeit gut besucht war. Sie ging die Stufen zur Unterführung hinab und erreichte nach kurzer Strecke den Außenhafen. Auf der gegenüberliegenden Seite des Beckens befanden sich die Silos. Die Förderbänder und Krananlagen waren deutlich zu hören, aber sie störten nicht. Sie gehörten wie die Fischkutter zum Hafenbetrieb. Nichts wäre schlimmer als eine nur von Touristen bevölkerte, seelenlose Idylle.

Simone ging am Restaurant »La Mer« vorbei auf den Porrenkoogsweg. Nach einer halben Stunde erreichte sie ihr Ziel, den Parkplatz am Sperrwerk. Touristen und Einheimische stellten dort ihre Fahrzeuge ab, um entlang des Steindeichs spazieren zu gehen. Aber an diesem Morgen herrschte kein Betrieb.

Simone war etwas erschöpft. Sie lief langsam weiter, bis ihr Stock auf den Metallzaun traf, der die Kaimauer seit einigen

Jahren absicherte. Mit wenigen Handgriffen faltete sie den Stock zusammen und verstaute ihn in ihrer Jackentasche. Dann packte sie das Geländer fest mit beiden Händen und beugte sich vor, als könne sie dadurch das Watt, das vor ihr lag, besser spüren. Sie sog die Luft langsam und genussvoll durch die Nase ein. Der Geruch war anders als der am Hafen, dezenter und zugleich salziger. Simone konnte die Weite des Wattenmeers intensiv wahrnehmen. Auch ein Sehender vermochte das in gleicher Weise, wenn er die Augen schloss und sich auf die restlichen Sinne konzentrierte.

Ruhig war es an diesem Ort. Nur Möwengeschrei durchbrach ab und zu die Stille, und wenn sie den Kopf in den Wind drehte, drang ein leichtes Wummern in ihre Ohren. Einige Minuten genoss sie den Augenblick, bis sich ein beängstigendes Geräusch in ihr Bewusstsein schlich. Schritte, die wie aus dem Nichts aufgetaucht waren und irgendetwas Bedrohliches vermittelten, ohne dass sie es sich erklären konnte. Sie drehte sich um. Sofort spürte sie den Atem eines Fremden in ihrem Gesicht und eine Sekunde später einen stechenden Schmerz im Hals.

## 14

»Hofmann hat mich gebeten, die Befragung von Daniela Herzog vorzunehmen«, sagte Hilgersen. »Sie wird um neun Uhr hier sein.«

»Hofmann hat dich angerufen?«

»Fühlst du dich übergangen?«

»Nein. Hofmann kann mich mal.«

»Er mag dich auch nicht. Ich hab auf deinen Kalender geguckt. Da war für heute nichts eingetragen. Es steht sowieso kaum etwas drin.«

»Ich hab alle Termine im Kopf.«

»Ach so.«

Flottmann rief seine E-Mails ab. »Das Ergebnis von Daniela Herzogs Blutuntersuchung liegt vor.«

»Und?«

»Es wurden dieselben Stoffe in ihrem Blut gefunden wie bei Juliane Thielsen. Weißt du, was das bedeutet?«

»Wir haben es mit einem Serientäter zu tun. Aber nicht mit einem skrupellosen Killer.«

»Ob er Skrupel hat, lässt sich nicht sagen. Jedenfalls kommt es ihm nicht auf das Töten an. Aber er nimmt den Tod seiner Opfer in Kauf. Vielleicht will er allen zeigen, dass er kein gemeiner Mörder ist, sondern aus edlen Motiven handelt.«

»Und welche sollen das sein?«

»Er tut das im Dienst der Wissenschaft. Immerhin hat er einiges an Aufwand betrieben, um Daniela Herzog freizulassen. Es wäre für ihn einfacher und gefahrloser gewesen, sie zu töten und die Leiche zu entsorgen.«

»Stellt sich die Frage, nach welchen Kriterien er seine Versuchspersonen aussucht.«

»Wenn wir Pech haben, nach keinen, sondern völlig wahllos.«

Daniela Herzog traf kurz nach neun Uhr ein. Sie machte einen unsicheren oder sogar verängstigten Eindruck.

»Das ist Herr Hilgersen.« Flottmann zeigte mit einer Geste auf Hilgersen, der zur Begrüßung mit dem Kopf nickte. »Bitte setzen Sie sich.«

Sie nahm auf einem der beiden Besucherstühle Platz.

»Danke, dass Sie gekommen sind, Frau Herzog. Wenn Sie einverstanden sind, nehme ich unser Gespräch auf.«

Sie nickte.

Flottmann drückte die Aufnahmetaste an seinem Diktiergerät. »Ich muss Ihnen mitteilen, dass es eine weitere Entführung gegeben hat.« Keinesfalls wollte er ihr zum jetzigen Zeitpunkt mitteilen, dass das Opfer nicht überlebt hatte. »Wir müssen deshalb davon ausgehen, dass der Täter weitere Personen in seine Gewalt bringt. Deshalb ist es so wichtig, dass Sie uns bei der Aufklärung unterstützen. Abgesehen davon, dass Sie sicher auch wollen, dass Ihr Peiniger gefasst wird.«

Sie nickte. »Er hat mich fast umgebracht. Aber er hat mich freigelassen und irgendwie auch fair behandelt.«

»Ich möchte Sie bitten, sich nachher mit einem Kollegen zusammenzusetzen, um ein Phantombild anzufertigen.«

»Aber er war die ganze Zeit über vermummt. Ich konnte nicht einmal seine Augen richtig sehen. Wegen der getönten Brille.«

»Es wird derselbe Mann gewesen sein, der im Schlosscafé auf Sie zugekommen ist.«

»Ja. Das stimmt. Den könnte ich einigermaßen beschreiben. Aber der war sicher verkleidet.«

»Trotzdem könnte ein Phantombild hilfreich für unsere Ermittlungen sein. Außerdem möchten wir Sie bitten, uns den Raum möglichst genau zu beschreiben, in dem Sie gefangen gehalten wurden.«

»Ich bin mir sicher, dass es ein Keller war.«

»Konnten Sie nach draußen blicken? Haben Sie irgendetwas erkennen können?«

»Nein. Das Fenster war klein und führte in einen Schacht. Da war nichts zu sehen.«

»Zu hören?«

Sie überlegte einen Moment. »Nein. Ich hab aber auch nicht auf Geräusche geachtet. Außerdem hatte ich ja diese Stöpsel im Ohr.«

»Aber Sie können uns sicher den Raum beschreiben, in dem Sie festgehalten wurden? Wie war er ausgestattet? Jedes Detail kann wichtig sein.«

»Ja, so ungefähr weiß ich noch, wie es dort aussah.«

Daniela Herzog begann, ihr Gefängnis inklusive der Möbel und der medizinischen Geräte zu beschreiben.

»Danke, Frau Herzog. Wir sind dann so weit fertig. Ein Kollege wird Sie gleich abholen, um das Phantombild mit Ihnen zu erstellen.«

»Da ist noch eine Merkwürdigkeit.« Sie stockte einen Moment. »Der Typ hat gefragt, ob ich während der Bewusstlosigkeit ein bestimmtes Symbol gesehen habe. Ich hab keine Ahnung, was das sollte.«

»Ein Symbol?«

»Ja. Es befand sich oben auf dem Infusionsständer. Ein roter Kreis mit einem Quadrat und dem Buchstaben H. Ich könnte es Ihnen aufzeichnen.«

Hilgersen nahm einen Schreibblock und einen Bleistift von seinem Schreibtisch und überreichte ihr beides.

»Der Kreis war rot, das Quadrat blau und der Buchstabe schwarz«, erklärte sie, nachdem sie die Zeichnung fertiggestellt und Hilgersen überreicht hatte.

»Okay. Fällt Ihnen noch etwas ein? Denken Sie in Ruhe nach.«

»Da lag ein Schlüsselbund auf dem Tisch. Er hat den schnell eingesteckt, als ich ihn bemerkt habe.«

»Was war damit? Ist Ihnen etwas daran aufgefallen?«

Daniela Herzog zog ihre Stirn in Falten. »Ich weiß nicht. Kann sein. Da hing etwas Glänzendes dran. Vielleicht ein Schlüsselanhänger.«

»Können Sie den beschreiben?«

»Nein. Ich hab ihn gar nicht richtig gesehen zwischen all den Sachen, die auf dem Tisch lagen.«

»Ja, verstehe. Es könnte allerdings ein sehr wichtiges Detail sein. Bitte denken Sie nach.«

Sie blickte an ihm vorbei und schien sich zu konzentrieren. Schließlich schüttelte sie den Kopf. »Tut mir leid.«

»Bitte rufen Sie uns sofort an, wenn Ihnen noch etwas einfällt. Sie wissen, wie wichtig Ihre Beobachtungen für uns sind.« Flottmann stoppte das Aufnahmegerät.

Er rief Lohmeyer an, der Daniela Herzog abholte, um mit ihr das Phantombild des Entführers zu erstellen.

»Sehr viel können wir mit ihrer Aussage nicht anfangen«, sagte Flottmann. »Hast du eine Erklärung für die Sache mit diesem merkwürdigen Symbol?«

»Ja, hab ich. Fast alle, die ein Nahtoderlebnis hatten, berichten, dass sie ihren eigenen Körper von oben betrachtet haben. Sie schwebten sozusagen an der Decke. Wenn das stimmt, müssten sie Dinge wahrnehmen, die man nur von dieser Position aus sehen kann. Das ist sozusagen ein Test für die außerkörperliche Wahrnehmung.«

»Du bist gut informiert.«

»Ich hab eben gründlich recherchiert. So, wie du es mir aufgetragen hast.«

»Mir ist das Ganze zu esoterisch. Gut, dass du dich darum kümmerst.«

»Ich bin eben auch für Sachen offen, die man nicht wissenschaftlich erklären kann.«

»Ich halte mich lieber an Fakten. Die Sache mit dem Schlüsselbund könnte von Bedeutung sein. So etwas trägt man in der Regel ständig mit sich herum. Es ist nicht unwahrscheinlich, dass Personen aus dem Umfeld des Täters den Anhänger wiedererkennen. Wenn wir wüssten, wie das Ding ausgesehen hat, hätten wir einen Ansatzpunkt.«

Am Nachmittag surfte Flottmann im Internet nach dem Stichwort »Tiertherapie«. »Abhängig von der Diagnose können die Leistungen von der gesetzlichen Krankenkasse übernommen werden«, hieß es in einem der ersten Suchergebnisse. Die Krankenkasse zahlte? Erst als er weiterlas, bemerkte er, dass es in den Beiträgen um tiergestützte Therapien für Menschen ging. Er suchte jedoch nach einer Behandlung für seinen Kater. Seit Bogomils Entführung hatte Flottmann einige Verhaltensstörungen bei ihm beobachtet. Vielleicht gab es noch Hoffnung, sie abzustellen. Aber dafür benötigte er professionelle Hilfe. Mit der Suchanfrage »Therapeut für Tiere« wurde er fündig. Auf der Homepage einer Anbieterin fand er eine Checkliste mit Fragen, mit denen er feststellen konnte, ob eine Behandlung angebracht war. Das Ergebnis war eine eindeutige Empfehlung für eine Beratung. Siebzig Euro sollte der erste Hausbesuch kosten, inklusive Mehrwertsteuer, zuzüglich einer Aufwandspauschale für die Anfahrt.

Flottmann wählte die angegebene Telefonnummer. Eine Frau mit dem Namen Hanna Jessen meldete sich. Er schilderte sein Problem beziehungsweise das seines Katers und gewann den Eindruck, dass er genau richtig bei ihr war. Sie habe noch einen Termin für den nächsten Tag frei. Siebzehn Uhr.

»Hast du meinen Tipp endlich umgesetzt?«, fragte Hilgersen, nachdem Flottmann aufgelegt hatte.

»Welchen deiner vielen genialen Vorschläge meinst du?«

»Dass Bogomil und du einen Psychiater aufsuchen sollten.«

»Ich hab eine Psychotherapeutin engagiert. Nur für Bogomil. Ich hab ja dich, falls ich mit meiner Psyche Probleme bekomme.«

»Mir scheint, du gibst einen Haufen Kohle für deinen Kater aus. Stattdessen solltest du versuchen, Geld mit ihm zu verdienen. Eine Amerikanerin hat mit ihrer Katze ein Vermögen gemacht. Das Tier ist wegen seines mürrischen Gesichtsausdrucks zu einer Werbeikone geworden. Inzwischen hat die Besitzerin bestimmt über eine Million Dollar mit der Katze verdient.«

»Bogomil hat aber keinen mürrischen Gesichtsausdruck. Außerdem ist das üble Ausbeutung. So etwas käme für mich nie in Frage.«

»War ja nur eine Überlegung. Schiet an 'n Boom.«

»Was?«

»Soll mir egal sein. Wenn du nicht reich werden willst, ist

das deine Sache. Aber ich kann mir vorstellen, dass Bogomil für Diätfutter werben könnte. Nach dem Motto ›Vorher, nachher‹. Fotos von ›vorher‹ hast du ja schon zur Genüge. Fehlen nur noch die für ›nachher‹. Dazu müsste er lediglich fünf Kilo abnehmen.«

∗∗∗

Daniela nahm den Bus. David hatte ihr angeboten, sie zu fahren, aber sie hatte abgelehnt. Seit dem Ereignis wünschte sie sich mehr als früher, allein zu sein, Zeit für sich zu haben. Dabei wusste sie nicht, warum das so war. Einerseits wollte sie Abstand von ihm, andererseits brauchte sie ihn. Nach und nach war ihr klar geworden, dass die Entführung und noch mehr ihre Visionen während der Bewusstlosigkeit Spuren hinterlassen hatten. Keine, die sie benennen konnte, sondern diffuse Ängste, die manchmal sogar in Panikattacken übergingen. Auch als sie das Polizeigebäude verlassen hatte, stellte sich Unwohlsein ein. Sie hatte sich vorgenommen, den Rückweg zu Fuß zurückzulegen. Eine halbe Stunde würde der Marsch dauern. Aber schon bevor sie die Innenstadt erreicht hatte, beschlich sie das Gefühl, als folge ihr jemand. Sie wusste, dass das nicht der Fall war. Wenn sie sich umdrehte, war niemand da. Wenn sie weiterging, glaubte sie, Schritte zu hören. Die Erkenntnis, dass sie es sich nur einbildete, half nicht gegen die Angst. Dazu kamen Bilder, die unvermittelt auftraten. Der Keller, in dem sie gefangen gewesen war, der »Doktor« in seiner Verkleidung und immer wieder Christian, ihr Bruder. Flashbacks nannte man das. Sie hatte so etwas nur vom Hörensagen gekannt, aber nie zuvor selbst erlebt.

Am Zingel, in Höhe des Rathauses, wollte sie die Straße überqueren, um den Ausblick auf den Hafen zu genießen. Zu spät bemerkte sie das Auto, das auf sie zukam. Der Fahrer des Sportwagens fuhr nicht schnell. Er konnte ausweichen und hupte. Daniela trat zurück auf den Bürgersteig. Ihr Herz begann zu rasen. Sie schloss für einen Moment die Augen, bevor sie langsam weiterging.

## 15

Als Simone erwachte, versuchte sie instinktiv, den Griff ihres Langstocks zu umfassen. Das Hilfsmittel hatte ihr in vielen Situationen Sicherheit gegeben. Ihre Finger ballten sich zur Faust und vermissten den Halt. Sie lag auf dem Rücken. War sie gestürzt? Sie wollte nach dem Stock tasten. Erst jetzt bemerkte sie, dass sie sich nicht frei bewegen konnte. Auch die Füße waren blockiert. Es dauerte weitere Sekunden, bis ihr bewusst wurde, dass ihre Hände und Beine an eine weiche Unterlage gefesselt waren. Mit aller Kraft versuchte sie, die Hände zu befreien. Es war aussichtslos.

»Ist jemand hier? Wo bin ich? Bitte helfen Sie mir!«

Keine Antwort.

»Hilfe!«, schrie sie aus voller Kehle. Ihre eigene Stimme klang fremd und beängstigend.

Sie horchte. Totenstille, nur ein leises Rauschen in den Ohren. Ohne Geräusche fühlte sie sich isoliert. Nichts zu hören war die Hölle für sie. Auch tasten konnte sie nur eingeschränkt. Trotzdem versuchte sie, mit den Fingern etwas zu greifen. Sie bekam ein Stück Stoff zu fassen. Ein Laken vielleicht. Ein Bett, ein Krankenhaus? Nein, niemand würde sie so hilflos zurücklassen. Es roch merkwürdig. Feucht und modrig, wie im Keller eines alten Hauses.

Noch nie im Leben hatte sie eine solche Angst verspürt. Noch nie hatte sie sich so hilflos gefühlt. Wäre sie nicht blind gewesen, hätte sie ihre Lage sicher besser einschätzen können. Es gab nur wenige Situationen, in denen sie das Augenlicht vermisste wie jetzt.

Sie versuchte, sich zu erinnern, was geschehen war. Ihre Wanderung, der Parkplatz an der Schleuse, die Schritte, der Stich in den Hals. Jemand hatte sie betäubt und verschleppt! Wie lange war sie bereits hier gefangen? Hatte man sie entführt, weil sie ein leichtes Opfer war? Was wollte man von ihr? Die verschiedensten Szenarien spukten ihr durch den Kopf, aber sie weigerte sich, sie zu Ende zu denken. Keines davon konnte ihre Angst bändigen.

Erneut zerrte sie an den Fesseln, obwohl sie wusste, dass sie nicht nachgeben würden. Da war ein Geräusch! Schritte. Die Tür wurde geöffnet und wieder geschlossen. Wieder Schritte, die näher kamen. Simones Herzschlag verdoppelte sich. Jemand stand vor ihr. Sie spürte seine Anwesenheit.

»Bitte, tun Sie mir nichts«, wimmerte sie.

»Bleiben Sie ruhig. Ihnen wird nichts geschehen«, ertönte eine klirrende Stimme.

Sekunden später spürte sie einen Stich im Arm. Ihre Glieder wurden schwer. Der Entführer redete auf sie ein. Aber sie verstand die Worte nicht, die aus weiter Ferne zu kommen schienen.

Ein Krampf durchfuhr ihren gesamten Körper. Das Atmen fiel ihr schwer. Sie schlug mit den Händen um sich, bis ein fester Griff ihre Rechte packte.

»Alles ist in Ordnung. Entspannen Sie sich. Sie haben kurz geschlafen. Es wird alles gut.«

Der Fremde gab ihre Hand wieder frei. Sie erinnerte sich, dass sie gefesselt gewesen war. Aber jetzt konnte sie Arme und Beine bewegen. Ein Hauch von Erleichterung machte sich breit. Simone konzentrierte sich auf ihren Körper. Sie hatte Schmerzen in der Brust, die aber erträglich waren. Auf der Haut spürte sie Kabel und Elektroden.

»Was tun Sie mit mir? Wo bin ich?«, fragte sie.

»Sie waren bewusstlos.«

Die Stimme irritierte Simone aufs Neue, und sie fühlte einen Fremdkörper in den Ohren. Sie tastete mit den Fingern danach.

»Lassen Sie das! Es ist nur zu Ihrer Sicherheit.«

Sie verstand nicht. Doch sie gehorchte. Alles erschien ihr wie in einem surrealen Alptraum.

»Ich möchte Sie jetzt mit Hilfe eines Lügendetektors befragen.«

»Aber wieso? Ich hab nichts getan. Was wollen Sie von mir?«

»Bitte tun Sie, was ich Ihnen sage. Umso eher sind wir fertig.«

»Sie haben mir eine Spritze gegeben. Sie haben mich betäubt. Ich will nach Hause …«

»Sie folgen jetzt meinen Anweisungen!«

Simone erschrak über den Befehlston des Entführers.

»Stehen Sie auf!«

Er nahm ihr die Kabel ab, packte sie mit festem Griff am Handgelenk und führte sie zu einem Stuhl. Mit den Fingerspitzen ertastete sie den Tisch, einen Laptop und weitere Gegenstände, die sie auf die Schnelle nicht identifizieren konnte. Erneut erfasste sie eine entsetzliche Angst. Die Ungewissheit über das, was sie erwartete, wurde unerträglich. Hatte er vor, ihr Schmerzen zuzufügen, sie zu foltern?

»Ich lege Ihnen jetzt einige Sensoren an. Sie dienen lediglich dazu, Ihre Körperreaktionen zu testen. Damit kann ich feststellen, ob Sie die Wahrheit sagen.«

Simone konnte ihr Zittern nicht kontrollieren, während er sie berührte, ihr etwas auf den Zeigefinger klemmte und Gurte an Brust und Bauch anlegte. Er zog die Gurte über ihrem Pullover fest. Dann schob er eine Manschette über ihre rechte Hand bis zum Oberarm. Ihre Angst legte sich ein wenig. Vielleicht bereitete er tatsächlich einen Lügendetektortest vor. Aber was sollte das Ganze? Sie hatte kein Verbrechen zu gestehen, und sie besaß keine Geheimnisse, die für irgendjemanden interessant sein konnten.

Er begann sinnlose Fragen zu stellen, die sie beantwortete. Aus seinem Tonfall konnte sie heraushören, dass er mit ihren Antworten zufrieden war.

»Sie waren eine Zeit lang ohne Bewusstsein«, sagte er jetzt. »Was haben Sie währenddessen erlebt?«

Simone verstand die Frage nicht. »Ich habe nichts erlebt.«

»Haben Sie irgendetwas wahrgenommen? Geräusche, Gerüche, Licht, Farben?«

»Nein.«

»Kein Licht? Bitte versuchen Sie, sich zu erinnern!«

Sie schüttelte den Kopf. »Nein. Ich kann kein Licht und keine Farben wahrnehmen. Ich bin blind. Das wissen Sie doch.«

»Trotzdem könnten Ihnen in Träumen oder Halluzinationen Lichteffekte erscheinen.«

Simone schwieg einen Moment.

»Sie irren sich«, sagte sie dann. »Ich bin von Geburt an blind. Ich kenne keine Farben und habe nie Licht gesehen. Ich kann auch nicht davon träumen. Kein Licht, kein Schwarz, nichts.«

»Es gibt Berichte darüber, dass auch Blinde während des Nahtods ähnliche Erscheinungen haben wie Sehende.«

Simone erschrak. Mit einem Schlag wurde ihr klar, was der Mann, der ihr gegenübersaß, im Schilde führte. Ein Irrer, der medizinische Versuche an ihr vornahm.

Was war jetzt die passende Antwort, um ihn zufriedenzustellen?

»Ich verstehe«, sagte sie mit zittriger Stimme, während sie weiter überlegte. »Ja, vielleicht habe ich Lichter wahrgenommen.«

»Vielleicht?«

»Ich hab sie gesehen.«

»Beschreiben Sie es mir!«

»Ich weiß nicht. Grell, bunt.«

»Sie lügen!«, schrie er.

Sie zuckte zusammen. »Ich bin mir nicht sicher. Es war so neu für mich.«

»Wir müssen den Versuch wiederholen.«

In Simones Kopf hatte sich der Begriff Nahtod festgesetzt. Er hatte sie mit einer Spritze an die Schwelle des Todes gebracht. Einen zweiten Versuch würde sie vielleicht nicht überleben. Sie musste raus aus dem Gefängnis. Er rechnete vermutlich nicht damit, dass sie einen Fluchtversuch wagen würde. Eine Blinde hatte in seinen Augen keine Chance. Es war ihr Vorteil, wenn er sie unterschätzte. Aber sie musste sofort handeln.

Mit der rechten Hand ergriff sie blitzschnell den Laptop am aufgeklappten Bildschirm. Er war schwerer, als sie vermutet hatte. Mit all der ihr zur Verfügung stehenden Kraft hob sie das Gerät an und schmetterte es in die Richtung, in der sein Schädel sein musste. Sie fühlte den Widerstand, hörte den Aufprall und den Schmerzensschrei. Aus der Bewegung heraus schnellte sie von ihrem Stuhl. Im selben Augenblick ertönte ein Gepolter. Der Entführer war zu Boden gegangen. Die Kabel zerrten an ihr, aber gaben nach, als sie Richtung Ausgang rannte. Sie verpasste die Tür zunächst, tastete mit beiden Händen gleichzeitig an der Wand entlang und fühlte endlich das Stahlblatt, dann die Klinke. In diesem Moment hörte sie, wie sich ihr Gegner emporrappelte. Sie riss die Tür auf, lief hindurch und warf sie mit lautem Knall zu. Sie hatte sich einen Plan zurechtgelegt. In der kurzen Zeit konnte er nicht ausgereift sein. Doch ihr war klar, dass der Entführer schneller sein würde als sie. Eine Verfolgungsjagd würde sie verlieren. Sie musste alles auf eine Karte setzen. Ihre rechte Hand hielt den Türgriff fest. Sie spürte bereits den Gegendruck. Ihre Linke ertastete den Schlüssel und drehte ihn um. Einmal, zweimal. Ihr Herz machte einen Luftsprung.

Jetzt hatte sie etwas Zeit gewonnen. Selbst wenn er einen zweiten Schlüssel bei sich hatte, was unwahrscheinlich war, würde er erst den im Schloss steckenden hinausstoßen müssen. Dass der Raum einen weiteren Ausgang hatte, konnte sie nicht ausschließen. Auch dass ihr Widersacher durch ein Fenster ins Freie gelangen konnte, war denkbar. Es half ihr nicht, darüber nachzudenken. Sie musste raus. Aber sich in einem fremden Haus zu orientieren, war schwer. Dazu kam, dass sie ohne ihren Stock auskommen musste.

Sie hörte, wie ihr Gegner die Stahltür mit dem Fuß traktierte. Das war ein gutes Zeichen. Gäbe es einen einfachen Weg hinaus, hätte er anders reagiert. Dennoch musste sie schnell sein. Hastig tastete sie sich an den Wänden entlang, bis sie auf eine Steintreppe stieß. Sie war sich sicher, dass die vom Keller ins Erdgeschoss führte. Das hölzerne Geländer gab ihr Halt. Wenn sie stürzte und sich ein Bein brach, war es vorbei. Dennoch erklomm sie die Stufen, so schnell sie konnte. Dann versperrte ihr eine Tür den Weg. Sie ließ sich nicht öffnen. Simone drückte die Klinke erneut hinunter und stemmte sich dagegen. Beinahe hätte sie das Gleichgewicht verloren, als die Tür aufsprang.

Sie blieb stehen und horchte noch einmal in den Keller hinein. Nichts war zu hören. Hatte der Entführer aufgegeben? Oder war er bereits draußen und wartete auf sie?

Sie durfte nicht lange überlegen, sie musste raus und vom Haus fortlaufen, bis sie auf Hilfe traf.

Erst jetzt bemerkte sie, dass die Fremdkörper immer noch in ihren Ohren steckten. Sie entfernte sie, ohne zu wissen, worum es sich handelte. Dann tastete sie sich mit den Händen weiter. Der modrig riechende Keller, in dem sie gefangen gewesen war, die Steintreppe und der dicke hölzerne Handlauf sprachen dafür, dass sie sich in einem alten Wohnhaus befand. Es lag auch nahe, dass sie jetzt in einem Flur stand. Der Ausgang war sicher in greifbarer Nähe. Sie stieß mit dem Fuß an einen Gegenstand und vernahm das Scheppern einer Flasche, die umfiel und über den Boden rollte.

Ihr Weg führte an einer langen, kalten Wand entlang. Am Ende musste eine Tür ins Freie führen. Davon war sie überzeugt, und sie brauchte diesen Optimismus jetzt mehr denn je. Sie wurde nicht enttäuscht. Ihre Finger ertasteten den Türgriff. Für eine Sekunde blieb ihr Herz stehen. Es war abgeschlossen. Aber schon glitt ihre Hand Richtung Schloss. Der Schlüssel steckte! Eine Umdrehung, und sie öffnete die Tür. Ein angenehm kühler Luftzug empfing sie. Nur noch ein Schritt, dann konnte sie das schreckliche Haus hinter sich lassen. Doch im Eifer vergaß sie die notwendige Vorsicht. Mit ihrem Stock hätte sie die Stufen ganz automatisch erkannt. Ohne nachzudenken. Das Pendeln war ihr in Fleisch und Blut übergegangen. Während sie fiel, streckte sie ihre Hände vor, um den Sturz abzufangen.

## 16

Er tastete mit der Hand nach seiner pochenden Wunde an der Schläfe. »Dieses verdammte Biest!«, schrie er. Ein weiteres Mal trat er gegen die Stahltür. Unglaublich, wie sie ihn ausgetrickst hatte. Erst vor zwei Wochen hatte er alle Lichtschächte zum Keller vor Einbrechern abgesichert. Dass er einmal in die Verlegenheit kommen würde, aus einem der Räume auszubrechen, hätte er nicht für möglich gehalten. Mit dem Werkzeug, das er zur Verfügung hatte, könnte er sich befreien. Aber er musste schnell handeln.

In der Schublade des Tisches fand er mehrere Schraubendreher, eine Zange und zwei Schraubenschlüssel. Er stellte einen Stuhl vor das Fenster und öffnete es. Keiner der Schlüssel passte auf die sechskantige Mutter, mit der der Gitterrost befestigt war. Er stieß erneut einen Fluch aus und ließ das Werkzeug scheppernd zu Boden fallen. Die Zange war jetzt die einzige Möglichkeit. Er versuchte, die erste der vier Muttern zu lösen. Mit einiger Kraftanstrengung gelang es ihm. Die zweite und die dritte waren nicht fest angezogen und stellten kein Problem dar. Aber die letzte weigerte sich nachzugeben. Er sammelte einen der Schraubenschlüssel vom Boden auf und benutzte ihn als Hebelverlängerung, indem er den Schlüsselkopf über einen der Zangengriffarme stülpte. Den Trick hatte er bereits mehrere Male angewendet. Nun kam es nur darauf an, fest zuzudrücken, damit die Zange nicht abrutschte. Es funktionierte! Nach wenigen Umdrehungen konnte er die letzte Mutter mit der Hand herausdrehen und den Gitterrost nach oben wegdrücken. Jetzt war der Weg nach draußen frei. Mit Mühe konnte er sich durch die enge Öffnung zwängen.

Langsam ging er um das Haus herum. Am Lichtschein, der aus der Eingangstür fiel, erkannte er sofort, dass sie es geschafft hatte. Weit konnte sie nicht sein, und in der verlassenen Gegend musste sie größte Schwierigkeiten haben, sich zu orientieren.

Das Grundstück lag am Rande eines Waldes. War sie darin verschwunden, oder war sie in eine andere Richtung gelaufen?

Er eilte zurück ins Haus und besorgte sich eine Taschenlampe. Damit suchte er zunächst den Garten und die nähere Umgebung ab. Keine Spur von ihr. Dass er ausgerechnet bei der blinden Probandin einen so gravierenden Fehler begangen hatte, war unverzeihlich. Er würde sie nicht ersetzen können. Es war schwer und langwierig gewesen, jemanden mit so idealen Voraussetzungen für seinen wichtigsten Versuch zu finden. Vielleicht würde er später auf sie zurückkommen können, in einigen Monaten oder einem Jahr.

Aber das eigentliche Problem war ein anderes. Falls er sie nicht fand, war er in ernsthafter Gefahr. Wenn sie in der Nähe aufgegriffen wurde, würde man den Weg zu ihm zurückverfolgen können. Dann war es vorbei. All die Mühe, die er in sein Projekt gesteckt hatte, wäre vergeblich gewesen, und er würde den Rest seines Lebens im Gefängnis verbringen. Niemand würde verstehen, welche Bedeutung seine Arbeit hatte, solange er nicht mit belastbaren Ergebnissen aufwarten konnte. Flucht war sinnlos. Man würde sofort auf ihn kommen, sobald man das Haus fand. Es bliebe auch keine Zeit mehr, um alle Spuren zu beseitigen.

Das Grundstück mit dem alten Gebäude hatte er von seinen Großeltern geerbt. Das Haus war stark heruntergekommen. Aber da er nicht dort wohnte, spielte das keine Rolle. Wenn alles ein gutes Ende nahm und er es nicht mehr brauchte, würde er es verkaufen. Es war ideal für sein Vorhaben. Nach Abschluss seiner Arbeiten würde er sicher einen Käufer finden, vielleicht einen Aussteiger, der sich aufs Land zurückziehen wollte. Immerhin gehörten über zehntausend Quadratmeter Fläche zu dem Besitz.

Die Blinde könnte all seine Pläne durchkreuzen. Das musste er unbedingt verhindern. Er überlegte, welche Richtung sie eingeschlagen haben könnte. Welche war die wahrscheinlichste? Würde sie sich den Feldweg, der zum Grundstück führte, entlangtasten, oder war sie in Panik einfach geradeaus gelaufen, durch den Garten, in den Wald? Er entschied sich für die letztere Variante. Hinter dem Wald lag die Landstraße nach Bredstedt. Wenn sie die erreichte, bestand die Gefahr, dass ein Autofahrer auf sie aufmerksam wurde, auch wenn um diese Nachtzeit dort kaum Verkehr herrschte. Innerlich immer noch über seine Fehleinschätzung fluchend, folgte er dem Strahl seiner Taschenlampe.

\* \* \*

Simone hatte sich einige Abschürfungen am Arm zugezogen, ansonsten war der Sturz glimpflich verlaufen. Schritt für Schritt ging sie voran. Sie musste ihren Weg dem Zufall überlassen. Wichtig war nur, dass sie möglichst weit kam, bevor der Entführer nach ihr suchte. Sie spürte weichen Boden, es roch nach Gras. Sie hatte durch die Bewusstlosigkeit jedes Zeitgefühl verloren, aber draußen war es still, und keine Sonnenstrahlen wärmten ihre Haut. Kein Vogel zwitscherte oder sang. Es musste Nacht sein. Vielleicht hatte sie in der Dunkelheit sogar einen Vorteil gegenüber einem sehenden Verfolger. Sie hatte sich ein Leben lang in absoluter Finsternis zurechtfinden müssen. Aber ohne Stock war ihre Blindheit nur ein Handicap.

Nachdem sie hundert zaghafte Schritte gelaufen war, hörte sie Zweige unter ihrem Fuß zerbrechen. Wo Zweige waren, mussten auch Bäume sein. Es roch nach Tannen. Sie kniete sich nieder und bewegte sich auf allen vieren weiter. Dabei tastete sie mit einer Hand den Boden ab, bis sie einen dicken Ast fand. Sie entfernte hastig einige Zweige. Dann richtete sie sich auf. Sie hatte einen Ersatz für ihren Blindenstock, krumm zwar und ein wenig zu kurz, aber brauchbar. In gebückter Haltung führte sie ihren Weg mit schnelleren Schritten fort. Ab und zu blieb sie mit dem Stock an Gestrüpp und Zweigen hängen. Auch war die Rückmeldung der Astspitze nicht so zuverlässig wie bei ihrem Blindenstock. Aber es funktionierte! Endlich hatte sie einen befestigten Pfad erreicht. Es musste ein Wanderweg sein, der durch den Wald führte. Wenn sie Glück hatte, würde er in eine Straße münden. Sie erhöhte ihre Schrittgeschwindigkeit. Das Gefühl, der Entführer wäre ihr auf den Fersen, konnte sie nicht abschütteln. Die Angst saß ihr im Nacken.

Plötzlich glaubte sie, Geräusche zu vernehmen. Ihr stockte der Atem. Sie blieb stehen und horchte. Automatisch verstärkte sie den Griff um das Stockende, obwohl sie sich mit der Waffe kaum würde wehren können. Der Wind spielte mit den Baumwipfeln und erzeugte ein gleichmäßiges Rauschen. Sonst war da nichts. Sie musste sich geirrt haben.

Aus der Ferne drang Motorgeräusch herüber. Es kam näher. Ganz in der Nähe musste eine Straße sein. Ein Auto fuhr weniger als hundert Meter entfernt an ihr vorbei. Jetzt war sie sich sicher, dass der Pfad, auf dem sie ging, in die Freiheit führte.

Tränen der Erleichterung liefen ihre Wangen hinunter, als sie endlich Asphaltboden unter den Füßen spürte. Sie stellte sich an den Fahrbahnrand und ließ den Stock fallen. Mit einem Ast in der Hand hätte sie vielleicht zu bedrohlich gewirkt. Nach wenigen Minuten näherte sich das erste Auto. Sie winkte und konnte ihr Glück kaum fassen, als der Fahrer anhielt und durch das geöffnete Beifahrerfenster fragte, wohin sie wollte. »In das nächste Dorf oder die nächste Stadt«, antwortete sie atemlos. Die Tür wurde geöffnet, und Simone gelang es einzusteigen. Nachdem sie etwas länger nach dem Griff getastet hatte, beugte sich der Fahrer über sie und zog die Tür zu. Er roch nach Alkohol und Zigaretten, aber sie war froh, dass sie in Sicherheit war.

»Was verschlägt eine hübsche Frau nachts in diese Gegend?«, fragte er, während er weiterfuhr.

»Ich – ich hatte einen Unfall.«

»Sind Sie verletzt?«

»Nein, ich bin in Ordnung. Wohin fahren Sie?«

»Wie Sie wollten, in die nächste Stadt. Dort finden Sie bestimmt eine Tankstelle oder Werkstatt. Es war doch ein Autounfall, oder?«

»Ja«, log sie, um keine weiteren Erklärungen abgeben zu müssen.

Beide schwiegen eine Weile. Simone hatte keine Ahnung, wo sie sich befanden. Es war auch unbedeutend für sie. Sobald sie in der nächsten Ortschaft angekommen waren, würde sie die Polizei rufen.

»In fünf Minuten sind wir da«, sagte er. »Aber wir könnten noch eine kleine Pause einlegen. Sie tragen keinen BH? Das sieht nett aus.« Während er die letzten Worte aussprach, fühlte sie seine Hand auf ihrem Schenkel.

Für eine Sekunde war sie wie gelähmt. Dann packte sie seinen Arm und schob ihn beiseite.

»Stell dich nicht so an. Eine kleine Gefälligkeit für meine Dienste muss doch drin sein.«

»Halten Sie bitte an!« Ihre Stimme bebte. »Lassen Sie mich raus!«, schrie sie aus voller Kehle und achtete darauf, dass sie nicht ängstlich, sondern bestimmt klang. Offenbar hatte er bisher nicht bemerkt, dass sie blind war. Auf keinen Fall durfte sie ihm einen hilflosen Eindruck vermitteln.

»Mein Gott! Sei doch nicht so empfindlich. Ich tu dir schon nichts.« Er trat abrupt auf die Bremse. Da sie sich nicht angeschnallt hatte, schlug sie mit dem Kopf gegen die Windschutzscheibe. Hastig stieg sie aus und warf die Tür zu. Als sich der Wagen entfernt hatte, hockte sie sich nieder und weinte hemmungslos.

Schließlich rappelte sie sich auf, wischte sich die Tränen ab und ging weiter, immer den Fahrbahnrand entlang, den sie unter ihrem linken Fuß durch die Schuhe hindurch spüren konnte. Einige Autos fuhren an ihr vorbei, aber niemand kümmerte sich um sie. Vielleicht sollte sie sich einfach mitten auf die Straße stellen. Dann musste jemand anhalten. Aber vermutlich war es noch dunkel. Die Gefahr, dass man sie übersah und überfuhr, war zu groß. So verzweifelt sie auch war, sterben wollte sie nicht.

Sie erschrak, als sie eine Klingel unmittelbar hinter sich hörte. Kurz darauf vernahm sie die quietschenden Bremsen eines Fahrrads.

»Kann ich Ihnen helfen?«, erklang eine jugendliche Männerstimme.

»Ja, ja. Bitte! Ich bin blind. Man hat mich hier ausgesetzt. Haben Sie ein Handy dabei?«

»Klar.«

»Ich bin überfallen worden. Bitte rufen Sie die Polizei!« Der Fremde antwortete nicht sofort. »Kommen Sie. Hier ist es zu gefährlich. Da vorne ist eine Tankstelle. Sie ist zwar geschlossen, aber von dort können wir die Polizei benachrichtigen.« Sie hörte, wie er abstieg. Er schob das Fahrrad neben ihr her. Sie legte die linke Hand auf den Sattel. Das gab ihr ein sicheres Gefühl.

»Wie spät ist es?«, fragte sie.

»Halb fünf. Ich trage hier Zeitungen aus.«

»Dann müssen Sie weiter?«

»Ich warte, bis die Polizei da ist.«

»Danke.«

**17**

Der Doktor knallte die Tür hinter sich zu. Sie war ihm tatsächlich entwischt. Eine blinde Frau hatte ihn überrumpelt und sein gesamtes Projekt in Gefahr gebracht. Jetzt konnte er nur noch warten und hoffen, dass er nicht aufflog. Wahrscheinlich würde sie zur Polizei gehen. Wenn er Glück hatte, konnte man den Weg nicht zu ihm zurückverfolgen. Er entschloss sich, einfach weiterzumachen. Auch seiner Arbeit wollte er am nächsten Tag wie gewöhnlich nachgehen. Niemand durfte etwas merken.

Er ging ins Bad und betrachtete seine immer noch pochende Platzwunde an der Schläfe im Spiegel. Es hatte sich bereits eine Kruste gebildet, aber als er die Stelle mit den Fingern berührte, platzte sie wieder auf. Ein kleines Pflaster genügte, um das Blut zu stillen. Sein Haar konnte er so kämmen, dass die Blessur niemandem auffallen würde.

Er ging hinunter in den Keller und schloss die Tür zu seinem Versuchsraum auf. Der Laptop lag am Boden. Er hob ihn auf und stellte den Stuhl wieder auf die Beine. Dann begab er sich in das ehemalige Arbeitszimmer seines Vaters und schaltete den Computer ein. Offenbar funktionierte das Gerät noch einwandfrei. Er begann, seine Notizen zu ergänzen. Auch dieser katastrophale Fehlversuch musste dokumentiert werden. Alles musste möglichst normal weitergehen. Das Ziel war zu wichtig, als dass er es aufgeben durfte. Seine eigene Nahtoderfahrung war so überwältigend gewesen, dass ihn die Sache nicht mehr losgelassen hatte. Das Ereignis war über zwanzig Jahre her und hatte seitdem ständig in seinem Kopf herumgespukt. Er musste seine Untersuchungen zu Ende bringen, um Ruhe zu finden.

Alles hatte damit begonnen, dass seine Mutter bei einem Brand umkam. Sie hatte eine Rauchvergiftung erlitten und war später im Krankenhaus gestorben. Sein Vater hatte sich über das Treppenhaus in Sicherheit bringen können. Angeblich war der Qualm so dicht gewesen, dass er die Mutter nicht hatte retten können. Sie war erst von der Feuerwehr geborgen worden. Auch heute noch glaubte er diese Geschichte nicht. Das Feuer war im Keller ausgebrochen. Die genaue Ursache konnte nicht ermittelt werden. Aber man hatte keine Defekte an elektrischen Geräten oder den Stromleitungen feststellen können, was eine Brandstiftung nahelegte. Es hatte Untersuchungen gegen den Vater gegeben, aber keinen Prozess. Die Beweislage war dafür angeblich zu dünn gewesen. Seine Mutter habe das Feuer selbst gelegt, ein Suizidversuch, weil die Ehe am Ende gewesen sei.

Er war bei seiner Tante aufgewachsen, während der Vater zu seiner Geliebten gezogen war. Erst nach Jahren hatte sich der Vater manchmal wieder etwas mehr um ihn gekümmert. Aber der Tod der Mutter hatte immer zwischen ihnen gestanden. Bis zu jenem Tag im Sommer, als beide mit dem Boot aufs Meer hinausgefahren waren … Der Doktor schüttelte seine Erinnerungen ab.

Wenn es ihm gelänge, sich selbst an die Schwelle zum Tod zu führen, könnte er die Grenze nach Belieben überschreiten und zurückkehren. Dazu musste er die erforderliche Dosis der Medikamente genau kennen. Und, was ebenso wichtig war, er musste ein automatisches Verfahren zur Reanimation entwickeln, mit dem er sich selbst ins Leben zurückholen konnte. Aber das wollte er erst am Ende seiner Forschungen in Angriff nehmen. Davor hatte er den Beweis für die Menschheit zu erbringen, dass es eine Welt außerhalb von Raum und Zeit gab, eine, die ganz anders war als die, in der die Menschen lebten. Eine ewige Existenz, in der es weder Leid noch Qualen gab.

Die Literatur war voll von Berichten über NTEs. Fast allen gemeinsam war, dass die Personen, die so etwas erlebt hatten, ihr Leben veränderten. Manche lebten bewusster, wurden religiös oder engagierten sich für humanitäre Zwecke. Aber es gab auch NTEler, die hohe Risiken eingingen, weil ihnen der Tod keine Angst mehr bereitete. Einzelne begingen sogar Selbstmord, um die Grenze zum Jenseits endgültig zu überschreiten. Auch er selbst ging mit seinem Projekt ein hohes Risiko ein. Sein Erlebnis und seine Erfahrungen mit dem Thema hatten ihm jegliche Furcht vor dem Tod genommen. Trotzdem wollte er nicht zu leichtsinnig werden, damit er sein Projekt abschließen konnte. Was danach mit ihm geschah, war dann nicht mehr wichtig. Wichtig war nur, dass er seiner Nachwelt eine möglichst genaue Vorstellung vom Leben nach dem Tod lieferte.

Deshalb musste er weitermachen und den nächsten Probanden in seine Gewalt bringen. Dabei ging es um die Fragestellung, ob die Religiosität einen Einfluss auf die Nahtoderfahrung hatte. Er nahm an, dass dies nicht der Fall war, sondern sich lediglich die Interpretation des Erlebten unterschied. Ein gläubiger Mensch würde andere Schlüsse ziehen als ein Atheist. Das zu klären war von großer Bedeutung. Wenn es keinen Unterschied gab, war das ein weiterer Hinweis auf ein objektives, nicht durch Anschauungen und Psyche geprägtes Phänomen. Er könnte ein Kind als Probanden auswählen, das noch nicht von religiösen Vorstellungen beeinflusst war. Aber er hatte diese Idee sofort wieder verworfen. Wenn es die Tortur überlebte, würde es sein ganzes Leben lang unter den Folgen leiden. Nein, ein Kind kam nicht in Betracht. Stattdessen würde der Vergleich zwischen einem religiösen Menschen und einem Atheisten die Frage nach dem Einfluss der Weltanschauung beantworten können.

Über Konstantin Domeyer hatte er ausreichende Informationen zusammengetragen. Der Kreationist gehörte zu den hartgesottenen Anhängern der Glaubensrichtung, die überzeugt waren, dass Gott die Menschen vor zehntausend Jahren in ihrer jetzigen Gestalt erschaffen hatte. Gemäßigtere Vertreter sahen Gott als intelligenten Designer, der die Evolution lediglich gelenkt hatte. Domeyer ging jeden Sonntag in die Versöhnungskirche, die im Norden der Stadt lag. Er wohnte nicht weit entfernt in der Mozartstraße. Dort war sonntagmorgens wenig Betrieb. Trotzdem würde es kein Kinderspiel werden, seiner habhaft zu werden. Eine Frau zu entführen gestaltete sich in der Regel allein wegen des geringeren Körpergewichts einfacher. Domeyer wog sicher über achtzig Kilogramm, aber mit der richtigen Technik konnte er ihn über den Boden und auch die Treppe hinunterschleifen. Für die Entführung hatte er sich bereits eine Strategie überlegt. Ein weiteres Mal übte er, seine Stimme zu verstellen. Noch gelang es ihm nicht, sie tief und selbstsicher klingen zu lassen. Für die Verkleidung wollte er dieselben Utensilien wie immer wählen. Auch das Überschminken markanter Merkmale wie des Muttermals am Hals war obligatorisch. All das tat er letztendlich für seine Probanden. Ohne solche Vorbereitungen wäre er gezwungen, sie zu töten, und das durfte nicht geplanter Bestandteil seiner Arbeit sein.

## 18

Einen Termin für eine Therapie zu erhalten, hatte sich Daniela schwieriger vorgestellt. Ihr war im Krankenhaus ein Therapeut empfohlen worden, der sich auf die Bewältigung traumatischer Erlebnisse spezialisiert hatte. Je früher sie eine Behandlung begann, desto erfolgreicher würde sie verlaufen, hatte man ihr gesagt.

Anfangs hatte sie nichts davon wissen wollen. Sie war froh gewesen, wieder zu Hause zu sein. Aber schnell hatten sie die Ereignisse eingeholt. Alpträume und Schlaflosigkeit hatten sich eingestellt. Dazu waren Panikattacken gekommen, die ohne erkennbaren Anlass auftraten. Aber das Schlimmste waren das ständige Grübeln über das Geschehene und der Zwang, sich an alles erinnern zu wollen, besonders an ihre Vision während der Bewusstlosigkeit, an die traumhaft schöne Landschaft, an die Hängebrücke, die auf die andere Seite des Flusses führte, wo ihr Bruder auf sie gewartet hatte. Im Internet hatte sie ähnliche Geschichten von Menschen nachlesen können, die fast gestorben waren. Auch sie war überzeugt, dass das, was sie erlebt hatte, sich an der Grenze zwischen Leben und Tod abgespielt hatte.

Die Bilder waren ihr so real vorgekommen, dass sie sich nicht vorstellen konnte, sich alles nur eingebildet zu haben. Das galt auch für das, was sie währenddessen empfunden hatte. Das Glücksgefühl war so intensiv gewesen, wie sie es nie zuvor erlebt hatte.

Das Verhältnis zu David hatte sich weiter abgekühlt. Sie hatte ihm von ihrem Nahtoderlebnis erzählt. Doch er hatte es als Unsinn abgetan und darüber gelacht. Allerdings zeigte er sich sehr besorgt um sie. Er war sogar bereit, mit ihr fortzuziehen, wenn es erforderlich wäre. Aber das wollte sie nicht. Sie glaubte nicht, dass der Entführer ihr etwas antun würde. Wenn er sie hätte töten wollen, hätte er es damals getan. Und dennoch waren diese Furcht und die Panikattacken allgegenwärtig, zumal sie sich gegen seine Anweisung an die Polizei gewandt hatte. Hatte er das mitbekommen? Beobachtete er sie?

Der Therapeut hieß Hesskopp und hatte seine Praxis in der Brinckmannstraße, für Daniela lediglich eine Viertelstunde Fußweg von zu Hause. Sie war aufgeregt, als sie dort eintraf und sich am Empfang meldete.

Sie musste nicht warten, sondern wurde sofort in das Behandlungszimmer gebracht, das eher wie ein Wohnzimmer aussah, mit abstrakten Ölbildern an den Wänden und einer Sitzecke mit Designerstühlen und einem flachen Tisch, auf dem Getränkeflaschen und Gläser standen. Über der obligatorischen Liege hing ein psychedelisch anmutendes Bild von einem Sonnenuntergang in surrealer Landschaft.

Hesskopp begrüßte sie mit Handschlag. Er war groß und muskulös, hatte grau melierte Haare und blaue Augen.

»Setzen Sie sich bitte«, sagte er und wies auf einen der Stühle jenseits des Tisches.

Er nahm ihr gegenüber Platz und schlug die Beine lässig übereinander. Dann bat er sie, ihm ihre Erlebnisse und ihre Probleme zu schildern. Sie war selbst ein wenig erstaunt, dass sie das ohne Tränen über die Bühne brachte. Als sie fertig war, hatte sie für einen Moment das Gefühl, sie wäre allein durch ihre Erzählung von den Ängsten befreit worden. Sich einer neutralen Person zu offenbaren, war einfacher als jemandem, der ihr nahestand. Sowohl David als auch ihre Mutter hatten stets versucht, sie zu trösten und in den Arm zu nehmen. Hesskopp hörte einfach nur zu und schien von der Geschichte völlig unberührt zu sein.

»Orangensaft oder Wasser?«

»Wasser.«

Er öffnete eine Flasche und schenkte ihr ein Glas ein.

»So gut wie jeder, der so etwas erlebt hat, hat mit den Folgen zu kämpfen. Manchmal treten sie erst lange nach dem Erlebnis auf. Umso besser, dass Sie so früh zu mir kommen. Ich will Ihnen kurz erklären, wie eine Therapie aussieht. Wir unterscheiden drei Phasen: die Stabilisierung, die Konfrontation und die Integration. In der Stabilisierungsphase geht es darum, das

111

Erlebte zu begreifen und Erinnerungslücken zu schließen. Außerdem müssen Sie lernen, die Bilder des Traumas zu kontrollieren. Ganz los werden Sie die nicht werden. Aber es gibt Techniken, wie Sie diese beherrschen und selbst entscheiden können, welche sie zulassen wollen. In vielen Fällen führt die Stabilisierung bereits zum Erfolg. Sollte das nicht ausreichen, können wir mit der Konfrontation arbeiten. Das heißt, wir rufen die Bilder Ihres Traumas bewusst in Erinnerung und ordnen sie sozusagen zu einem Film, den Sie als erledigt abspeichern können. Das ist nicht ganz einfach, aber durchaus erfolgversprechend. Mit der Integration können wir versuchen, das Erlebte in die eigene Lebensgeschichte einzubinden und sich damit in gewisser Weise zu versöhnen.«

Hesskopps Ausführungen klangen plausibel, und anders als die Ärzte, die sie bisher kennengelernt hatte, legte er offenbar Wert darauf, seine Therapie zu erklären.

»Meine Erinnerungslücken betreffen hauptsächlich die Fahrt bis zu dem Ort, an dem ich gefangen gehalten wurde.«

»Es geht nicht nur um diese Zeit, sondern um das gesamte Erlebnis. Typisch für ein Trauma ist, dass das Gehirn bestimmte Eindrücke ausblendet. Das ist eine Art Schutzmechanismus. An die Bilder müssen wir ran.«

»Ich kann mich an jedes Detail erinnern.«

»Das glauben Sie. Aber wir sollten uns nicht darauf verlassen. Von besonderer Bedeutung ist natürlich auch das, was Sie während Ihrer Bewusstlosigkeit in der Gefangenschaft erlebt haben. So wie Sie es geschildert haben, muss Sie das sehr berührt haben. Deshalb wäre es besonders wichtig, wenn wir Ihre Halluzinationen während dieser Phase nachvollziehen und vervollständigen könnten.«

»Das waren keine Halluzinationen und auch kein Traum! Das war real! Eine Nahtoderfahrung. Ich hab mich informiert.«

»Gut, gut. Ich glaube Ihnen. Umso wichtiger wäre eine lückenlose Rekonstruktion. Verstehen Sie? Wir könnten es mit Hypnose versuchen. Damit habe ich sehr gute Erfahrungen gemacht.«

»Das könnte helfen?«

»Ja. In Ihrem Gehirn ist alles gespeichert, was Sie erlebt haben. Aber eine Art Filter verhindert, dass bestimmte Inhalte ins Bewusstsein gelangen. Speziell nach traumatischen Ereignissen ist die Blockade besonders stark. Im Trancezustand werden Sie sich an die verdrängten Bilder erinnern. Wie gesagt ist das wichtig für eine Heilung. Wären Sie mit einer Hypnose einverstanden?«

»Ja, natürlich.«

»Gut. Zu lange sollten wir nicht damit warten. Wir könnten die Hypnose während der nächsten Sitzung durchführen.«

Daniela nickte.

»Sie sagten, Sie hätten Ihren Bruder gesehen. Bitte erzählen Sie mir etwas über ihn.«

Sie senkte den Kopf und sprach leise. »Er war drei Jahre älter als ich und starb, als ich zwölf war. Bei einem Unfall. Ein Betrunkener hatte die Gewalt über seinen Wagen verloren und war auf den Fußgängerweg geraten. Es gab zwei Verletzte, und Christian war sofort tot. Er war alles für mich. Zu meinem Vater hatte ich kein gutes Verhältnis. Auch zu meiner Mutter nicht, die Tabletten nahm und trank. Aber auf Christian konnte ich mich immer verlassen. Vielleicht bin ich ihm manchmal etwas lästig gewesen, weil ich ständig an ihm hing. Genau weiß ich es nicht mehr. Meine Erinnerungen sind über die Jahre etwas verblasst. Aber ich denke noch oft an ihn. In verschiedenen Situationen frage ich mich: Was hätte er darüber gedacht, was hätte er mir geraten? Auch wenn ich keine Antworten erhalte, hilft es mir manchmal. Als ich ihn wiedersah, kamen all die Erinnerungen und Gefühle. Wie im Zeitraffer zogen sie an mir vorbei, strömten durch mich hindurch. Ich kann das nicht genau beschreiben. Das Erlebnis fühlte sich absolut real an. Das war kein Traum und auch keine Halluzination.«

»Sind Sie religiös? Glauben Sie an Gott?«

Daniela schüttelte den Kopf. »Religion war bei uns zu Hause kein Thema. Mit der Kirche hab ich nichts am Hut. In letzter Zeit denke ich manchmal darüber nach, ob es ein Jenseits gibt.

Seit dem Erlebnis bin ich mir sicher, dass da noch etwas kommt. Vielleicht gibt es so etwas wie eine Seele. Jedenfalls bin ich überzeugt, dass ich meinen Bruder wiedersehen werde. Vielleicht hat das Jenseits ja gar nichts mit Gott zu tun. Könnte es das nicht auch ohne ihn geben?«

Hesskopp zuckte mit den Schultern. »Das sind interessante Fragen, auf die natürlich auch ich keine Antwort habe. Aber ich weiß von anderen Klienten, dass Nahtoderfahrungen ihr Leben stark beeinflusst haben. Sehr oft übrigens zum Positiven. Das ist eigentlich ganz tröstlich und eine ermutigende Aussicht für Sie. Gut, dann sehen wir uns nächste Woche wieder. Die Hypnose wird uns weiterbringen. Das verspreche ich Ihnen.«

Hesskopp stand auf und verabschiedete sich von Daniela Herzog mit Handschlag und einem freundlichen Lächeln.

## 19

Philip Rothe zog die letzte Schraube an. Der Computerausdruck hatte keinen professionellen Eindruck gemacht. Das Blechschild war zwar nicht gerade billig gewesen, machte aber eindeutig mehr her. »Detektei Rothe«, prangte jetzt am Eingang des Büros, daneben die schwarze Silhouette, die an Sherlock Holmes erinnern sollte, eine Figur mit Deerstalker-Hut und Pfeife. Rothe mochte Anspielungen wie diese. Sie enthielten ein wenig Selbstironie, denn sein Job als Privatdetektiv hatte kaum etwas mit den Ermittlungen von Arthur Conan Doyles Protagonisten zu tun. Halter- und Adressfeststellungen, Untreuenachweise, Aufdeckung von Schwarzarbeit und Sorgerechtsangelegenheiten gehörten eher zum täglichen Geschäft, das allerdings recht zähflüssig anlief. Aber Rothe hatte auch keinen Ansturm auf seine Dienste erwartet, als er sein Büro im Husumer Industriegebiet eröffnete. Bisher hatte er außer einer mickrigen Anzeige in der Tageszeitung keine Werbung für sein Unternehmen gemacht. Die Homepage, die ein Freund für ihn erstellt hatte, war erst seit etwa einer Woche online.

Rothe hatte einen Kunden, der anonym bleiben wollte. Das war zwar unüblich, aber solange das Geld stimmte und er nichts gravierend Ungesetzliches tun musste, war ihm das egal. Seine erste Rechnung war jedenfalls pünktlich und ohne Abzug in bar bezahlt worden. Das Geld war in Scheinen per Briefpost eingegangen. Der Kontakt mit dem Klienten lief ausschließlich über E-Mails. Auch die Berichte versandte er elektronisch. Offenbar wollte der Auftraggeber unter allen Umständen unerkannt bleiben.

Rothes Büroraum war mit alten Möbeln eingerichtet, nicht original antik, aber sie vermittelten doch das Flair alter Zeiten, in denen die berühmten Detektivromane spielten. Computer und Drucker störten etwas das Ambiente, ließen sich jedoch nicht vermeiden. Eine Schiebetür führte in eine kleine Küche mit der notwendigsten Ausrüstung für lange Arbeitstage: Kühlschrank mit Gefrierfach für Bier und Pizza, Kochplatte, Spülbecken, Kaffeemaschine und Hängeschränke für Dosenfutter und Geschirr.

Rothes ständiger Begleiter war eine Mischung aus Rottweiler und Hovawart. Das Tier lag unter dem Schreibtisch und knurrte kurz und gutmütig, als sich der Detektiv in den Ledersessel setzte und ihm mit einem sanften Fußtritt zu verstehen gab, dass es ein Stück rücken sollte. Der Rüde hieß Hachiko, benannt nach einem berühmten Hund in Japan, der zehn Jahre lang abends am Bahnhof auf sein Herrchen gewartet hatte, nachdem dieses verstorben war. Rothe hatte Hachiko aus dem Tierheim geholt. Über die Vorbesitzer wusste er nichts. Entweder hatten sie dem Hund keine Kommandos beigebracht oder welche in japanischer Sprache. Jedenfalls hörte er weder auf »Platz« noch auf »bei Fuß«. Immerhin lief er jedem Stock und jedem Ball hinterher, allerdings ohne die Gegenstände zurückzubringen.

Hachiko war so groß wie ein Schäferhund. Er hatte lange, hängende Ohren. Sein Fell war an der Schnauze und auf der Unterseite braun, am übrigen Körper glänzend schwarz. Ein hübsches Tier, fand Rothe. Und intelligent. Vielleicht hörte er auch deshalb nicht auf Befehle.

Manchmal erzählte der Detektiv ihm etwas über den aktuellen Fall. Das half, die Gedanken zu ordnen, auch wenn er keine Antworten auf seine Fragen erhielt. Bei solchen Gelegenheiten nannte er seinen Begleiter stets »Dr. Watson«. Das klang etwas albern, aber es bekam ja niemand mit. Allerdings war es ihm einmal passiert, dass er einem Kunden seinen Besuch mit »Dr. Watson und ich …« angekündigt hatte.

Rothe strich sich über den glatt rasierten Schädel und klappte die Akte Gerber auf. Sein wöchentlicher Bericht würde wieder kurz ausfallen. Er tippte einige neue Beobachtungen ein. Ein wenig ärgerte ihn, dass er nicht wusste, welchem Zweck seine Informationen dienten. So waren gezielte Recherchen nicht möglich. Außerdem wusste er gern, womit er es zu tun hatte, um gegen unangenehme Überraschungen gefeit zu sein. Aber die Bezahlung stimmte, und das war immerhin ein Argument für eine Ausnahme.

Mit der Schreibarbeit tat Rothe sich schwer. Von den zahlreichen beruflichen Tätigkeiten, die er bisher ausgeübt hatte, war diese die erste, die ihm »literarische« Fähigkeiten in größerem Umfang abverlangte. Weder in seinem erlernten Beruf als Bootsbauer noch in den Jobs als Feuerwehrgerätewart und als Personenschützer waren sie erforderlich gewesen.

Eine gut bezahlte Stelle bei einem Windkraftanlagenhersteller hatte ihn von Hamburg nach Husum verschlagen. Dass das Werk kurz danach schließen würde, hätte er nie gedacht. Nach einem halben Jahr Arbeitslosigkeit hatte er sich selbstständig gemacht. Jetzt war er Unternehmer, einundvierzig, geschieden. Frau und Sohn lebten immer noch in Hamburg. Beide sah er nur noch selten. Sein Sohn hatte gerade angefangen, Wirtschaftsinformatik zu studieren. Aus ihm würde bestimmt etwas werden. Aber auch für sich selbst hatte Rothe noch Hoffnung. Wenn erst einmal die Werbung anlief und er ein paar Referenzen aufzuweisen hatte, würde der Laden schon laufen. Und vielleicht konnte er dann sogar zwei bis drei Mitarbeiter einstellen.

Nach einer Stunde war der Bericht fertig. Einige Rechtschreibkorrekturen, dann schickte er das Dokument an den unbekannten Empfänger.

Das Telefon klingelte. Er nahm den Hörer des Analogtelefons ab.

»Detektei Rothe, zu Ihren Diensten«, meldete er sich.

»Elisabeth Schweizer hier. Haben Sie noch Kapazitäten frei? Ich meine, kurzfristig?«

»Frau Schweizer. Sie haben Glück. Mein Kollege Dr. … Dr. Müller hat mir gerade einen größeren Auftrag abgenommen, sodass ich etwas Zeit erübrigen kann.« Beinahe wäre es ihm wieder passiert. Das »Dr. Watson« hatte ihm bereits auf der Zunge gelegen. Um die Situation zu retten, war ihm kein anderer Name als Müller eingefallen. »Worum geht es?«

»Jemand hat Hans-Werner umgebracht.«

»Oh. Da sollten Sie besser die Polizei einschalten. Ich meine, für Mordermittlungen …«

»Hans-Werner hieß mein Mann.«

»Ja. Ich verstehe. Aber …«

»Nach seinem Tod vor sechs Jahren hab ich einen Rauhaardackel zu mir genommen. Ich hab ihn in Erinnerung an meinen Mann Hans-Werner genannt. Er war so ein liebes Tier. Jetzt ist er tot. Und ich will wissen, wer ihn ermordet hat. Die Polizei kümmert sich nicht darum.«

Rothe brauchte einige Sekunden, um vom Tötungsdelikt auf Sachbeschädigung umzuschalten. In Tateinheit mit einem Verstoß gegen das Tierschutzgesetz. Aber der Auftraggeberin gegenüber war es vermutlich geschickt, bei dem Ausdruck »Mord« zu bleiben. Die Bezeichnung hörte sich wichtiger und teurer an. Anhand der Stimme schätzte Rothe sie auf ein Alter von etwa achtzig Jahren. Sie schilderte ihm, wie der Hund qualvoll zugrunde gegangen war. Der Tierarzt hatte eine Vergiftung diagnostiziert. Hans-Werner war noch während der Behandlung gestorben.

Fairerweise sprach Rothe die Kosten an, die auf sie zukommen würden. Sie ließ sich weder durch seinen Stundensatz noch vom geschätzten Gesamtaufwand für seine Recherchen abschrecken. Ein Leben könne man nicht mit Geld aufwiegen, und sie wolle, dass der Täter seine gerechte Strafe erhalte. Das sei sie Hans-Werner schuldig. Rothe versprach, die Ermittlungen unmittelbar aufzunehmen. Er ließ sich Frau Schweizers Adresse geben und vereinbarte einen Besprechungstermin mit ihr.

Nachdem das Telefonat beendet war, nahm Rothe einen Schnellhefter aus der Schreibtischschublade und beschriftete ihn mit »Mordfall Hans-Werner«.

»Hachiko, jetzt gehen wir erst mal Gassi«, sagte er. Der Hund gab ein lautes Quieken von sich und stand mit wedelndem Schwanz vor der Tür, bevor sich der Detektiv vom Schreibtischstuhl erhoben hatte. Bestimmte deutschsprachige Kommandos verstand er eben doch.

Elisabeth Schweizer wohnte im Erichsenweg, in unmittelbarer Nähe des Schlossparks. Rothe hatte seinen Besuch bei ihr für sechzehn Uhr vereinbart. Es schien ihm in Anbetracht des Trauerfalls nicht angebracht zu sein, Hachiko mitzunehmen. Deshalb ließ er seinen Begleiter im Büro zurück.

Der Detektiv hatte das Alter seiner Auftraggeberin gut geschätzt. Sie war neunundsiebzig Jahre alt und machte einen resoluten Eindruck auf ihn. Sie führte ihn ins Wohnzimmer, das im Landhausstil eingerichtet war. Soweit Rothe erkennen konnte, befanden sich unter den Möbeln mehrere antike Stücke. Darunter ein mächtiger Sekretär, auf dem einige gerahmte Bilder standen. Sie nahm eins in die Hand, das einen Mann in Uniform zeigte.

»Das ist Hans-Werner, mein verstorbener Mann«, erklärte sie. »Er war Major bei der Bundeswehr. In der Julius-Leber-Kaserne. Und das ist der vierbeinige Hans-Werner.« Sie stellte das Bild zurück und zeigte das eines Rauhaardackels mit schwarzgrauem Fell. Dem Tier sah man das fortgeschrittene Alter an. Vermutlich war die Aufnahme nicht sehr lange vor seinem unnatürlichen Tod entstanden.

»Niedlich«, sagte Rothe.

»Und das sind meine Tochter Johanna und meine Enkel Clara und Michael. Aber das Foto ist schon alt. Die Kinder sind erwachsen. Nehmen Sie bitte Platz.« Sie wies auf eine Ledergarnitur. Der Detektiv setzte sich in einen der Sessel.

»Möchten Sie eine Tasse Kaffee? Oder Tee?«, fragte Frau Schweizer.

»Vielen Dank. Aber ich möchte direkt mit meinen Ermittlungen beginnen. Ich habe nur ein paar Fragen an Sie.«

»Haben Sie die Zeitung gelesen?« Frau Schweizer ließ sich auf das Sofa fallen. »Es hat ein weiteres Opfer gegeben. Ein Terrier. Er hat überlebt. Er hat einen vergifteten Köder gefressen, steht da. Ich kann mich erinnern, dass mein Hans-Werner auch etwas verschlungen hat, obwohl ich ihn an der Leine geführt habe. Ich hab einen Moment nicht aufgepasst. In der Zeitung steht, dass die Polizei ermittelt. Aber ich glaube nicht, dass die sich besonders bemühen werden. Deshalb müssen Sie den Täter finden.«

Rothe nickte. »Wissen Sie noch, wie spät es war, als Ihr Hund den Giftköder gefressen hat?«

»Ziemlich genau. Es muss so zehn nach drei gewesen sein. Um drei bin ich immer mit ihm rausgegangen. Er wusste stets genau, wann es so weit war. Ich brauchte gar keine Uhr. Er hatte eine innere Uhr und fing immer an zu winseln, wenn ich mal spät dran war. Der Köder muss nicht weit vom Eingang zum Schlosspark gelegen haben. Etwa zehn Minuten von hier, wenn man langsam läuft, so wie ich und Hans-Werner. Also zehn nach drei. Da muss es passiert sein. Hätte ich doch nur richtig aufgepasst.«

Sie wischte sich mit der Hand eine Träne ab. »Was werden Sie unternehmen, um den Verbrecher zu schnappen? Werden Sie sich auf die Lauer legen? Es wäre das Beste, wenn Sie ihn auf frischer Tat ertappen würden. Ich denke auch an die anderen armen Hunde. Die haben doch niemandem etwas getan.«

»Wir haben so unsere Methoden, Dr. Watson und ich.«

»Wer ist Dr. Watson?«

»Äh – mein Mitarbeiter. Der hat eine unglaubliche Spürnase.«

»Und Dr. Müller? Das ist auch einer Ihrer Mitarbeiter?«

Die alte Dame hatte sich doch tatsächlich den Namen gemerkt, den er spontan am Telefon genannt hatte. »Wissen Sie, der Arbeitsmarkt ist von Akademikern überschwemmt. Viele sind arbeitslos. Die stehen heutzutage Schlange für einen anspruchsvollen Job. Und bei uns können wir sie gut gebrauchen.«

Rothe fühlte sich nicht gut bei seiner Flunkerei. Eine Unwahrheit hatte die nächste nach sich gezogen. Er sollte zumindest Dr. Müller entlassen, um sich nicht in weitere Lügen zu verstricken.

»Haben Sie an dem Tag, als das Verbrechen geschah, irgendjemanden beobachtet?«, fragte er, um wieder in sicheres Fahrwasser zu gelangen.

»Es hat geregnet, und es waren nur wenige Menschen unterwegs. Im Park hab ich einen jungen Mann mit einem Bernhardiner gesehen. Wissen Sie, wenn es regnet, trifft man nur Menschen mit Hunden. Hans-Werner hat der Regen nichts ausgemacht. Sobald wir wieder zu Hause waren, habe ich ihn abgetrocknet. Das hat ihm gefallen. Er hat sich auf den Rücken gelegt und mit den Pfoten gestrampelt.« Frau Schweizer wischte sich erneut eine Träne aus dem Gesicht. »Glauben Sie, dass der Mann mit dem Bernhardiner etwas mit dem Mord zu tun hat?«

»Nein. Wir haben es wohl eher mit jemandem zu tun, der Hunde nicht mag. Außerdem kann der Giftköder dort schon mehrere Tage gelegen haben.« Rothe stand auf und verabschiedete sich. »Ich werde jetzt an die Arbeit gehen. Sobald ich etwas herausgefunden habe, gebe ich Ihnen Bescheid.«

Bevor er zurück ins Büro fuhr, wollte Rothe eine Ortsbegehung im Schlosspark durchführen, auch wenn er sich davon keine wesentlichen Erkenntnisse versprach. Eine Besichtigung des vermeintlichen Tatortes gehörte zu einer sorgfältigen Aufklärungsarbeit. Außerdem brauchte er auch in diesem Fall Stoff für einen schriftlichen Tätigkeitsbericht. Und vielleicht fand er weitere Köder, aus deren Beschaffenheit sich eventuell Rückschlüsse ziehen ließen.

Schräg gegenüber von Frau Schweizers Wohnhaus führte ein Weg in den Schlossgarten. Er hatte sie zwar nicht gefragt, welche Strecke sie mit dem vierbeinigen Hans-Werner zu gehen pflegte, aber sehr wahrscheinlich lag er richtig, wenn er hier mit seiner Ortsbesichtigung begann. Am Eingang stand ein Schild, das darauf hinwies, dass Hunde an der Leine zu führen seien. Die meisten Hundebesitzer hielten sich vermutlich an das Gebot. Rothe schloss daraus, dass der Mörder die Köder in der Nähe der Wege auszulegen pflegte, es sei denn, er wollte genau die bestrafen, die ihre Lieblinge frei laufen ließen. Aber das war eher unwahrscheinlich. Es entsprach nicht dem Täterprofil, das sich Rothe zurechtgelegt hatte: Frührentner, Ende fünfzig, verwitwet, Hundehasser, wohnhaft in der Nähe des Parks.

Der Detektiv schlenderte am Mahnmal für die Opfer des Ersten Weltkriegs vorbei. Die vierhundertsechs Namen zeugten nicht von Heldentaten, sondern vom unendlichen Leid des Krieges, was der Künstler durch die Darstellung einer trauernden Frau ausgedrückt hatte, die einen Stahlhelm in der Hand hielt.

Rothes Blick wanderte über den Boden, auf der Suche nach versteckten Ködern. Er lief weiter Richtung Schloss, am Theodor-Storm-Denkmal und am Brunnen vorbei, durch das Sandsteinportal. Kurz überlegte er, ob er in den Schlosshof gehen sollte, kehrte aber um und erklärte die Ortsbesichtigung für beendet. Die Aussicht, eine vergiftete Wurst oder Ähnliches zu finden, war gering, und er konnte nicht den gesamten Park absuchen. Vermutlich hatte die Polizei die Gegend bereits unter die Lupe genommen. Rothe nahm denselben Weg zurück bis zum Eingang. Hier hatte der Täter zumindest einen Köder versteckt. Rothe hatte nicht vor, sich auf die Lauer zu legen, um ihn auf frischer Tat zu ertappen. Stattdessen musste im vorliegenden Fall Hightech zum Einsatz kommen. Er brauchte eine Funkkamera mit Bewegungsmelder und einen Plan.

Zurück im Büro fand er die passende Elektronik im Internet, und den Plan hatte er bereits im Kopf. Er beabsichtigte, ein Plakat mit einer Warnung vor den vergifteten Ködern an einen Baum zu heften und eine Kamera darauf zu richten. Sie sollte sich einschalten und auf Rothes Smartphone einen Alarm auslösen, sobald der Bewegungssensor ansprach.

Drei Tage später baute er die Falle auf. Die richtige Einstellung des Sensors war das Hauptproblem gewesen. Der sollte nur auslösen, wenn jemand sehr nahe an das Plakat herantrat. Die Buchstaben hatte Rothe extra groß geschrieben, damit die Warnung von Weitem zu lesen war. Nach Rothes Theorie würde der Täter im Plakat einen Angriff auf sein Werk sehen und es beseitigen. Der Detektiv schätzte die Erfolgswahrscheinlichkeit für sein Vorhaben auf optimistische fünfzig Prozent. Hatte er erst einmal ein Foto vom Hundemörder, würde er ihn sicher überführen können.

## 20

Die Tiertherapeutin war pünktlich. Anhand ihrer Stimme und ihrer Ausdrucksweise hatte sich Flottmann während des Telefongesprächs ein Bild von ihr gemacht: zierlich, circa dreißig Jahre alt, kurzes schwarzes Haar, Brille. Tatsächlich trug sie eine Brille! Die anderen Merkmale stimmten nicht so ganz mit seinen Vorstellungen überein. Sie war in etwa so schwer wie er selbst, geschätzt über fünfzig und hatte dunkelblondes, mittellanges Haar mit grauen Partien. Als sie das Wohnzimmer betrat, hob Bogomil den Kopf, um ihn gleich danach wieder auf das Sofa sinken zu lassen.

»Ein hübsches Tier«, bemerkte Hanna Jessen. »Ein wenig zu gut gefüttert.«

»Er ist auf FdH und hat bereits ein halbes Kilogramm abgenommen.«

Flottmann bot der Therapeutin einen Platz an. Sie setzte sich in einen der Sessel und stellte die mitgebrachte Tasche auf dem Boden ab.

»Abnehmen ist schwer. Ich spreche aus Erfahrung.« Sie sah Flottmann an.

Bevor sie das Thema vertiefen konnte, sagte er: »Bogomil wurde vor einiger Zeit entführt. Das hat Spuren hinterlassen. Darum geht es.« Er setzte sich ebenfalls.

»Entführt?«

»Ja. Ich konnte ihn aus den Händen des Kidnappers befreien. Seitdem trägt er ein Halsband mit Sender.«

Sie zog die Stirn in Falten und musterte ihr Gegenüber einige Sekunden. Vermutlich hielt sie ihn in diesem Moment ebenfalls für therapiebedürftig.

Ihre Reaktion bestätigte seine Vermutung. »Manchmal ist es sinnvoll, auch das Herrchen in die Arbeit einzubeziehen.«

»Ich bin vollkommen gesund«, erwiderte Flottmann.

»So meine ich das nicht. Wissen Sie, das Verhalten des Besitzers wirkt sich unweigerlich auf das des Tieres aus. Das kann man gar nicht vermeiden.«

»Ich verstehe.«

»Dann schildern Sie mir bitte mal Ihre Probleme.«

»Meine?«

»Die Ihrer Beziehung. Äh, die zu Ihrem Kater natürlich.«

»Die ist leicht gestört.«

»Vielleicht nennen Sie mir ein Beispiel für sein Verhalten.«

»Er öffnet den Kühlschrank ohne Erlaubnis und räumt alles aus, was er erreichen kann.«

Jessen fing an zu lachen. Das hätte Flottmann von einer professionellen Therapeutin nicht erwartet.

»Ja, das ist unangenehm«, versuchte sie, ihre Reaktion zu retten, musste dann aber erneut lachen. »Entschuldigung.« Sie hielt kurz eine Hand vor den Mund. »Wenn Bogomil einmal Erfolg damit hatte, verstärkt das natürlich sein Verhalten. Haben Sie etwas dagegen unternommen?«

»Ich hab einen Stuhl davorgestellt.«

»Das war eine gute Idee.«

»Er hat den Stuhl beiseitegeschoben.«

Jessen gelang es leidlich, ein erneutes Lachen zu unterdrücken. »Gibt es weitere Probleme?«

»Ja, natürlich. Sonst hätte ich Sie nicht angerufen. Bogomil rollt das Klopapier ab und zerfetzt es. Er betätigt die Klospülung und frisst mir die Kartoffelchips weg. Aber das bekomme ich alles mit geeigneten Maßnahmen in den Griff. Sorgen macht mir, dass er oft so teilnahmslos auf dem Sofa liegt. Vielleicht hat er seit der Entführung Depressionen. Gibt es so etwas bei Katzen?«

»Selbstverständlich. Bei allen Tieren. Untersuchungen haben das bewiesen. Affen, Hunde, Katzen, Vögel oder Mäuse. Alle können davon betroffen sein. Man hat das sogar bei Fruchtfliegen systematisch erforscht. Sie wurden in Bedrängnis gebracht und verhielten sich auch noch lange danach verängstigt und depressiv. Fütterte man sie mit Antidepressiva, so verschwanden die Symptome.«

Flottmanns kriminalistisches Gespür versagte vollständig. Veräppelte sie ihn? Er konnte das nicht einschätzen.

»Das ist wirklich wahr«, sagte sie. »Aber bei Ihrem Kater kriegen wir das bestimmt ohne Medikamente hin.« Sie beugte sich über die Lehne des Sessels, öffnete ihre Tasche und beförderte eine Stoffmaus daraus hervor, die an einem Faden hing. »Ich denke, dass Bogomil Beschäftigung braucht. Langeweile kann ein Auslöser für Depressionen sein.«

Mit einigen Schwierigkeiten gelang es ihr aufzustehen. Sie ging zur Couch und brachte die tote Maus vor Bogomils Kopf zum Schwingen. Tatsächlich öffnete der Kater die Augen und bewegte seinen Kopf hin und her. Einige Sekunden lang folgte sein Blick dem Stoffknäuel. Dann streckte er kurz seine Vorderbeine und schloss die Lider. Immerhin gab er ein lautes Schnurren von sich.

»Es scheint mir ein komplizierter Fall zu sein.« Jessen setzte sich wieder. »Wie alt ist er?«

»Ungefähr neun Jahre. Sein genaues Geburtsdatum kenne ich nicht.«

»Wir könnten es mit Bachblüten versuchen, mit einer MET-Klopftherapie oder Reiki.«

»Von Bachblüten halte ich nichts«, sagte Flottmann. Von den drei Methoden kannte er nur diese. Vor einiger Zeit hatte er im Schaufenster einer Apotheke einen Korb mit einer Auswahl einschlägiger Produkte gesehen. Darüber hatte ein Schild mit der Aufschrift »Scheiß des Monats« geprangt. Die Kritik eines mutigen Apothekers mit nordfriesischem Humor. Die Pharmaindustrie hatte in der Regel wenig übrig für solche Aktionen.

»Gut. Ich will Ihnen nichts aufzwingen, obwohl ich sehr gute Erfolge damit habe. Aber Reiki ist etwas ganz Tolles. Speziell nach traumatischen Ereignissen können damit hervorragende Ergebnisse erzielt werden.«

»Und die Klopftherapie?« Flottmann vermutete unter der Bezeichnung das am wenigsten esoterische der drei Verfahren.

»Auch eine sehr gute Möglichkeit. Damit kann man innerhalb kurzer Zeit eine Besserung erreichen. MET steht für

›Meridian-Energie-Technik‹. Wie Sie vielleicht wissen, ist der Körper von Meridianen, also Kanälen, durchzogen, durch die die Lebensenergie fließt. Nach chinesischer Tradition ...«

»Ich glaube, das ist auch nicht das Richtige.«

»Man muss nur die passenden Meridianpunkte durch Klopfen stimulieren, damit die Energien wieder frei fließen können. Ich zeige es Ihnen.«

Sie stand auf. Flottmann wich unwillkürlich mit dem Kopf zurück, weil er befürchtete, er könnte das Opfer sein. Aber sie ging auf Bogomil zu. Der Kater öffnete erneut die Augen.

»Brave Katze«, versuchte Jessen, den Patienten einzulullen. Sie strich mit der linken Hand sanft über seinen Nacken. Dann klopfte sie mit dem Zeigefinger ohne Vorwarnung auf Bogomils Rücken. Ebenso ohne Vorwarnung fuhr dieser seine Krallen aus und verpasste der Therapeutin blutige Striemen auf ihrem nackten Unterarm. Während Bogomil fauchte, gab Jessen zu Flottmanns Erstaunen keinen Ton von sich.

Sie ging zurück zu ihrem Sessel, setzte sich und strich sich mit der Hand über die Wunde.

»So etwas hat Bogomil noch nie getan«, sagte Flottmann. »Vielleicht haben Sie den falschen Meridianpunkt erwischt.«

Der giftige Blick der Therapeutin verriet ihm, dass sie seine Ironie verstanden hatte.

»Wie ich Ihnen schon erklärt habe, ein schwieriger Fall.« Vermutlich meinte sie »aufwendig und teuer«.

Bogomil war inzwischen von der Couch gesprungen und in der Küche verschwunden. Nach dem Angriff musste er sich sicher erst einmal mit Trockenfutter stärken.

»Vielleicht dann doch eher Reiki?«, fragte Flottmann.

»Ich befürchte, dass ich keine richtige Verbindung zu ihm aufbauen kann. So etwas kommt manchmal vor.« Sie strich erneut über die Wunde, aus der kleine Blutstropfen quollen.

»Möchten Sie einen Verband oder ein Pflaster?«

»Nein, das ist nicht notwendig.« Sie packte die Stoffmaus in ihre Tasche und erhob sich. »Ich schicke Ihnen die Rechnung zu.«

Flottmann stand ebenfalls auf. Er wunderte sich, dass die Therapeutin so schnell das Handtuch warf. Sie musste solche Auseinandersetzungen mit ihren Patienten doch gewohnt sein. Wahrscheinlich stimmte die Chemie zwischen ihr und Bogomil tatsächlich nicht. Vielleicht lag es auch an der Chemie zwischen ihm selbst und ihr.

An der Tür verabschiedete sie sich ohne Handschlag, aber mit einem Tipp. »Ihr Kater ist oft alleine. Sie sollten einen Gefährten für Bogomil anschaffen. Einen zweiten Kater oder eine Katze. Dann hat er Gesellschaft. Außerdem sollten Sie ihn auf den Balkon lassen, damit er die Vögel beobachten kann. Aber vergessen Sie nicht, die Brüstung abzusichern, damit er nicht in die Tiefe stürzt.«

Immerhin schien der Vorschlag mit dem Balkon brauchbar zu sein. Vielleicht war die Therapiestunde doch nicht ganz vergeblich gewesen. Als Flottmann zurück ins Wohnzimmer kam, lag Bogomil bereits wieder auf der Couch.

»Das war nicht nett von dir. Du hättest dich entschuldigen müssen.«

»Miau.«

»Okay. Entschuldigung angenommen.«

## 21

»Und? Wie war die psychologische Behandlung gestern?«, fragte Hilgersen, kaum dass Flottmann sich an den Schreibtisch gesetzt hatte.

»Schwierig.«

»Hab ich mir gedacht. Ihr beide seid doch therapieresistent.«

»Bogomil hat auf die MET-Klopftherapie nicht angesprochen. Das heißt, eigentlich doch. Er hat der Therapeutin eine gelangt.«

Hilgersen lachte.

»Weißt du, wo man hier Fischernetze kriegt?«, fragte Flottmann.

»Du meinst Angelzeug? Du willst echt angeln gehen? In der Husumer Au?«

»Quatsch. Ich lass Bogomil jetzt immer raus auf den Balkon, damit er die Vögel beobachten kann. Aber ich will sicherstellen, dass er nicht durch die Gitterstäbe kriecht und abstürzt.«

»Glaubst du, dass er da durchpasst?«

»Zurzeit besteht noch keine Gefahr. Aber er ist ja auf Diät, und wenn er weiter abnimmt ... Also, wo krieg ich so etwas?«

»Hm. Die Fischer haben vielleicht ausrangierte Stücke herumliegen. Aber am Außenhafen gibt es den ›Husumer Sea Shop‹. Vielleicht hat der Dekorationsstücke.«

»Gut, dann probiere ich es mal dort.«

Hilgersens Telefon klingelte. Das Gespräch dauerte einige Minuten. Aus den Wortfetzen, die er mitbekam, konnte Flottmann schließen, dass es einen erneuten Entführungsfall gegeben hatte.

»Hat unser Täter wieder zugeschlagen?«

»Allerdings. Es hat eine blinde Frau getroffen. Simone Fassbinder ist ihr Name. Sie wurde heute Nacht in der Nähe von Breklum aufgefunden. Sie konnte dem Kidnapper entkommen und befindet sich im Krankenhaus. Wir können zu ihr.«

»Wir?«

»Ja. Hofmann ist einverstanden, dass ich die – dass *wir* die Befragung übernehmen. Das spart ja auch die Reisekosten von Flensburg nach Husum und zurück.« Hilgersen schnappte sich sein Notizbuch und ging zur Tür. »Kommst du mit?«

»Klar. Aber keine Hektik, bitte.«

Eine Viertelstunde später führte sie eine Schwester in das Krankenzimmer.

»Die Herren von der Polizei«, sagte sie und verließ den Raum. Simone Fassbinder hatte das Kopfteil hochgestellt und wandte sich den Kommissaren zu, als diese vor ihrem Bett Platz genommen hatten.

»Mein Name ist Flottmann, und das ist mein Kollege Hilgersen. Wie geht es Ihnen, Frau Fassbinder?«

»Gut. Ich will so bald wie möglich nach Hause. Ich hab schon mit dem Arzt gesprochen. Morgen kann ich die Klinik verlassen. Meine Eltern holen mich ab. Sie waren heute Morgen schon hier, aber ich hab sie heimgeschickt. Ich wollte mit Ihnen alleine reden.«

»Was ist genau passiert? Sie wurden entführt?«

»Ja. Draußen am Steindeich, dort, wo die Schleuse ist. Auf dem Parkplatz. Jeden Samstag spaziere ich bis dorthin, meistens auch noch weiter bis zum abgebrannten Nordseehotel. Das hält mich fit und ist gleichzeitig eine Übung für meine Selbstständigkeit.«

»Könnten Sie bitte alles von Anfang an schildern, Frau Fassbinder?«

»Ja.« Sie griff nach ihrem Glas und trank einen Schluck Wasser. Dann begann sie zu erzählen. Einige Male unterbrachen Hilgersen und Flottmann sie, um Fragen zu stellen.

»Das war verdammt mutig von Ihnen«, sagte Flottmann, nachdem sie ihren Bericht beendet hatte. »Wir müssen den Täter unbedingt finden, sonst könnte es weitere Opfer geben.«

»Ich werde Ihnen gerne helfen, soweit es mir möglich ist. Beschreiben kann ich ihn leider nicht.« Sie lachte. »Nicht einmal seine Stimme würde ich wiedererkennen. Aber vielleicht ist er verletzt. Ich muss ihn ziemlich hart am Kopf getroffen haben.«

»Wir werden bei Ärzten und Krankenhäusern nachfragen.«

»Nach Ihren Schilderungen hat das Haus in der Nähe eines Waldes gelegen.«

»Ja, ganz sicher. Ich glaube, es war alt. Es roch modrig dort. Nicht nur im Keller, auch im Flur.«

»Wissen Sie etwas über den Fahrer, der Sie mitgenommen und bedrängt hat?«

»Nur, dass er Alkohol getrunken hatte. Welches Auto er fuhr, weiß ich nicht. Es war nicht neu. Auch der Fahrer war schon etwas älter, bestimmt über vierzig. Seine Stimme klang jedenfalls so.«

»Haben Sie in dem Haus irgendwelche Geräusche gehört, die von außen kamen?«

»Nein. Die Leute meinen immer, Blinde könnten besonders gut hören. Aber das ist ein Vorurteil. Wir konzentrieren uns nur manchmal mehr auf die verbliebenen Sinne. Nein, ich habe nichts Besonderes vernommen. Es war ziemlich still dort im Keller.«

»Hat der Entführer wirklich gefragt, was Sie während der Bewusstlosigkeit gesehen haben?«

»Ja. Er schien sehr enttäuscht darüber gewesen zu sein, dass ich nichts wahrgenommen hatte. Dabei wusste er doch, dass ich blind bin.«

»Sie wohnen alleine?«, fragte Hilgersen.

»Ja.«

»Frau Fassbinder, möglicherweise sind Sie weiterhin in Gefahr. Wir können Sie nur bedingt schützen. Es wäre beruhigend, wenn Sie fürs Erste Ihre Spaziergänge ans Meer einstellen würden. Besser wäre es noch, wenn Sie eine Zeit lang bei Ihren Eltern unterkommen könnten.«

Simone schwieg einen Moment, bevor sie antwortete. »Meine Eltern würden sich freuen, und ich hab bisher keinen Urlaub genommen. Glauben Sie, dass es der Entführer immer noch auf mich abgesehen hat?«

»Wir gehen nicht davon aus. Aber Sie sind eine Zeugin, und wir sollten kein Risiko eingehen.«

Flottmann zog eine Visitenkarte aus seiner Jackentasche. »Falls Sie Hilfe brauchen oder Ihnen noch irgendetwas einfällt, was uns weiterhelfen könnte, melden Sie sich bitte bei uns. Ich gebe Ihnen meine Karte. Sorry, sie ist leider nicht in Blindenschrift verfasst.«

»Kein Problem. Sobald ich ein neues Handy habe, wird mir mein Vater helfen, alle wichtigen Nummern darin zu speichern.«

Flottmann und Hilgersen verabschiedeten sich.

»Glaubst du an Zufall, dass unser Täter eine Blinde entführt hat?«, fragte Hilgersen auf der Rückfahrt.

»Auf jeden Fall war sie leicht zu überwältigen. Aber ich vermute, dass mehr dahintersteckt. Das führt uns wieder auf die Frage zurück, nach welchen Kriterien er seine Opfer aussucht.«

»Ich hab bei meinen Recherchen gelesen, dass es von Geburt an blinde Menschen gibt, die bei einem Nahtoderlebnis angeblich Lichterscheinungen und andere optische Eindrücke haben. Visuelle Erinnerungen an die diesseitige Welt können diese Blinden ja nicht haben. Manche halten das für einen Beweis, dass der Geist nach dem Tod weiterlebt und eine jenseitige Welt wahrnimmt.«

»Der Geist?«

»Geist, Seele, Bewusstsein. Wie du willst. Es gibt die Auffassung, dass unser Gehirn nicht der Produzent, sondern der Empfänger des Bewusstseins ist. Das ist wie beim Fernseher. Wenn du ihn ausschaltest, ist die Sendeinformation trotzdem noch da. Sie ist nur nicht mehr sichtbar.«

»Das ist doch alles Quatsch.«

»Wer weiß? Es gibt mehr zwischen Himmel …«

»Bitte nicht schon wieder diesen Spruch!«

»Okay. Es spielt sowieso keine Rolle, ob du das für Quatsch hältst. Es kommt darauf an, wie der Täter tickt. Vergiss das nicht. Ein guter Profiler muss sich in den Mörder hineinversetzen können.«

»Danke für deinen Nachhilfeunterricht.«

»Bitte.«

»Apropos Nachhilfeunterricht. Kannst du mir mal sagen, warum alle hier das Sperrwerk ›Schleuse‹ nennen? Es dient doch dem Hochwasserschutz und nicht dem Niveauausgleich.«

»Was?«

»Eine Schleuse ist so ein Ding mit einer Kammer, die mit Wasser gefüllt wird, um den Höhenunterschied zwischen zwei Abschnitten auszugleichen. Schiffe werden darin angehoben oder abgesenkt. Aber einen Höhenunterschied zwischen dem Hafen und dem Meer gibt es nicht.« Flottmann liebte es, den Spieß bei Gelegenheit umzudrehen und Hilgersen über dessen eigene Heimat zu belehren. »Kann es sein, dass ihr mit den Begriffen hier etwas lax umgeht? Mit den Bezeichnungen ›Ebbe‹ und ›Flut‹ nehmt ihr das ja auch nicht so genau.«

»Was wird das hier?« Hilgersens Stimme vibrierte. »Haben wir derzeit nicht andere Probleme?«

»Doch.« Flottmann grinste. »Wie viele Menschen, die von Geburt an blind sind, wohnen in der Umgebung?«

»Keine Ahnung. Es sind sicher wenige.«

»Und wie viele davon führen ein eigenständiges Leben in der Öffentlichkeit?«

»Du stellst merkwürdige Fragen. Worauf willst du hinaus?«

»Wenn es stimmt, was du sagst, dann sind Blinde von hoher Bedeutung für unseren Täter. Und passende Versuchspersonen dürften rar sein.«

Hilgersen steuerte auf den Parkplatz des Polizeigebäudes und stellte den Motor ab. »Das erhöht die Gefahr, dass er Simone Fassbinder ein weiteres Mal entführt, meinst du?«

»Ja. Sobald sie aus dem Krankenhaus entlassen und bei ihren Eltern untergekommen ist, muss deren Haus überwacht werden.«

»Zumindest für einige Tage wird sich das machen lassen«, sagte Hilgersen. Seinem Tonfall war anzumerken, dass er den kleinen Disput über das Sperrwerk weggesteckt hatte.

Die beiden wollten gerade aussteigen, als Flottmanns Smartphone einen Signalton von sich gab. Er kramte es aus der Jackentasche und sah auf das Display.

»Verdammt!«, rief er aus. »Das kann doch nicht wahr sein!«

»Was ist los?«, fragte Hilgersen.

»Schon wieder eine Entführung!«

»Was?«

»Ja, Mann. Fahr ins Industriegebiet. Siemensstraße. Hast du das mobile Blaulicht dabei?«

»Nee. Sag erst mal, was los ist.«

»Hab ich doch gesagt. Eine Entführung.«

Hilgersen fuhr vom Parkplatz auf die Poggenburgstraße, ohne besonders auf den Verkehr zu achten. Ein Transporter musste bremsen. Der Fahrer hupte und tippte sich mit dem Finger an die Stirn. »Wer hat dich angerufen, und wer ist entführt worden?«

»Bogomil.«

»Was? Bist du bescheuert?« Hilgersen trat auf die Bremse und brachte den Polo zum Stehen. Der Transporter hinter ihm scherte aus. Als der Wagen vorbeizog, zeigte der Fahrer erneut eine eindeutige Geste.

»Ich hätte beinahe einen Unfall gebaut!«, schimpfte Hilgersen.

»Mensch, fahr weiter.« Flottmann starrte auf das Display. »Er ist beim Baumarkt.«

»Ich bleib hier so lange stehen, bis du mir erklärt hast, was passiert ist.«

»An Bogomils Halsband ist doch dieser Sender. Der gibt Signal, sobald er die Wohnung verlässt. Ich muss das übersehen haben. Aber jetzt zeigt das Programm mir an, dass er sich in der Nähe des Baumarkts befindet.«

»Wahrscheinlich geht er dort Katzenfutter kaufen.«

»Lass die Witze. Es ist todernst. Fahr endlich weiter.«

Hilgersen weigerte sich, die Geschwindigkeitsbegrenzungen zu übertreten. Flottmann ging alles zu langsam, und er trommelte nervös mit den Fingern auf das Armaturenbrett.

»Mist! Das Signal ist weg. Vermutlich ist der Entführer jetzt im Baumarkt.«

»Mit dem Kater?«

»Das ist – das ist eher unwahrscheinlich. Vielleicht hat er Bogomil im Auto zurückgelassen. In geschlossenen Räumen funktioniert der GPS-Sender nicht. Ich weiß ja auch nicht, was da abläuft. Aber sicher ist, dass Bogomil in Gefahr ist. Mann, drück doch mal auf die Tube!«

Sie fuhren an der Julius-Leber-Kaserne vorbei, benannt nach dem Widerstandskämpfer Julius Leber, der kurz vor Kriegsende von den Nazis hingerichtet worden war. Hilgersen bog in die Siemensstraße ein, und kurze Zeit später hatten sie den Parkplatz des Baumarkts erreicht.

»Und jetzt?«, fragte Hilgersen, nachdem er eingeparkt hatte.

»Der Schurke muss da drinnen sein. Irgendwann wird er wieder rauskommen und zu seinem Wagen gehen. Ich check schon mal, ob ich Bogomil finden kann.«

Flottmann stieg aus. Dann ging er von Pkw zu Pkw und inspizierte den Fahrgastraum. Zusätzlich klopfte er auf den Kofferraumdeckel und horchte, ob er ein Geräusch von innen hören konnte. Er war gerade dabei, einen nagelneuen BMW zu untersuchen, als sich ein fast zwei Meter großer Muskelmann mit Lederjacke und Bierbauch vor ihm aufbaute.

»Was fummeln Sie da an meiner Karre herum?«

Flottmann trat einen Schritt zurück und zückte seine Dienstmarke. »Polizei. Haben Sie Drogen dabei?«

»Nein.«

»Gut, dann ist ja alles in Ordnung.«

Flottmann ließ ihn stehen und ging zurück zu Hilgersen, der das Seitenfenster geöffnet und das Treiben seines Kollegen beobachtet hatte.

»Du hattest doch mal so eine Kamera in deiner Wohnung und diese Pet-Watch-App.«

»Hab ich abgeschaltet. Ich fühlte mich dadurch selbst beobachtet, wenn du dich erinnerst.«

Hilgersen grinste. Er erinnerte sich gut, wie er sich Zugang zu der Kamera verschafft und Flottmann eine Lehre zum Thema Datensicherheit erteilt hatte.

»Sobald das Signal wieder auftaucht, wissen wir, wer der Kidnapper ist. Verdammt, das gibt es doch nicht!«

»Was ist denn jetzt schon wieder?«

»Mein Akku ist leer.«

Hilgersen lachte. »Das war es dann wohl. Du kannst ja nicht jeden anhalten, der rauskommt.«

»Gib mir dein Handy!«

»Was?«

»Dein Handy, Mann! Ich hab das Tracking-Programm ganz schnell installiert. Oder besser, ich sag dir, wie es geht.«

»Okay, weil du es bist.«

In wenigen Minuten hatten sie die Applikation heruntergeladen. Flottmann hatte bei der ersten Installation auf seinem Smartphone etliche Versuche benötigt, sodass er die einzelnen Schritte noch im Kopf hatte. Hilgersen reichte Flottmann das Gerät schließlich durch das offene Fenster. Das Programm schien zu funktionieren, aber es wurde kein Signal angezeigt.

»Vielleicht ist der Entführer inzwischen schon über alle Berge«, sagte Hilgersen.

»Mal nicht den Teufel an die Wand.«

Flottmann starrte minutenlang auf das Display. »Ich hab ein Signal!«, rief er plötzlich aus.

Hilgersen stieg aus. Beide richteten ihren Blick auf den Eingang des Baumarkts.

Dort erschien ein Mann mittleren Alters mit einer Plastiktüte und einem Farbeimer in den Händen.

»Das ist er.« Flottmann lief mit schnellen Schritten auf ihn zu. Den Polizeiausweis hielt er bereits in der Hand.

»Kripo Husum«, sprach er den Mann an.

»Kripo? Wieso? Ich hab alles bezahlt. Wollen Sie die Quittung sehen?«

»Sie stehen in Verdacht …« Flottmann stockte. Sollte er ihn wirklich beschuldigen, einen Kater entführt zu haben? In diesem Moment kam ihm sein eigenes Vorgehen etwas übertrieben vor, und er steckte seinen Ausweis wieder ein. Bogomil befand sich ganz sicher weder in der Plastiktüte noch im Farbeimer.

»Was für einen Verdacht?« Der Mann sah sein Gegenüber verdutzt an.

»Wir ermitteln gegen Tierhändler.«

»Ich bin doch kein – ich bin Lackierer.« Der Verdächtige schüttelte ungläubig den Kopf.

»Wir haben einige Tiere mit einem Sender versehen.«

Der Mann stutzte. »Scheiße.« Er stellte den Farbeimer ab, griff in seine Hosentasche und brachte ein Halsband mit einem grauen Plastikteil zum Vorschein.

»Wo ist der schwarze Kater?«, fragte Flottmann aufgeregt.

»Was für ein Kater? Ich hab das Teil auf dem Gehweg gefunden. Es sah aus, als hätte es jemand verloren. Ich hatte keine Ahnung, was es ist, aber ich wollte es zum Fundbüro bringen. Da handelt man in guter Absicht und wird von der Polizei verhaftet.«

»Wo haben Sie es gefunden?«

»Herzog-Adolf-Straße.«

»Gut. Dann sind Sie entlastet. Ich wünsche Ihnen noch einen schönen Tag.« Flottmann nahm ihm den Sender aus der Hand, steckte ihn in seine Jackentasche, ging zum Auto zurück und stieg ein.

»Was war los? Wo ist Bogomil?«, fragte Hilgersen.

»Zu Hause, nehme ich an. Er muss sich das Halsband irgendwie abgestreift und es unter der Balkonbrüstung durchgeschoben haben. Der Typ hat es gefunden.«

Hilgersen lachte und schlug sich dabei auf den Oberschenkel. »Das ist jetzt schon der zweite Polizeieinsatz, den er ausgelöst hat. Unglaublich!«

»Das bleibt unter uns, klar?«

»Ach nee. Du willst die Geschichte unseren Kollegen doch nicht vorenthalten? Das wäre so was von schade.«

»Kein Sterbenswort zu den anderen!«

»Ja, okay, okay.«

»Und jetzt machen wir einen kurzen Abstecher zu meiner Wohnung. Ich muss sehen, ob es Bogomil gut geht.«

»Mann, Mann. Dein Kater und du. Ihr seid schon ein dolles

Paar. Ihr solltet unbedingt gemeinsam zu einer Therapie gehen.«

»Hat die Tiertherapeutin auch gesagt.«

Hilgersen lachte erneut. Dann startete er den Motor und fuhr
los. Eine Viertelstunde später hatten sie Flottmanns Wohnung
in der Herzog-Adolf-Straße erreicht.

»Du kannst weiterfahren. Ich geh dann zu Fuß zum Büro«,
sagte Flottmann und stieg aus.

»Gut.«

Bevor Flottmann die Autotür zuschlug, wandte er sich noch
einmal an seinen Kollegen. »Die Sache mit Bogomil bleibt unter
uns, versprochen?«

»Ja, versprochen. Ist aber wirklich schade.«

## 22

Konstantin Domeyer trat ins Freie. Die Predigt war in Ordnung gewesen. Manche Worte hätte er anders gewählt. Aber er machte sich sowieso seine eigenen Gedanken über Gott und die Welt. Trotzdem gehörte der Kirchgang einfach zum Sonntag dazu, insbesondere seit er allein lebte. Der Tod seiner Frau Rebecca vor vier Jahren hatte ihn komplett aus der Bahn geworfen. Ohne seinen Glauben wäre er daran zerbrochen. In der Phase der Trauer hatte er mit Gott gehadert, aber inzwischen hatte er seinen Frieden mit ihm geschlossen.

Domeyer genoss den Weg bis zu seinem Haus in der Mozartstraße. Der Himmel war bewölkt, und ein frischer Wind sorgte für angenehme Kühle. Er ging betont langsam, um den Spaziergang ein wenig auszudehnen.

Von Weitem sah er einen schwarzen Kombi vor dem Gartentor stehen. Schon oft hatte er sich geärgert, wenn jemand seine Einfahrt blockierte. Er besaß zwar zurzeit kein Auto, aber das konnte der Führer des Wagens ja nicht wissen. Erst als er näher kam, bemerkte er, dass sich jemand im Innenraum befand. Ein Mann stieg aus und trat auf ihn zu. Er hatte pechschwarzes Haar und trug eine Sonnenbrille. Seine Stimme wirkte so unnatürlich wie sein Erscheinungsbild, tief und von ständigem Räuspern begleitet.

»Herr Konstantin Domeyer?«

»Ja.«

»Polizei Husum. Bei Ihnen wurde eingebrochen. Einer Ihrer Nachbarn hat uns informiert. Die Spurensicherung ist in Ihrem Haus. In einer Viertelstunde sind sie dort fertig. Dann können Sie rein.«

»Ein Einbruch? Bei mir? Aber ...«

»Kommen Sie. Ich muss einige Daten aufnehmen. Bitte steigen Sie ein.«

Der Fremde ging zum Auto und öffnete die Beifahrertür.

Domeyer zögerte. Er war kein misstrauischer Mensch, aber der Mann und die Situation kamen ihm merkwürdig vor. Vielleicht war es die Dienstmütze der Polizeiuniform auf dem Rücksitz, die den Ausschlag dafür gab, dass er doch einstieg. Kaum saß der Mann neben ihm, spürte Domeyer einen starken Schmerz, der sich vom Nacken in den gesamten Körper ausbreitete. Dann folgte ein zweiter Stromschlag, der ihm die Besinnung raubte.

Domeyer blickte in sein eigenes verzerrtes Antlitz, das sich in der Sonnenbrille der Person spiegelte, die sich über ihn beugte. Instinktiv versuchte er, sich zur Seite wegzudrehen und die Flucht zu ergreifen. Aber er war an Händen und Füßen fixiert. Er war hellwach. Seine Erinnerung an den Überfall kehrte klar und deutlich zurück. Der falsche Polizist hatte ihn mit einem Elektroschocker niedergestreckt und vermutlich anschließend mit einem Mittel betäubt. Domeyer merkte, wie sein Herz pochte. Noch vor Kurzem hatte er gedacht, er hätte keine Angst vor dem Tod. Vor dem Sterben vielleicht, aber nicht vor dem Tod. Doch jetzt spürte er Panik. Er zerrte an seinen Fesseln und schrie.

»Lassen Sie das! Hier hört Sie sowieso niemand.«

Die Stimme klang anders als die des angeblichen Polizisten, und vom Gesicht des Fremden war fast nichts zu sehen. Aber Domeyer konnte beschwören, dass es derselbe Mann war, den er jetzt vor sich hatte. Was hatte der Entführer mit ihm vor? Er hatte niemandem etwas Böses angetan. Alles würde gut werden, versuchte er sich einzureden. Gott würde ihn aus dieser Lage befreien. »Herr, hilf mir! Ich bin hilflos. Du bist Hilfe. Mein Herr, begleite mich!« Er schloss die Augen und bewegte die Lippen, ohne dass ein Ton herauskam. Als er den Stich im Arm spürte, riss er die Augen auf und starrte auf die Spritze, die der Entführer in der Hand hielt. Er wollte noch etwas sagen, ergab sich dann aber widerstandslos in sein Schicksal.

Ein Glücksgefühl durchströmte ihn, so intensiv, wie er es noch nie erlebt hatte. Lichtgestalten sprachen zu ihm, aber er konnte sie nicht verstehen. Sie geleiteten ihn durch einen

Tunnel aus hellen Strahlen in eine wunderschöne Landschaft. Plötzlich verschwanden sie, und er befand sich am Rand eines Getreidefelds. Dahinter erstreckte sich eine Blumenwiese, die bis an den Horizont reichte und schließlich mit dem blauen Himmel verschmolz. »Komm, Konstantin. Komm zu mir«, erklang eine Frauenstimme. Es war Rebecca, die auf der anderen Seite des Kornfelds stand und ihm zuwinkte. Sie sah genau so aus, wie er sie in Erinnerung hatte. Voller Freude wollte er auf sie zulaufen, aber ein Feuer, das aus dem Nichts aufloderte, versperrte ihm den Weg. Es breitete sich rasend schnell aus und drohte auch ihn zu verbrennen. Er musste zurück, ob er wollte oder nicht.

Schweißgebadet erwachte Domeyer. Er war noch immer gefesselt. Kabel führten zu Geräten, die Töne von sich gaben. Alles wirkte weit weg und verschwommen. Erst allmählich klärte sich sein Blick.

Der Mann mit der Sonnenbrille saß auf einem Stuhl neben der Liege.

»Wie geht es Ihnen?«, fragte er.

»Was haben Sie mit mir gemacht?«

»Ich hab Sie wiederbelebt. Wie geht es Ihnen?«

»Ich war tot, nicht wahr? Sie haben mich in diese Lage gebracht.« Domeyer versuchte, seine Arme zu heben. Aber er war immer noch gefesselt. »Bringen Sie mich zurück! Ich will zurück zu meiner Frau. Ich hab sie gesehen. Sie ist im Paradies. Sie ist bei Gott. Lassen Sie mich zu ihr.«

»Was haben Sie gesehen? Erzählen Sie es mir. Sagen Sie mir genau, was Sie erlebt haben, und lügen Sie mich bitte nicht an.«

Domeyer erzählte von der atemberaubenden Landschaft, von den Lichtgestalten, dem Tunnel, der Begegnung mit seiner Frau und dem brennenden Kornfeld. Wenn er noch einmal die Chance erhielte, würde er durch das Feuer laufen, um zu ihr zu kommen. Es war eine Prüfung. Gott hatte sie ihm auferlegt. Wenn er ihm vertraute, würde er die Prüfung bestehen. Die Flammen würden ihm nichts anhaben.

»Sie hatten das Gefühl, zu schweben?«

»Ja. Es war alles so leicht und so stimmig. Ich habe meinen eigenen Körper von oben gesehen. Aber er war für mich bedeutungslos geworden.«

»Haben Sie noch etwas gesehen, während Sie über Ihrem Körper schwebten? Diesen Raum, irgendwelche Besonderheiten?«

»Ich weiß nicht. Vielleicht, aber ich kann mich nicht erinnern. Meine Gefühle waren so überschwänglich. Bitte, bringen Sie mich zurück!«

»Das wird nicht gehen. Sie sind zu schwach dafür. Ihre medizinischen Daten haben das ergeben. Sie würden es nicht überleben.«

»Das ist mir egal! Bitte! Sie können mich doch nicht so zurücklassen.«

Der Entführer nahm die Elektroden von Domeyers nacktem Oberkörper und den Fingern der rechten Hand ab, schaltete den Überwachungsmonitor aus und verließ wortlos den Raum. Domeyer hörte, wie ein Schlüssel im Schloss umgedreht wurde. Er war gefesselt und hätte sowieso nicht entkommen können. Was hatte der Fremde vor? Egal, was jetzt mit ihm passieren würde, Domeyer hatte die Angst vor dem Tod verloren. Auf das, was danach folgte, kam es an. Das kurze Leben auf der Erde war nur ein Zwischenspiel zwischen Nichtexistenz und Ewigkeit.

## 23

Das »Nadelöhr« traf sich wieder im Weißen Saal des Schlosses. Weber erwischte sich dabei, dass er die Teilnehmer argwöhnisch beobachtete. Hauptkommissar Flottmann hatte gesagt, dass es um Mord ging. War einer der Anwesenden fähig, ein derartiges Verbrechen zu begehen? Weber wischte die Gedanken fort. Es war nicht sein Job, solche Überlegungen anzustellen. Außerdem kannte er die Leute um sich herum zu wenig, um sie einschätzen zu können. Niemand erwartete von ihm, dass er der Polizei den Schuldigen servierte, aber er hatte versprochen, die Ohren offen zu halten.

Der vorgesehene Vortrag »Organspende – wird die Seele mit verpflanzt?« musste wegen Erkrankung des Dozenten ausfallen.

Stattdessen präsentierte Katzenbach an diesem Abend verschiedene Fallbeispiele. Bei einem Arzt habe das für das Bewusstsein zuständige Hirnareal durch einen epileptischen Krampfanfall ausgesetzt. Er habe in dieser Zeit eine Welt aus hellem, weißgoldenem Licht gesehen. Eine Frau, von Beruf Physiotherapeutin, habe berichtet, sie sei nach einer Operation fast gestorben und habe sich von ihrem Körper gelöst und Liebe und Freiheit gespürt. Gleichzeitig sei vor ihrem inneren Auge ein Film über ihr vergangenes Leben abgelaufen. Der vierjährige Sohn eines Pastors hatte nach Katzenbachs Darstellung während einer NTE sogar im Himmel mit Jesus, Engeln und seinem toten Urgroßvater gesprochen.

Weber hielt nichts von solchen Berichten, die sich einer objektiven Überprüfung entzogen. Aber die anderen Teilnehmer hingen an den Lippen des Vortragenden. Aus einigen Äußerungen und Relativierungen schloss er, dass Katzenbach skeptischer war als sein Publikum. Sowohl die überlieferten Geschichten als auch deren Interpretation stellte er nicht als Tatsachen hin, sondern ließ durchaus Zweifel daran erkennen. Vielleicht versuchte er, der Veranstaltung dadurch einen wissenschaftlichen Anstrich zu geben.

Weber beschloss, Katzenbach anzusprechen. Er wollte mehr über ihn wissen. Ihn interessierte seine Motivation, sich mit dem Thema Nahtod zu beschäftigen. Er schloss aber auch nicht aus, dass es ihn reizte, ein bisschen Detektiv zu spielen.

Nach dem Ende der Zusammenkunft ging er auf Katzenbach zu, der gerade dabei war, seine Unterlagen zu ordnen und in seinen Aktenkoffer zu packen.

»Es war sehr interessant heute«, sagte Weber. »Sie verstehen es, die Leute zu fesseln.«

»Danke. Aber mein primäres Anliegen ist es, sachlich zu informieren.«

»Das eine schließt das andere nicht aus. Im Gegenteil.«

»Da haben Sie recht.«

»Wie sind Sie auf das Thema gekommen? Ich nehme an, dass Sie selbst eine Nahtoderfahrung gemacht haben.«

»Das ist richtig.«

»Sie haben in der Gruppe nie darüber gesprochen.«

»Als Leiter und Moderator hat man eine Sonderstellung. Ich halte es nicht für klug ...« Katzenbach unterbrach sich, weil sein Handy klingelte. »Entschuldigung.«

Er ließ den Aktenkoffer auf dem Tisch liegen und steuerte mit dem Mobiltelefon am Ohr dem Ausgang zu. Weber folgte ihm nach einiger Zeit. Der Leiter der Gruppe stand auf dem Schlosshof. Er schien erregt zu sein und sprach laut. Obwohl Weber weit entfernt war und Katzenbach ihm den Rücken zuwandte, konnte er einige Sätze aufschnappen.

»Ich mach das nicht mehr! – Es ist zu gefährlich. – Lass mich in Ruhe und ruf nicht wieder an!«

Weber drehte sich um, als Katzenbach sein Handy einsteckte. Er tat so, als betrachtete er das Wappen am Mittelturm des Schlossgebäudes.

Katzenbach hatte ihn gesehen und kam herbei. »Der Turm wurde 1980 restauriert. Nachdem diese markante Haube fast zweihundert Jahre fehlte, hat man ihm eine neue aufgesetzt. Ich hab mir das Spektakel damals angeschaut. Aber wo waren wir stehen geblieben? Wir waren unterbrochen worden.«

»Ich hatte Sie gerade nach Ihrer eigenen Nahtoderfahrung gefragt.«

»Ein Motorradunfall. Das ist lange her. Ich muss jetzt leider los. Ich hoffe, wir sehen uns nächste Woche.« Katzenbach verabschiedete sich und ging zurück ins Gebäude.

Obwohl das Schlosscafé nur noch kurze Zeit geöffnet hatte, trafen sich auch an diesem Nachmittag einige Teilnehmer der Veranstaltung zu einem Kaffee oder einem Eis unter den Sonnenschirmen der Außenplätze. An einem der Tische saßen Schwerthfeger, der »Pfarrer«, sowie ein Mann, dessen Name Weber nicht einfiel, obgleich ihm alle beim ersten Treffen vorgestellt worden waren.

»Herr Weber, kommen Sie zu uns!«, rief Schwerthfeger über den Schlosshof. Er war wie immer vollständig in Schwarz gekleidet.

»Wenn ich nicht störe«, erwiderte Weber in gleicher Lautstärke und ging auf die beiden zu. Er setzte sich und begrüßte sie mit einem angedeuteten Kopfnicken.

»Und ich bin Karsten Schröder«, sagte Schwerthfegers Gesprächspartner, ein schmächtiger Zeitgenosse um die dreißig, mit Dreitagebart und blonden Stoppelhaaren. »Das ist ja heftig, das mit Ihrer Hand. Stimmt es wirklich, dass Sie die einfach so abgeschnitten haben?«

»Einfach war es nicht.«

»Und der Ersatz, die Prothese, funktioniert wirklich?«

»Ich kann damit nicht Klavier spielen. Allerdings konnte ich das vorher auch nicht. Aber ein Bierglas halten geht schon.«

Schröder lachte. »Cool, Mann. Und die Geschichte, die Sie erzählt haben, ist nicht gelogen? Jemand hat Sie nackt an einen Baum gefesselt?«

Weber hatte keine Lust, mehr von sich preiszugeben, als er es bereits getan hatte. »Das war ein traumatisches Ereignis. Darüber zu reden, fällt mir schwer.«

»Ja, klar. Kann ich verstehen. Das muss schrecklich gewesen sein.«

Als die Bedienung kam, bestellte Weber einen Kaffee.

»Glauben Sie die Geschichten, die Katzenbach heute erzählt hat?« Schwerthfeger richtete die Frage an Weber.

»Dass der vierjährige Sohn eines Pastors während einer NTE Engel und Jesus gesehen hat?«

»Ja, zum Beispiel.«

»So etwas Ähnliches ist mir auch schon passiert, als ich fast eine ganze Flasche Whisky getrunken hatte.«

»Ich vergaß, dass Sie ein Skeptiker sind.«

»Ist das schlecht?«

»Nein, ganz und gar nicht.«

»Ich meinte es ernst mit meiner Bemerkung. Drogen können ähnliche Phänomene hervorrufen«, sagte Weber.

»Ich weiß. Aber sie sind nicht identisch. Die Erlebnisse während eines Nahtods sind detaillierter. Außerdem nimmt man währenddessen aktiv am Geschehen teil und unterhält sich mit verstorbenen Verwandten.«

»Und mit Engeln?« Weber konnte sich ein Grinsen nicht verkneifen.

Schwerthfeger blieb ruhig. »Vielleicht.«

»Hast du das schon mal ausprobiert?«, mischte sich Schröder ein.

»Was?«

»Das mit den Drogen.«

»Ja, hab ich.«

»Echt? Warst du etwa bei diesem Augsburger Kreis dabei?«

Der »Pfarrer« zögerte mit seiner Antwort. »Nein. Unsinn. Natürlich nicht.«

»Was ist der Augsburger Kreis?«, fragte Weber.

»Ach, nichts.« Schwerthfeger sah auf die Uhr. »Ich werde mal bezahlen gehen. Das Café schließt gleich.«

Er stand auf und ging zum Restauranteingang.

»Was hat es mit dem Augsburger Kreis auf sich?«, hakte Weber nach.

»Ach, Sanitäter haben nach Dienstschluss Narkosepartys veranstaltet. Auch Kollegen und Leute aus deren Bekanntenkreis haben daran teilgenommen. Sie haben sich mit Medikamenten in tiefe Bewusstlosigkeit versetzt, um sich NTEs zu verschaffen. Währenddessen haben sie gefilmt, und der Betreffende musste nach dem Aufwachen von seiner Grenzerfahrung berichten. Das Ganze ging damals durch die Presse. Um die Jahrtausendwende war das. Schwerthfeger hat zu der Zeit in Augsburg gewohnt. Er ist erst später hierhergezogen. Deshalb hab ich ihn gefragt, ob er an diesen Partys teilgenommen hat. Ich hab das gar nicht böse gemeint. Ich bin mir sicher, dass er gelogen hat. Sie kennen ja seine Geschichte. Seine Frau und sein siebenjähriger Sohn kamen bei einem Verkehrsunfall ums Leben, und er beging daraufhin einen Selbstmordversuch, bei dem er eine Nahtoderfahrung hatte. Ich denke, dass das Erlebnis Anlass war, um beim Augsburger Kreis mitzumachen. Aber das ist nur eine Vermutung von mir. Es gibt übrigens Gerüchte, dass auch hier so etwas Ähnliches stattgefunden hat oder noch stattfindet.«

»Narkosepartys?«

»Ja.«

»Wer …?«

»Das weiß ich nicht. Es sind eben nur Gerüchte. Er kommt zurück. Wir wechseln besser das Thema.«

Schwerthfeger setzte sich. »Ihr wollt noch bleiben?«

»Nein. Ich hau auch gleich ab. Wir unterhalten uns gerade darüber, woher der Name ›Nadelöhr‹ stammt«, log Schröder. »Wie gesagt, kommt die Bezeichnung aus der Bibel. Die Sache mit dem Kamel und so weiter.«

Er sah Weber an. Dieser nickte. »Das hab ich mir schon gedacht. Eine Anspielung auf das Jenseits. ›Eher geht ein Kamel durch ein Nadelöhr, als dass ein Reicher in das Reich Gottes gelangt‹ – oder so ähnlich.«

»Sie lesen in der Bibel?«, fragte Schwerthfeger erstaunt.

»Jetzt haben Sie mich erwischt.« Weber grinste.

Schwerthfeger wartete noch einige Sekunden auf weitere

Erklärungen des Physikers. Dann stand er auf. »Wir sehen uns nächste Woche.«

Weber und Schröder erhoben sich ebenfalls und gingen gemeinsam Richtung Kasse, um zu bezahlen.

## 24

Domeyer war benommen. Er fühlte sich, als wäre er unter Einfluss von Drogen. Der Stress hatte seinen Adrenalinspiegel ansteigen lassen. Dazu kam ein euphorisches Gefühl, das das Erlebnis im Jenseits ausgelöst hatte.

Er zerrte an seinen Handfesseln, aber sie gaben nicht nach. Anschließend versuchte er, seine Hand aus der Schlinge zu ziehen. Auch das erwies sich als aussichtslos. Er hielt inne, um nachzudenken und neue Kraft zu sammeln.

So manches Mal hatte er an Gott gezweifelt. Rebeccas Tod hatte seinen Glauben schwer erschüttert. Irgendwann hatte er sich eingeredet, dass ihr Tod einen Sinn haben musste, den er nur nicht verstand. »Die Wege des Herrn sind unergründlich«, hieß es in der Bibel. Mit dieser Erklärung hatte er sich schließlich abgefunden und seine Zweifel verdrängt. Aber sie hatten weiter unter der Oberfläche gegärt. Doch nun hatte Gott ihm ein Zeichen gegeben. Mehr noch, er hatte ihm einen Einblick in sein Reich gewährt, und dort wartete Rebecca auf ihn. Er wollte zu ihr. Jetzt!

Domeyer rief nach seinem Entführer. Der besaß die Mittel, um ihn zu erlösen. Aber seine Schreie wurden nicht erhört. Eine Zeit lang horchte er noch und wartete darauf, dass der Schlüssel im Türschloss umgedreht wurde.

Erneut versuchte er, seine Fesseln zu sprengen, obwohl er wusste, dass es sinnlos war. Doch er wollte nicht aufgeben. Mit den Fingern der rechten Hand konnte er die Tasche seines Anzugs erreichen. Er ertastete seinen Schlüsselbund und zog ihn hervor. Daran befanden sich ein Nagelknipser und eine Feile. Es waren viel Geduld und Geschicklichkeit erforderlich, um die Feile in die richtige Position zu bringen und die Schlaufen bearbeiten zu können. Er hatte Zeit. Der Entführer schien nicht im Haus zu sein. Angst hatte er sowieso nicht mehr vor ihm.

Nach einer halben Stunde hatte er den Stoff so weit zerfasert, dass er seine Rechte befreien konnte. Er zögerte noch einige Sekunden. Dann umfasste er das spitze Werkzeug mit der Faust. Die Adern an der linken Hand waren gut zu erkennen. Der Stich und der Schnitt schmerzten, aber schon nach kurzer Zeit ging der Schmerz in ein wohliges Gefühl über. Er ließ seinen Arm von der Pritsche hängen. Das Blut floss aus der Wunde und tropfte hörbar zu Boden. Alles wurde leicht und stimmig. Er war sich sicher: Gott würde ihm verzeihen, was er tat. Er würde ihn aufnehmen und wieder mit Rebecca vereinen.

## 25

Obwohl die Morgendämmerung bereits das Schlafzimmer erhellte, schien Lena noch fest zu schlafen. Sie war nackt und hatte sich wegen der Sommerhitze etwas frei gewühlt. Gerade weit genug, um ihm einen genüsslichen Anblick zu bieten. Der Abend war harmonisch verlaufen, so wie fast immer, wenn sie zusammen waren. Sie sahen sich nur ein- bis zweimal in der Woche, und die Zeit wollten beide nicht mit belanglosen Streitigkeiten verbringen. Davon hatte Flottmann in seiner Ehe genug für ein ganzes Leben gehabt. Schon damals hatte er sie als Zeitverschwendung empfunden, auch wenn er selbst sicher einen nicht zu vernachlässigenden Anteil daran gehabt hatte.

Solange Lena und er getrennt wohnten, würden sich keine Alltagsprobleme einschleichen. Vielleicht lag darin das Rezept für eine gute Beziehung. Natürlich gab es auch Vorteile, wenn man zusammenlebte. Aber keiner von beiden hatte das Thema jemals angesprochen.

Flottmann beobachtete Lena. Strähnen ihres strohblonden Haares bedeckten einen Teil ihres Gesichts, das ihm so ungeschminkt wie jetzt am besten gefiel. Ihre Mundwinkel zuckten im Schlaf. Wovon sie wohl träumte? Sein Blick wanderte über ihre Brüste bis zum Bauchnabel. Er fühlte den Impuls, ihre Bettdecke beiseitezuschieben. Stattdessen drehte er sich auf den Rücken, um der Versuchung zu widerstehen.

Seine Gedanken wanderten zu den aktuellen Fällen. War in Norddeutschland tatsächlich ein Wahnsinniger unterwegs, der Menschen an den Rand des Todes brachte, um etwas über das Leben danach zu erfahren? Das war einerseits unvorstellbar, andererseits sprach alles dafür, und er hatte in seinem Job mehr als einmal mit Verbrechen zu tun gehabt, die dem gesunden Menschenverstand widersprachen. Die Welt war voll von Irren, denen ein Leben wenig bedeutete, von Vätern oder Müttern, die ihre Kinder misshandelten oder gar töteten, weil sie lästig waren, von Männern, die die ganze Familie umbrachten, weil sie finanzielle Probleme hatten, und von einfachen Dieben, die eine alte Frau erschlugen, um an die fünfzig Euro in ihrer Handtasche zu gelangen. Warum nicht auch ein durchgeknallter Typ, der Versuche an Menschen durchführte?

Dass der Täter Daniela Herzog am Leben gelassen hatte, war mehr als erstaunlich. Damit erhöhte er eindeutig die Gefahr, gefasst zu werden. Unter diesem Aspekt erschien der Mord an Juliane Thielsen eher wie ein Betriebsunfall. Das war allerdings wenig beruhigend. Denn gleichzeitig ließ der Umstand vermuten, dass weitere Opfer zu erwarten waren. Auch bei der Flensburger Mordkommission hatten bereits die Alarmglocken geschrillt. Hofmann persönlich hatte die Ermittlungen übernommen. Die Zusammenarbeit mit dem Leiter des K1 war in der Vergangenheit nie besonders angenehm gewesen. Hofmann ließ bei jeder Gelegenheit durchblicken, wer das Sagen hatte. Aber seine Mitarbeiter, soweit Flottmann sie kannte, waren in Ordnung.

Lena war aufgewacht und hatte sich wieder zugedeckt. »Du bist wach?«

»Ich glaub schon.«

Sie strich ihm über die Wange. »Du grübelst?«

»Nein.«

Sie lachte. »Du lügst.«

»Stimmt.«

Sie kuschelte sich an ihn. »Woran denkst du?«

»Darüber, was passiert, wenn man fast tot ist.«

Sie rückte ein Stück von ihm weg. »Was?«

»Es gibt Menschen, die kurz vor ihrem Tod merkwürdige Erscheinungen haben. Lichteffekte und das Gefühl, durch einen Tunnel zu reisen. Hast du schon einmal davon gehört?«

»Klar. Aber warum denkst du am frühen Morgen über so etwas nach?«

»Das hat mit einem neuen Fall zu tun.«

»Mit der Toten, die ihr an der Husumer Au gefunden habt?«

»Ja.«

»Ich verstehe den Zusammenhang nicht.«

»Ist auch nicht wichtig. Glaubst du, dass es solche Phänomene gibt? Ich meine diese Nahtoderfahrungen.«

»Ja, die gibt es ganz sicher. Allerdings stammen natürlich alle Berichte von Menschen, die nicht wirklich tot waren. Das liegt in der Natur der Sache.«

»Und wann ist jemand wirklich tot?«

»Für eine Organspende gilt das Kriterium, dass ein unumkehrbarer Ausfall der gesamten Hirnfunktionen vorliegen muss. Zwar laufen dann immer noch bestimmte Prozesse im Körper ab, aber die Persönlichkeit ist endgültig ausgelöscht und lässt sich nicht wiederherstellen. Allerdings haben neue Experimente an abgetrennten Schweineköpfen gezeigt, dass bestimmte Hirnregionen durch Zufuhr von Sauerstoff und Nährlösungen auch nach Stunden wieder reaktiviert werden können. Doch ein vollständiges Bewusstsein wiederherzustellen, wird wohl kaum jemals gelingen.«

»Und wenn jemand endgültig tot ist? Kommt da noch irgendetwas?«

»Nach dem Tod? Das fragt ein Atheist wie du?«

»Ich würde gerne wissen, was eine Agnostikerin und Fachfrau wie du dazu sagt. Also, was passiert, wenn man gestorben ist?«

»Die Körpertemperatur sinkt, die Leichenstarre tritt ein, die Darmbakterien fangen an, den Körper zu zersetzen …«

»Und was geschieht mit dem Geist?«

»Die Antwort kennst du selbst. Das Gehirn hat dann schon alle Funktionen eingestellt.«

»Das klingt sehr sachlich und medizinisch.«

»Du hast eine Ärztin gefragt. Hättest du eine Kirchenfrau gefragt, wäre die Antwort anders ausgefallen.«

»Hm, ja.«

»Bleibst du zum Frühstück?«, fragte sie. »Ich mach uns Spiegelei mit Speck.«

»Nein, ich bin schon spät dran.«

»Gut. Dann stehen wir auf. Worauf wartest du noch?«

»Darauf, dass du zuerst aufstehst.«

»Warum?«

»Du weißt schon, warum.« Er grinste und hob ihre Bettdecke an.

Als Flottmann das Büro betrat, sah Hilgersen demonstrativ auf seine Armbanduhr. »Bei dir wird es auch jeden Tag später.«

»Da ich immer im Einsatz bin, spielt das keine Rolle.«

»Dann kennst du also bereits die neuesten Entwicklungen?«

»Unser Psychopath hat wieder zugeschlagen.« Flottmann setzte sich an seinen Schreibtisch.

»Wer hat dich informiert?«

»Ich hab nur geraten. Eine weitere Entführung?«

»Nein, schlecht geraten. Ein Toter. Diesmal waren die Flensburger vor Ort. Ohne uns.«

»Sie sind ja auch zuständig, wenn es um ein Tötungsdelikt geht. Vermutlich wollten sie uns nicht so früh aus dem Bett holen. Das ist sehr rücksichtsvoll, finde ich.«

»In Wirklichkeit ärgert es dich ebenso wie mich.«

»Überhaupt nicht. Was weiß man über den Toten?«

»Sein Name ist Konstantin Domeyer. Er wurde um sechs Uhr von einem Jogger gefunden.«

»Wo?«

»Wieder in der Mühlenau.«

»Wieso Mühlenau? Du meinst: in der Husumer Au.«

»Die hat mehrere Namen bei uns: Mühlenau, Husumer Au, Husumer Mühlenau. Sie mündet in den Heverstrom beziehungsweise in den Binnenhafen. Dort wird sie dann meistens Husumer Au genannt.«

»Muss ich das wissen?«

»Unbedingt. Schließlich haben wir an dem Fluss jetzt schon die zweite Leiche gefunden.«

»Bach.«

»Fluss.«

»Rinnsal.«

»Ach was.« Hilgersen machte eine wegwerfende Handbewegung.

»Weiß man schon etwas über die Todesursache?«

»Er ist verblutet. Ihm wurde die Pulsader aufgeschnitten. Vielleicht war es auch ein Suizid. Allerdings muss ihn jemand in den Fluss geworfen haben. Vermutlich sogar an derselben Stelle wie Juliane Thielsen. Es wurden keine Blutspuren an der Brücke oder am Ufer gefunden. Aber die Spurensicherung ist noch am Fundort.«

»Mit wem hast du gesprochen?«

»Hofmann hat mich angerufen. Aber wir werden dort nicht gebraucht.«

»Aha.«

»Die Art, wie der Mann zu Tode gekommen ist, passt irgendwie nicht ins Schema. Jemand, der verblutet, lässt sich schwer wieder ins Leben zurückrufen. Die Leiche ist auf dem Weg nach Kiel in die Gerichtsmedizin. Nach der Obduktion werden wir Genaueres wissen.«

»Die müssen das Blut des Opfers unbedingt auf die Substanzen untersuchen, die bei Juliane Thielsen gefunden wurden.«

»Hab ich Hofmann schon vorgeschlagen. Er sei bereits selbst darauf gekommen, hat er auf seine freundliche Art geantwortet.«

»Ich gehe davon aus, dass der Täter seine Opfer ins Wasser wirft, um Spuren zu beseitigen. Fließende Gewässer vernichten ziemlich zuverlässig DNA-Material, Faserspuren und so weiter. Das Meer steht dafür ja nur zeitweise zur Verfügung. Außerdem ist die Brücke gut zugänglich und so ein bequemer Ort, um sich der Leiche zu entledigen. Hat die Spusi eigentlich im Falle Thielsen Reifenabdrücke gefunden?«

»Nein, leider nicht. Wird man vermutlich auch dieses Mal nicht. Der Untergrund auf der Brücke und der Zufahrt gibt das kaum her.«

Flottmann war doch etwas sauer, dass das K1 die Husumer Kripo nicht hinzugezogen hatte, als der Tote am Morgen gefunden worden war. Ständig schlugen zwei Seelen in seiner Brust. Einerseits wollte er mit Mord und Totschlag möglichst nichts mehr zu tun haben, andererseits wurmte es ihn, wenn er nicht in die Ermittlungen eingebunden wurde. Das K1 hatte alles an sich gerissen, einschließlich der Befragung der Zeugen sowie der Personen aus dem nahen Umfeld der Opfer.

Das hatte auch eine gute Seite. Inzwischen stürzten sich die Zeitungen auf den Fall und gierten nach neuen Informationen. Die Husumer Kripo war nicht zuständig und konnte bei Anfragen der Redakteure auf die zuständige Flensburger Pressestelle verweisen.

Flottmann kümmerte sich somit um die Routinefälle. Es hatte zwei Einbrüche in einem Neubaugebiet gegeben. Nach den Spuren und dem Tathergang zu urteilen waren dafür dieselben Täter verantwortlich. Er blätterte fleißig in den Akten, bemerkte aber, dass seine Gedanken immer wieder zu der Nahtodsache wanderten.

Am späten Nachmittag rief Weber an. »Wie versprochen, hab ich mich etwas in der ›Nadelöhr‹-Gruppe umgehört.«

»Ah, ja. Das ist löblich. Haben Sie etwas herausgefunden? Ich meine, haben Sie Informationen für uns?«

»Klar, sonst hätte ich Sie nicht angerufen. Ich hab, rein zufällig versteht sich, ein Telefonat des ›Nadelöhr‹-Leiters Katzenbach mitbekommen. Ich hab herausgehört, dass er sich in der Vergangenheit an irgendetwas ›Gefährlichem‹ beteiligt hat. Was das war, weiß ich natürlich nicht.«

»Wir sind für jede Information dankbar. Sie haben sicher aus der Presse erfahren, dass wir einen Serienkiller jagen.«

»Klar. Sie vermuten den Täter unter den Teilnehmern der Gruppe?«

»Nein. Aber wir können irgendwelche Verbindungen in die Richtung nicht ausschließen.«

»Vielleicht hab ich noch etwas für Sie. Sagt Ihnen der Augsburger Kreis etwas?«

»Nie gehört.«

»Es geht um sogenannte Narkosepartys. Sie wurden von Sanitätern veranstaltet, die sich gegenseitig mit irgendwelchen Medikamenten an den Nahtod gebracht haben. In Augsburg war das. Keine Ahnung, ob das mit Ihrem Fall zu tun hat. Aber es sind wohl Gerüchte in Umlauf, dass auch hier in Norddeutschland so etwas stattgefunden hat. Vielleicht weiß Katzenbach etwas darüber oder ein Teilnehmer des ›Nadelöhrs‹ mit Namen Schwerthfeger, der auch der ›Pfarrer‹ genannt wird. Tja, mehr hab ich nicht erfahren.«

»Das war eine ganze Menge, Herr Weber. Vielen Dank. Der Täter ist gefährlich. Es wäre wohl besser, wenn Sie Ihre Recherchen einstellen würden.«

»Mal sehen.« Weber lachte. »Auf Wiederhören, Herr Hauptkommissar.«

## 26

Daniela verschüttete den Kaffee, als sie Davids Tasse eingoss. Schweigend nahm er den Unterteller und ließ die Flüssigkeit demonstrativ aus großer Höhe in die Tasse zurücktropfen. Dabei landeten Spritzer auf der weißen Tischdecke. Sie ärgerte sich über seine Reaktion.

»Die Flecken gehen schwer raus«, sagte sie.

»Ich weiß. Tut mir leid. Hast du es dir überlegt?« Er nahm sich ein Brötchen und schnitt es auf.

»Was?«

»Mein Vorschlag von gestern Abend.«

»Da gibt es nichts zu überlegen. Meine Antwort kennst du.«

»Es ist eine einmalige Chance.«

»Für wen? Für dich oder für mich?«

»Für uns beide. Es könnte dir helfen, wenn du alles noch einmal genau erzählen würdest.«

»Ich gehe heute Nachmittag zur Therapie. Ich denke, dass die mir besser hilft.« Sie biss wütend in ihr Brötchen und legte es auf ihren Teller zurück. »Dir geht es doch nur um die Story.«

»Nein, nicht nur. Aber das, was du erlebt hast, interessiert viele Menschen. Ich meine diese Nahtoderfahrung. Und wenn du willst, lassen wir die Umstände deiner Entführung zunächst weg.«

»Du hast mich ausgelacht, als ich erzählte, was ich gesehen habe.«

»Hab ich nicht.«

»Hast du doch!« Daniela trank einen Schluck Kaffee. Sie merkte, wie ihre Hand zitterte, als sie die Tasse zum Mund führte.

»Lass uns vernünftig miteinander reden. Ich werde nichts schreiben, was dir nicht gefällt. Eine Zeitschrift hat bereits Interesse gezeigt.«

»Du willst aus meiner Entführung Kapital schlagen?«

»Unsinn. Du willst mich einfach nicht verstehen.«

»Oh doch. Ich verstehe dich sehr gut. Dir ist es egal, wie es mir geht. Deine Story ist dir wichtiger.«

Daniela stand auf. Sie ließ ihren Kaffee und das angefangene Brötchen stehen und verließ das Haus. Für den Weg zur Arbeit nahm sie den Bus. David hatte ihr nicht wie sonst angeboten, sie zu fahren oder ihr das Auto zu überlassen. Sie hätte es sowieso abgelehnt. Bisher war es nie ein Problem gewesen, dass sie kein eigenes Fahrzeug besaß. Zeit, sich eines anzuschaffen.

Als sie im Bus saß, rollten ihr Tränen über die Wangen. Wieso war auf einmal alles so kompliziert, so anstrengend und deprimierend geworden? Einen Teil der Antwort darauf kannte sie selbst. Die Ereignisse hatten Spuren hinterlassen. Sie war empfindsamer geworden, hatte keine Lust mehr auf Kompromisse in der Partnerschaft und ließ sich durch Kleinigkeiten aus dem Gleichgewicht bringen. Doch das, was David vorhatte, war keine Kleinigkeit. Er wollte sie ausnutzen, ihre Geschichte vermarkten. Manchmal konnte er einfühlsam sein, so wie damals, als sie ihren Job verloren hatte. Er hatte ihr aus der Krise herausgeholfen, und sie war ihm noch heute dankbar dafür. Aber jetzt dachte er nur an sich. Vielleicht sollte sie Schluss mit ihm machen. Wahrscheinlich war die Antwort, die sie unter der Kontrolle des Lügendetektors gegeben hatte, die einzig ehrliche gewesen. Die Liebe zu David war erloschen, und sie konnte sich nicht mehr vorstellen, den Rest ihres Lebens mit ihm zu teilen.

Sie hatte ein wenig Angst vor der Hypnose, obwohl Hesskopp ihr versichert hatte, dass sie völlig ungefährlich sei. Sie befürchtete, Dinge zu erfahren, die sie verdrängt hatte und vielleicht gar nicht wissen wollte. War in jenem Keller doch mehr passiert, als ihr im Gedächtnis geblieben war? Sie hatte sich entschieden, der Wahrheit ins Auge zu blicken. Insbesondere das Nahtoderlebnis hatte sie tief beeindruckt, und sie wollte mehr darüber wissen.

Hesskopp bat sie, in einem gepolsterten Sessel Platz zu nehmen. Er setzte sich auf einen Hocker seitlich von ihr.

»Ihr Bewusstsein wird während der Hypnose eingeengt

sein, und Ihr Unterbewusstsein wird die Regie übernehmen«, erklärte er. »Aber Sie werden mich die ganze Zeit über hören und verstehen. Und es passiert nichts, was Sie nicht wollen. Vergessen Sie das, was Sie im Fernsehen in den einschlägigen Shows gesehen haben. Der Zustand, in den ich Sie versetzen werde, entspricht etwa dem, den Sie kurz vor dem Einschlafen erlangen. Darf ich Sie während der Hypnose duzen?«

»Ja.«

»Das erleichtert mir die Verbindung zu Ihnen. Versuche jetzt, dich zu entspannen. Ich werde dir dabei helfen. Bist du bereit?«

»Ja.«

»Dann atme bitte tief ein und schau auf meine Finger.«

Hesskopp führte seine Hand über Danielas Kopf. Sie folgte den ausgestreckten Fingern mit den Augen.

»Jetzt atme wieder aus und schließe langsam die Lider.« Während er das sagte, strich er mit der Hand über ihr Gesicht, aber ohne sie wirklich zu berühren.

»Bitte entspanne deine Augenmuskulatur – immer mehr und mehr, bis du das Gefühl hast, die Lider nicht mehr öffnen zu können.«

Daniela spürte eine wohlige Müdigkeit. Die Stimme des Therapeuten klang monoton und doch vertraut.

»Jetzt übertrage die Entspannung auf deine Wangen, die Nase, den Mund und in das Kinn, auf das gesamte Gesicht.«

Hesskopp drehte den Sessel, während er sprach, leicht hin und her, so, als wurde er sie in den Schlaf wiegen.

»Und jetzt kümmern wir uns um deine geistige Entspannung. Bitte zähle von hundert an rückwärts und versuche, nach jeder Zahl die Entspannung zu vertiefen.«

Daniela bemerkte, wie der Sessel langsam in die Liegeposition überging, während sie zu zählen begann. Hesskopp gab weitere Anweisungen, die sie mehr und mehr in Trance versetzten.

»Ich zähle jetzt rückwärts von drei bis eins. Bei der Zahl eins wirst du in deine Gefangenschaft zurückversetzt. Du ruhst auf der Liege. Dein Unterbewusstsein hat die Oberhand gewonnen. Du kannst nicht beeinflussen, was passiert. Wie fühlst du dich?«

»Ich bin schwerelos. Ich fühle mich von meinem Körper befreit. Es ist alles leicht und friedlich.«

»Wo befindest du dich?«

»Ich schwebe an der Decke und sehe mich von oben. Ich liege dort und bewege mich nicht. Der Raum ist verzerrt. Ich habe alles gleichzeitig im Blick. Ein Mann sitzt an meinem Bett. Er beobachtet mich.«

»Wie sieht er aus?«

»Wie ein Arzt. Ein Chirurg mit Maske und Kittel.«

»Kannst du den Raum beschreiben?«

»Er ist wie ein Krankenzimmer. Geräte sind dort.«

»Bitte beschreibe genauer, was du siehst.«

»Irgendetwas zieht mich fort. Eine Kraft zieht mich in einen Tunnel. Mit immer höherer Geschwindigkeit fliege ich auf ein punktförmiges Licht zu. Die Geräusche werden immer lauter. Plötzlich kann ich nichts mehr sehen. Ich bin geblendet. Aber jetzt ist es auf einmal still. Ich bin in einer herrlichen Landschaft. Vor mir liegt ein Fluss. Christian ist da. Er wartet auf der anderen Seite und winkt mir zu. Ich muss zur Brücke, dann kann ich zu ihm. Aber etwas hindert mich daran. Ein Sog reißt mich zurück in den Tunnel. Ich versuche, mich dagegen zu wehren. Ich will zu Christian! Doch der Sog ist stärker. Ich werde herumgewirbelt. Alles um mich herum dreht sich.«

»Was geschieht weiter?«

»Ich weiß nicht. Ich bin wieder in meinem Körper und habe Schmerzen in der Brust. Ich habe Angst, und mir ist übel.«

»Bleib bitte ganz ruhig. Wenn ich von eins bis fünf zähle, wirst du wach und wacher und nimmst die positiven Empfindungen einfach mit.«

Hesskopp zählte mit leiser Stimme, während er den Sessel wieder in die Sitzposition brachte. »Und nun öffne bitte die Augen.«

Daniela folgte seiner Aufforderung. Sie fühlte sich gut. Sie konnte sich nicht an alles erinnern, was sie im Trancezustand wahrgenommen hatte, aber sie war ausgeglichen und zufrieden.

»Ich glaube, ich hab alles noch einmal erlebt. Es war wunderschön. Manches kam mir so real vor wie während meiner Nahtoderfahrung. Aber damals ist das Erlebnis noch intensiver gewesen.«

»Wir sollten es nächste Woche noch einmal versuchen. Ich bin sicher, dass Sie sich an weitere Einzelheiten erinnern werden. Wie ich erklärt hatte, ist das wichtig für die Therapie. Wir können Ihr Erlebnis in Zeitlupe ablaufen lassen, sodass Sie sich auf bestimmte Dinge konzentrieren können. Aber für heute ist es genug. Ich denke, die Sitzung war sehr erfolgreich.«

Daniela nickte. Sie stand auf und verabschiedete sich.

Auf dem Heimweg musste sie an ihren Bruder denken. Sie hatte ihn in der anderen Welt gesehen, diesmal nicht so klar und deutlich wie beim ersten Mal. Es waren Erinnerungen an die ursprüngliche Erscheinung gewesen. Was war real und was spielte sich lediglich in ihrem Gehirn ab? Bald würde sie es vielleicht nicht mehr unterscheiden können. Vielleicht war es ein Fehler, sich mit der Vergangenheit zu beschäftigen. Vielleicht würde die Therapie alles nur noch verschlimmern und sie in den Wahnsinn treiben. Dazu kam die Angst, der Entführer könnte sie ein weiteres Mal in seine Gewalt bringen, auch wenn der Verstand ihr sagte, dass er sie nicht laufen gelassen hätte, wenn das seine Absicht gewesen wäre. Ihre Gefühle waren ganz und gar widersprüchlich. Auf der einen Seite begleitete sie die schreckliche Vorstellung einer erneuten Entführung, andererseits sehnte sie sich nach der Wiederholung des Nahtoderlebnisses. Könnte sie sich sicher sein, dass sie einen Einblick in das gewonnen hatte, was nach dem Tod kam, so gab es keinen Grund mehr weiterzuleben. Hatten die Religionen vielleicht doch recht, dass es ein Jenseits gab? So viele Menschen glaubten daran. Sie hatte sich in der Vergangenheit nicht einmal Gedanken darüber gemacht. In der Schule hatte sie am Religionsunterricht teilgenommen, und sie war sogar konfirmiert worden. Das alles war mehr ein Pflichtprogramm gewesen und hatte keinen bleibenden Eindruck bei ihr hinterlassen. Sie konnte sich kaum erinnern, was die Inhalte des Unterrichts gewesen waren. Als sie später im

Beruf war, hatte sie erwogen, aus der Kirche auszutreten, hatte aber diesen Schritt nie vollzogen. Aus Bequemlichkeit, nahm sie an. Im Grunde hatte die Religion nie Einfluss auf ihr Leben gehabt. Aber in letzter Zeit, an Tagen, an denen ihre Angstzustände und ihre depressive Stimmung unerträglich wurden, erwischte sie sich dabei, dass sie Gott um Hilfe bat, obwohl sie nicht wirklich an seine Existenz glaubte.

Genauso wenig ernsthaft waren ihre Überlegungen, sich das Leben zu nehmen. Warum auf den Tod warten, wenn sie doch bereits jetzt in die jenseitige Welt gelangen und bei ihrem Bruder sein konnte? Was hielt sie davon ab? Sie würde den Schritt nicht tun. Wahrscheinlich würde ihr der Mut dazu fehlen, aber der Selbstmord war eine Option, die sie für den Fall in Betracht ziehen konnte, dass es nicht mehr weiterging. Die Aussicht auf diesen Ausweg spendete ihr einen gewissen Trost.

Daniela hatte die Berliner Straße erreicht. Sie nahm sich vor, weiterem Streit mit David auszuweichen, und sie würde ihm nichts über die Therapie und schon gar nichts von ihren Gedanken und Gefühlen erzählen.

## 27

Detektiv Rothe musste seinem anonymen Auftraggeber zumindest wöchentlich neue Informationen liefern, um ihn bei
der Stange zu halten. Da Gerber aber die meiste Zeit in seinem Tonstudio verbrachte, war das nicht einfach. Immerhin
besuchte er ab und zu eine Nachbarin, die ein paar Häuser
weiter wohnte. Laura Sonntag hieß sie. Manchmal verließ der
Musiker sein Haus, um im angrenzenden Naturerlebnisraum
Mühlenau/Mildstedter Tannen umherzustreifen oder Stunden
an einem Teich in der Nähe zu verbringen. Vielleicht fand er
dort Inspirationen für seine Musik. Sein Daimler, der in etwa aus
demselben Jahr des vorigen Jahrhunderts stammte wie Rothes
Audi 80, stand vor der Garage. Vielleicht hatte Gerber vor, noch
wegzufahren. Seit dem Vorfall mit den Betrunkenen musste
Rothe vorsichtiger sein, um nicht aufzufliegen, da Gerber ihn
nun kannte.

Der Detektiv saß in seinem Auto und wartete darauf, dass
sich etwas tat. Aber es tat sich nichts. Hachiko kauerte auf dem
Rücksitz und döste. Observierungen konnten ausgesprochen
langweilig sein.

Doch dann erhielt Rothe eine SMS auf sein Smartphone. Die
Überwachungskamera im Schlosspark hatte angesprochen. Das
passierte ein- oder zweimal am Tag, wenn jemand nah an das
Fahndungsplakat herangetreten war. Er rief die kurze Video-
sequenz ab. Auf den Bildern war ein Mann mit einem Kapuzen-
T-Shirt und einer Plastiktüte in der Hand zu sehen. Er drehte
sich um, als würde er checken, ob er beobachtet wurde. Er riss
das Plakat ab, zerknüllte es und steckte es in seine Hosentasche.
Sein Gesicht war auf dem Video nicht besonders gut zu erkennen. Rothe startete den Motor. Wenn er sich beeilte, konnte er
in einer Viertelstunde am Schlosspark sein. Vielleicht würde
er den Missetäter noch erwischen. Ob dieser tatsächlich der
Hundemörder war, stand auf einem anderen Blatt.

Rothe schaffte die Strecke in gut zehn Minuten, ohne dass er geblitzt wurde. Er stellte seinen Wagen im Erichsenweg ab. Die Zeit, einen Parkschein zu ziehen, hatte er nicht. Er ließ Hachiko im Auto zurück, stieg aus und eilte durch den Eingang zum Park, an seiner genialen Installation vorbei bis zur nächsten Weggabelung. Jetzt musste er sich entscheiden. Da er auf dem Video gesehen hatte, dass der Mann gen Westen weitergegangen war, lag es nahe, dass er den Park entweder durch das Portal Richtung Stadt oder durch den Zugang in der Nähe des Wasserturms verlassen hatte. Er entschied sich für den Wasserturm, weshalb, wusste er selbst nicht. Hätte er jetzt einen Mitarbeiter gehabt, wäre die Sache einfacher gewesen. Rothe beschleunigte seine Schritte. Er hatte fast den Ausgang zur Parkstraße erreicht, als er einen Mann zwischen Bäumen hervortreten sah, dessen Kleidung zu der auf dem Video passte. Die Plastiktüte, die er dabeihatte, war ein weiteres Indiz dafür, dass es sich um die Zielperson handelte. Befanden sich darin vergiftete Köder? Hatte der Attentäter wieder zugeschlagen und weitere Gifthappen im Park verteilt?

Einen Moment überlegte Rothe, ob er die Polizei rufen sollte. Aber er wollte seinen Job ohne deren Hilfe zu Ende bringen und entschloss sich, dem mutmaßlichen Täter zu folgen. Es bestand die Gefahr, dass die Tüte bereits leer war. Dann würde es schwierig werden, ihn zu überführen. Dass er das Plakat abgerissen hatte, war kein Beweis für seine Schuld. Leider war Rothe etwas zu spät gekommen, um ihn auf frischer Tat zu ertappen.

Wie erwartet ging der Mann zum Ausgang an der Parkstraße. Rothe folgte ihm in sicherem Abstand auf die Marktstraße, am Kreishaus vorbei bis zu einem Gebäude kurz vor der Einmündung zum Stadtweg. Jetzt kannte er die Adresse des Verdächtigen. Als dieser die Tür hinter sich zugezogen hatte, ging Rothe zum Haus und las die Namen von den beiden Klingelschildern ab: Frida Küster und Dietmar Sörensen. Mit großer Wahrscheinlichkeit war Letzterer sein Mann. Rothe war mit dem Ergebnis seiner Arbeit zufrieden, aber er hatte noch keinen Plan, wie er weiter vorgehen sollte.

Er lief den Weg zurück, den er gekommen war. Falls der Hundemörder wieder zugeschlagen hatte, musste er versuchen, die vergifteten Köder zu finden. Das war er Hachikos Artgenossen schuldig. Und wer konnte ihm dabei behilflich sein? Hachiko natürlich. Der Detektiv ging zu seinem Auto. An der Windschutzscheibe prangte ein gelber Zettel. Rothe fluchte. Er war sich sicher, dass Hachiko sein Bestes gegeben hatte, um die Frau oder den Mann vom Ordnungsamt zu vertreiben. Er beschloss, das Verwarngeld mit auf die Spesenrechnung zu setzen. Das minderte seinen Ärger.

Hachiko war begeistert über seinen Einsatz. Rothe nahm einige Blätter einer Tageszeitung aus einem Papierkorb, um etwaige Fundstücke darin einzupacken. Dann führte er Hachiko straff an der Leine querbeet durch den Schlosspark, immer darauf achtend, dass der Hund seine Beute nicht verschlang. Er fand drei Teile einer Bockwurst, die Rothe in das Papier einwickelte. Ob die vergiftet waren, wusste er natürlich nicht. Aber vieles sprach dafür. Eine Analyse würde das klären. Wenn er mit seinen Ermittlungsergebnissen zur Polizei ging, erwartete er, dass die Beamten sich darum kümmerten.

Nach einer Dreiviertelstunde beendeten Herr und Hund die Suche. Vermutlich waren keine weiteren Köder im Schlosspark versteckt, zumal die drei Bockwurststücke zusammengesetzt ein vollständiges Exemplar mit zwei Enden ergaben.

»Du warst großartig, Dr. Watson!«, lobte Rothe seinen Partner und tatschelte ihn am Nacken. Dann griff er in die Hosentasche und brachte ein paar Leckerlis zum Vorschein, die eine Sekunde später von der Handfläche verschwunden waren. Rothe öffnete die Fondtür, und Watson sprang auf die Rückbank.

Rothe war sich sicher, dass der Mann auf dem Video der Täter war. Deshalb beschloss er, die Videofalle wieder abzubauen. Die Technik war zwar nicht besonders teuer gewesen, aber so klamm, wie er war, konnte er jeden Cent gebrauchen. Vielleicht fand sich irgendwann eine weitere Anwendung für das Patent.

Nach getaner Arbeit fuhr er zurück ins Büro. Die Giftköder steckte er in eine Plastikhülle und deponierte sie im Kühlschrank. Dann kopierte er den Film auf die Festplatte seines Computers und erstellte Einzelbilder vom Tatverdächtigen.

Für den Bericht über Leon Gerber hatte er an diesem Tag kaum Stoff sammeln können. Die Jagd nach dem Hundemörder hatte Priorität gehabt, und der Einsatz hatte sich gelohnt, wenn auch nicht unbedingt honorarmäßig. Der Fall war fast abgeschlossen, und mehr als ein paar Tagessätze würde er der alten Frau nicht in Rechnung stellen können. Die Observierungen des Musikers zogen sich dagegen bereits über Monate hin und würden andauern, so lange, bis der Kunde signalisierte, dass er genug Informationen über Gerber hatte. Er hatte schon angedeutet, dass ein neues Projekt, die Observierung einer weiteren Person, folgen könnte.

Der Detektiv wusste immer noch nicht, wofür der Auftraggeber die Informationen verwenden wollte. Das behagte ihm von Tag zu Tag weniger. Dagegen war die Suche nach dem Hundemörder eine saubere Sache. Dem Schurken endgültig das Handwerk zu legen, würde ihm Vergnügen bereiten.

Hachiko hatte es sich wie so oft unter dem Schreibtisch gemütlich eingerichtet. Ab und zu knurrte er im Schlaf. Rothe fuhr den Computer herunter. »Feierabend, Watson«, sagte er und gab dem Tier einen sanften Schubs mit dem Fuß. Noch bevor Rothe sich erhoben hatte, stand der Hund schwanzwedelnd an der Tür.

## 28

»Vielleicht hätten wir an der heutigen ›Nadelöhr‹-Veranstaltung teilnehmen sollen.« Hilgersen bog in die Asmussenstraße ein.
»Was sollte das bringen?«, fragte Flottmann. »Ich kann mir nicht vorstellen, dass einer der Teilnehmer unser Mann ist. Wir können davon ausgehen, dass sich der Täter intensiv mit der Materie beschäftigt hat. Da wird er dort kaum neue Erkenntnisse erwarten.«

»Aber vielleicht will er sein Wissen weitergeben.«

»Katzenbach? Unter anderem deshalb werden wir ihn ja heute befragen.«

»Heute war ein Wissenschaftler zu Gast. Er hat einen Vortrag gehalten: ›Eine kurze Reise hinter den Horizont‹ oder so ähnlich. Den hätte ich mir gerne angehört.« Hilgersen fuhr durch das Tor auf den Schlosshof und stellte den Motor ab. »Je mehr wir über die Thematik wissen, desto besser können wir die Zusammenhänge und das Motiv des Täters verstehen.«

»Du könntest ja auch einen Selbstversuch unternehmen, um einen Blick ins Jenseits zu werfen.«

»So weit geht mein Einsatz für den Job dann doch nicht.«

Beide stiegen aus und gingen zum Eingang, der zu den Räumlichkeiten im Erd- und Obergeschoss führte, dem Rittersaal, dem Fortunasaal und dem Weißen Saal, in dem das »Nadelöhr« tagte. Das Gruppentreffen war gerade beendet, und die meisten Teilnehmer hatten den Raum bereits verlassen.

Als Weber auf die beiden Kommissare traf, grüßte er mit einem Augenzwinkern und ging an ihnen vorbei. Offensichtlich wollte er seine Undercoverrolle nicht gefährden.

Katzenbach stand an einem Tisch und ordnete seine Unterlagen.

»Wir haben miteinander telefoniert.« Hilgersen reichte ihm die Hand. Auch Flottmann begrüßte Katzenbach mit Handschlag.

»Setzen wir uns«, sagte dieser.

Sie nahmen auf den Stühlen Platz. Flottmann und Hilgersen positionierten sich so, dass sie Katzenbach gegenübersaßen.

»Was kann ich für Sie tun, meine Herren?«

»Wie Sie vermutlich aus der Presse erfahren haben, ermitteln wir in verschiedenen Entführungs- und Mordfällen. Wir sind uns sicher, dass sie in Zusammenhang mit dem Thema Nahtoderfahrung stehen. Konkreter: Es sieht so aus, als führe jemand Experimente durch, indem er seine Opfer an den Tod heranbringt, um irgendwelche Erkenntnisse daraus zu ziehen.«

Katzenbach schüttelte den Kopf. »Das ist doch völlig absurd!«

»Manche haben die Versuche nicht überlebt. Es sind bereits Tote zu beklagen. Deshalb benötigen wir Ihre Hilfe«, sagte Hilgersen.

»Ich denke, dass Sie an der falschen Adresse sind. Ich weiß nichts darüber. Das heißt, ich kenne mich zwar ein wenig mit der wissenschaftlichen Seite der Thematik aus, aber über diese Verbrechen weiß ich nichts. Glauben Sie etwa, dass ich etwas damit zu tun habe?«

»Nein«, antwortete Flottmann bestimmt. »Wir benötigen lediglich so etwas wie einen Berater in der Sache. Können Sie sich vorstellen, dass man dem Geheimnis der Nahtoderlebnisse mit gezielten Versuchen näher kommt?«

Das Wort »Geheimnis« hatte Flottmann absichtlich gewählt. Es sollte sein Interesse an Katzenbachs Arbeit signalisieren.

»Es gibt andere Wege. Vielleicht kennen Sie einige der zahlreichen überlieferten Berichte von Menschen, die klinisch tot waren. Es gibt mehrere Untersuchungen, die auf Befragungen von Patienten basieren. Die wohl berühmteste ist die AWARE-Studie.«

»Die ist uns bekannt. Aber die Schilderungen der Patienten fanden nicht direkt nach der Reanimation statt.«

»Ja, das ist richtig.«

»Und nicht unter definierten Bedingungen.«

»Auch das ist richtig. Aber das gezielte Herbeiführen eines

Nahtods ist unethisch und verwerflich. Kein Wissenschaftler würde so etwas machen.«

»Sie wissen so gut wie ich, dass es Menschen gab, die unter dem Deckmantel der Forschung Derartiges getan haben«, entgegnete Flottmann.

»Solche dunklen Zeiten sind vorbei.«

»Sicher. Aber mit Einzeltätern, die zu so etwas fähig sind, ist immer zu rechnen. Dafür gibt es genügend Beispiele. Zurück zu meiner Frage: Könnte man durch gezielte Versuche neue Erkenntnisse gewinnen? Was meinen Sie?«

»Natürlich wäre das prinzipiell möglich. Man würde alle medizinischen Daten aufnehmen und könnte genau bestimmen, in welchem Zustand das Phänomen auftritt. Aber wie gesagt, wäre das …«

»Unethisch und verwerflich.«

»Ja.«

»Für einen Selbstversuch zum Beispiel mit Drogen sähe das anders aus, nicht wahr?«

Flottmann beobachtete Katzenbachs Reaktion auf die Frage. Dieser runzelte die Stirn. Für einen Moment schien er zu überlegen, was er antworten sollte.

»Drogen sind anders. Sie bewirken nicht dasselbe«, sagte er schließlich.

»Und Medikamente?«

»Auch deren Wirkung ist nicht vergleichbar, es sei denn …«

»Es sei denn?«

»Solche Mittel können Halluzinationen hervorrufen. Das hat zunächst einmal nichts mit einer NTE zu tun. Allerdings können sie bei hoher Dosierung zum Herzstillstand führen.«

»Und damit zum Nahtod.«

»Ja. Aber warum stellen Sie mir all diese Fragen? Jeder Arzt kann Ihnen darüber Auskunft geben.«

»Es gibt nur wenige, die sich so intensiv wie Sie mit dem Thema beschäftigt haben.«

»Mag sein.«

»Wenn ich es also richtig verstehe, kann man mit einer ausreichenden Dosis geeigneter Medikamente den Nahtod herbeiführen.«

»Ja. Aber eigentlich ist die Methode egal. Sobald das Gehirn nicht mehr mit Sauerstoff und Glukose versorgt wird, stellt es seine Tätigkeit ein. Innerhalb von zwölf Minuten ist dann noch eine Reanimation möglich. Danach sterben die Nervenzellen für immer ab.«

»Gut. Das habe ich verstanden.« Flottmann kratzte sich nachdenklich an der Narbe über dem linken Auge, einem Überbleibsel aus seinen ersten Wochen als Husumer Ermittler. Ein Streifschuss. Der Vorfall hätte ihn das Leben gekostet, wenn Hilgersen nicht gewesen wäre. »In Augsburg hat es Narkosepartys gegeben. Können Sie uns dazu etwas sagen?«

»Ich hatte damit nichts zu tun.« Katzenbach erhob die Stimme. Er sah auf seine Uhr. »Ich muss jetzt gehen.«

»Wir sind gleich fertig. Wir haben Informationen, dass es auch hier in Norddeutschland so etwas gegeben hat.«

»Wer sagt das?«

»Das ist unwichtig. Haben Sie Kenntnis davon?«

»Nein.«

»Herr Dr. Katzenbach.« Flottmann beugte sich vor und sah seinem Gegenüber in die Augen. »Es ist uns egal, ob Sie und andere Selbstversuche mit Drogen oder Medikamenten durchführen. Wir ermitteln in mehreren Mordfällen, und der Täter läuft noch frei herum. Es könnte weitere Opfer geben. Wenn Sie etwas wissen, sollten Sie es uns mitteilen.«

Katzenbach senkte seinen Blick. Er benötigte einige Sekunden, um zu antworten. »Okay. Ich war in Augsburg dabei. Ich hatte Glück, dass ich nicht angeklagt wurde. Zwei Wochen, bevor die staatsanwaltlichen Ermittlungen begannen, bin ich ausgestiegen, weil ich erkannt hatte, dass es ein Irrweg war. Niemand hat mich damals verraten. Inzwischen ist die Sache verjährt.«

»Haben Sie die Medikamente beschafft?«

»Nein. Mehrere Rettungsassistenten wurden dafür verurteilt. Soweit ich weiß, erhielten sie lediglich Geldstrafen. Ich hab in der Zeit noch als Arzt praktiziert. Mich hätte das unter Umständen die Zulassung gekostet. Heute würde ich so etwas nicht mehr tun.«

»Aber man ist an Sie herangetreten?«

Katzenbach wurde sichtlich nervös. »Damals wurden nicht alle Medikamente sichergestellt. Ein größeres Sortiment wurde aus der Rettungswache gestohlen. Es gibt Leute, die glauben, dass ich noch etwas davon habe. Aber das stimmt nicht.«

»Wollte man Sie nicht auch deshalb für solche Partys gewinnen, weil ein Arzt hilfreich sein könnte, wenn es zu Problemen käme?«

»Vielleicht.«

Flottmann nahm einen Zettel aus seiner Gesäßtasche und faltete ihn auseinander. »Waren unter den Medikamenten auch Wirkstoffe wie Ajmalin und Lidocain?«

Katzenbach schüttelte den Kopf. »Antiarrhythmika? Keinesfalls. Die werden bei Herzrhythmusstörungen eingesetzt.«

»Damit kann man einen Herzstillstand herbeiführen«, sagte Flottmann.

»Ich denke, wir beenden an dieser Stelle das Gespräch. Ich höre aus Ihren Fragen Unterstellungen heraus, gegen die ich mich verwahre.«

»Dann haben Sie mich falsch verstanden. Eine letzte Frage habe ich aber noch. Wer hat Sie wegen der Medikamente beziehungsweise der Teilnahme an neuerlichen Narkosepartys kontaktiert?«

Katzenbach stand auf. »Ich werden Ihnen keine weiteren Auskünfte geben.« Er ging zurück an den Tisch und stopfte schweigend seine Unterlagen in die Aktentasche. Die beiden Kommissare würdigte er keines Blickes mehr. Er erwiderte auch nicht deren Gruß beim Verlassen des Raumes.

»Hätten wir ihn nicht zwingen sollen, die Namen der Leute preiszugeben, die ihn kontaktiert haben?«, fragte Hilgersen, bevor sie das Auto auf dem Schlosshof erreichten.

»Wie denn? Folter ist bei uns zum Glück abgeschafft.

Außerdem wird unser Mann nicht Teilnehmer der ›Nadelöhr‹-Gruppe sein, und er wird auch Katzenbach nicht um Drogen oder Narkotika gebeten haben. Denk mal nach. Der Täter ist auf einem ganz anderen Trip. Über Versuche mit Drogen ist er lange hinaus. Allerdings ist nicht auszuschließen, dass er vorher Erfahrungen damit gesammelt hat.«

»Er könnte also am Augsburger Kreis teilgenommen haben.«

»Ja. Aber soweit ich inzwischen weiß, gab es auch an anderen Orten solche Partys. Ich hab das Gefühl, wir kommen an der Stelle nicht weiter.«

»Überlassen wir den Flensburgern die weitere Befragung Katzenbachs. Vermutlich werden sie sich auch die ›Nadelöhr‹-Teilnehmer vornehmen. Fahren wir zurück ins Büro!«

## 29

Simone Fassbinder saß auf der Bank im Garten. Sie genoss die wohlige Wärme auf der Haut und ebenso das Frösteln, wenn sich für kurze Zeit eine Wolke vor die Sonne schob. Ein Vogel landete direkt vor ihren Füßen, verweilte kurz und flog wieder davon. Dem Geräusch des Flügelschlags nach zu urteilen, ein Spatz. Aber sicher war sie sich nicht. Hätte er gezwitschert oder gesungen, hätte sie ihn identifizieren können. Denn sie kannte viele Vogelstimmen. Das hatte sie als Kind von ihrem Vater gelernt. Sie wusste, dass er sich ihr zuliebe damit beschäftigt hatte. Hatte sie wirklich eine so unbeschwerte Kindheit gehabt, wie sie glaubte? Oder kam es ihr heute nur so vor, weil sie fast alles Unangenehme vergessen oder verdrängt hatte? Sie wusste keine Antwort auf die Frage.

Vielleicht würden auch die Ereignisse der letzten Tage irgendwann in den Hintergrund treten. Das erforderte Zeit. Die Ängste konnte sie nur zeitweise ausblenden. Der Verrückte, der sie entführt hatte, war noch nicht gefasst. Der Streifenwagen vor dem Haus beruhigte sie ein wenig. Aber ein ungutes Gefühl blieb. Zu tief war sie in ihrem Sicherheitsempfinden verletzt worden.

Sie stand auf. Den Stock ließ sie auf der Bank liegen. Sie hatte sich einen aus der Sammlung ausgesucht, die ihre Eltern im Haus aufbewahrten. Aber jetzt brauchte sie keinen. Sie streifte mit ausgestreckter Hand durch den Garten. Sie wusste, dass jeder Baum und jeder Stein an seinem gewohnten Ort war, auch wenn die Natur stets etwas veränderte. Herunterhängende Zweige und hier und da einen Maulwurfshügel musste sie mit Händen und Füßen ertasten.

Sie schlenderte über den Rasen, als sich ihr Handy meldete. »Hier ist Thorsten.«

Spontan spürte Simone ein Kribbeln im Bauch. Dafür gab es keinen Grund. Sie kannte den Mann aus dem Pub kaum, und schon gar nicht seine Absichten. Sie erwischte sich erneut dabei, dass sie nicht unvoreingenommen an eine Bekanntschaft herangehen konnte. Und da war diese Stimme im Kopf, die sie warnte, ihre Erwartungen nicht zu hoch zu schrauben, sosehr sie sich auch nach einer neuen Beziehung sehnte. Auch eine lose Freundschaft wäre ein Gewinn.

»Erinnerst du dich an mich?«, fragte der Anrufer, als keine Reaktion kam.

»Oh, natürlich. Thorsten, dass du dich meldest – finde ich echt nett.«

»Ich dachte, wir könnten uns noch mal treffen und weiterreden?«

»Ja, gerne. Ich würde mich freuen. Wann?«

»Wenn du Zeit hast, schon heute. Achtzehn Uhr draußen am Pub? Das Wetter scheint gut zu werden. Wenn der Platz noch frei ist, am Tisch vom letzten Mal.«

»Ich werde da sein. Ganz bestimmt.«

»Super. Bis dann.«

»Bis dann.«

Simone legte auf und steckte das Handy zurück in die Jeanstasche. Sie ging weiter. Direkt vor ihr musste jetzt der Kirschbaum stehen. Ihre rechte Hand ertastete den Stamm. Er fühlte sich gut an. Sie umarmte ihn und stieß dabei mit dem Kopf an einen Ast. Obwohl ihre Stirn schmerzte, lachte sie. Du benimmst dich wie ein Teenager, sagte sie zu sich.

Sie erreichte den gepflasterten Weg, der zum Haus führte. Auf dem Hof hörte sie die Schritte ihrer Mutter.

»Geht es dir gut?«

»Ja. Der Garten ist schön. Es ist alles so vertraut bei euch.«

»Hast du dich gestoßen?«

»Ich hab nicht aufgepasst. Sieht es schlimm aus?«

»Nein. Es ist nur ein Kratzer. Du hattest einen Anruf?«

»Ja. Ich werde mich heute Abend mit einem Bekannten treffen.«

»Kenne ich ihn?«

»Nein. Weitere Fragen werde ich nicht beantworten.«

»Du hast recht. Es geht mich wirklich nichts an. Es ist nur –

du weißt schon. Du bist in Gefahr, Simone. Du solltest eigentlich nicht das Haus verlassen.«

»Wir treffen uns am Hafen. Im Pub. Dort wird mich niemand entführen.«

Die Mutter drückte ihr wortlos die Hand.

Der Streifenwagen folgte Simone auf dem Weg zur Haltestelle. Sie war sich sicher, dass ihre Eltern die Polizisten über ihren Ausflug unterrichtet hatten und diese sie bis nach Husum begleiten würden.

Simone traf viel zu früh am Zentralen Omnibusbahnhof in Husum ein. Vom ZOB waren es nur wenige Minuten zu Fuß bis zum Hafen. Als sie die Schiffbrücke erreichte, hätte sie den Stock einstecken können. So gut kannte sie die Gegend von ihren Samstagmorgenspaziergängen. Aber den Durchgang, der zum Lokal führte, musste sie ertasten und den Weg zwischen den Tischen und Stühlen hindurch sowieso.

Sie fand den Platz, an dem sie beim ersten Treffen mit Thorsten gesessen hatte.

»Ist hier frei?«, fragte sie.

»Aber ja«, hörte sie die Stimme, die sie sofort wiedererkannte.

»Hi, Thorsten.«

»Hi, Simone, schön, dass du gekommen bist.«

»Ich freue mich auch.«

Simone setzte sich. Sie klappte den Langstock zusammen und verstaute ihn in der Handtasche.

»Hast du schon etwas bestellt?«, fragte sie.

»Nur ein Bier. Soll ich dir aus der Speisekarte vorlesen?«

»Oh ja. Das wäre nett.«

»Fisch, Pizza oder etwas anderes?«

»Pizza.«

»Gut.« Er las die verschiedenen Sorten vor. Sie entschied sich für die »Deichpizza« und ein Mineralwasser, er für »Fischfilet in Bierteig gebacken«.

Nachdem beide bestellt hatten, begann sie einen Small Talk, ein Abtasten mit Worten.

Schließlich traute sich Simone zu fragen: »Wie – wie siehst du aus?«

»Oh, hässlich, sehr hässlich. Kennst du Quasimodo? Dann hast du eine ungefähre Vorstellung von mir.«

Sie lachte.

Er nahm ihre rechte Hand und führte sie an sein Gesicht. »Die Nase hat einen kleinen Höcker.« Er strich mit ihrem Zeigefinger über seinen Nasenrücken. Dann schob er ihre Hand zu seiner Wange. »Die letzte Rasur war heute Morgen«, kommentierte er. Schließlich kämmte er mit ihren Fingern durch seine Haare. »Dunkelblond. Ein paar graue Strähnen sind auch dabei. Ich bin ja schon sechsunddreißig Jahre alt.«

Sie zog ihre Hand zurück. »Okay. Jetzt hab ich einen Eindruck von deinem Äußeren. Den Glöckner von Notre-Dame hab ich mir anders vorgestellt.«

»Etwas Schminke, dann kommt das schon hin.«

Simone trank einen Schluck. »Ich mag deinen Humor.«

»Das Leben ist ernst genug«, sagte er.

»Wie war es zu dir?«

»Das Leben? Ganz in Ordnung. Ich bin auf dem Land aufgewachsen, in der Nähe von Schleswig. Zweimal bin ich in der Schule sitzen geblieben, hab aber doch mit Ach und Krach das Abitur geschafft. Mein Maschinenbaustudium hab ich abgebrochen. Jetzt arbeite ich in der Stadtplanung. Ich bin zufrieden. Und du?«

»Ich bin auch zufrieden. Ich hab einen guten Job bei der Bank. Ich gehe gerne ins Büro.«

»Sag mal, da drüben sitzen zwei Polizisten in ihrem Streifenwagen. Sie gucken immer hier rüber. Man könnte fast meinen, dass sie uns beobachten. Hast du etwas ausgefressen?«

»Nein. Ich nicht. Du?«

»Na ja, meine letzte Steuererklärung war vielleicht nicht ganz sauber.«

»Ich kann dich beruhigen. Das sind meine Bodyguards. Sie sollen mich beschützen.«

»Das ist jetzt auch ein Scherz, oder?«

Ihre Miene verfinsterte sich. »Nein. Leider nicht. Ich wurde vor einigen Tagen entführt.«

»Was? Was ist passiert?«

»Es war ein Alptraum. Aber ich bin da heil wieder rausgekommen. Das Erlebte sitzt so tief, dass ich noch nicht darüber reden kann.«

»Okay, das kann ich verstehen.«

»Im Krankenhaus hat man mir die Adresse eines Psychologen gegeben. Ich weiß noch nicht, ob ich ihn aufsuchen werde.«

»Das solltest du unbedingt tun. Mit einer posttraumatischen Belastungsstörung ist nicht zu spaßen. Sie kann auch mit zeitlicher Verzögerung auftreten.«

»Du kennst dich damit aus?«

»Nein, nicht wirklich.«

Sie unterhielten sich über Gott und die Welt. Simone gefiel seine Art. Er konnte sowohl ernsthaft als auch humorvoll sein. Vor allem war sie davon angetan, dass er ihre Blindheit nicht zum Thema machte. Die Besonderheiten, die mit ihrer Einschränkung verbunden waren, flossen ganz natürlich in das Gespräch ein.

»Ich muss langsam gehen«, sagte sie spät am Abend. »Ich wohne einige Zeit bei meinen Eltern. Sie werden sich garantiert Sorgen machen.«

»Soll ich dich fahren? Ich hab mein Auto in der Nähe stehen.«

»Sind meine Bodyguards noch da?«

»Ja. Der Streifenwagen steht drüben am Hafenbecken. Und gerade hat sich ein zweiter dazugesellt. Kann es sein, dass die Polizei mich im Visier hat?«

Sie lachte. »Vielleicht wegen deiner Steuererklärung.«

»Möglich. Ich übernehme trotzdem die Rechnung.«

»Danke.«

»Treffen wir uns wieder?«

»Gerne. Ich rufe dich an. Ich will die Polizisten fragen, ob sie mich nach Hause bringen. Kannst du mich zu ihnen führen?«

»Klar. Sie werden mich wohl nicht gleich verhaften.«

Simone ließ sich vom Streifenwagen heimfahren. Wenn die Beamten ihr schon auf Schritt und Tritt folgten, konnte sie auch diesen Service in Anspruch nehmen. Unterwegs versuchten sie, Simone über ihr Rendezvous auszufragen, aber sie schwieg. Sie hatte den Abend genossen. Nichts sollte ihn nachträglich trüben. Noch nie zuvor hatte sie in so kurzer Zeit Vertrauen zu einem Mann gefasst wie zu Thorsten.

Kurz bevor sie am Haus ihrer Eltern eintrafen, hörte Simone einen Funkspruch der Polizisten mit. Sie konnte das Gespräch im Fond nur bruchstückhaft verstehen.

»Ihr habt ihn verloren?«, fragte der Beifahrer, der sich der Familie als Jürgen Schmidtmann vorgestellt hatte. »Verdammt, wie konnte das passieren? – Okay, wir sind gleich in Simonsberg.« Er steckte das Funkgerät wieder in die Halterung.

Der Wagen hielt vor dem Haus. Simone tastete nach dem Türöffner.

»Warten Sie«, sagte Schmidtmann. »Ich begleite Sie.«

»Das ist nicht notwendig. Ich kenne mich hier ganz gut aus. Wenn Sie mir nur die Tür bitte öffnen würden.«

»Gleich. Verstehen Sie, dass wir besorgt um Sie sind? Ihr Treffen heute – Sie sollten uns sagen, wer der Mann ist.«

»Ein Freund.«

»Sie haben ihn erst kürzlich kennengelernt?«

»Öffnen Sie, bitte!«

»Frau Fassbinder, wir müssen den Mann überprüfen.«

»Nichts müssen Sie. Außer dass Sie mich endlich gehen lassen. Ich werde ihm bestimmt nicht die Polizei auf den Hals hetzen.«

»Es ist nur zu Ihrer Sicherheit, wenn wir …«

Simone schlug mit der Faust gegen die Tür. »Aufmachen!«

»Okay, okay.«

Simone hörte, wie die Verriegelung deaktiviert wurde. Schmidtmann stieg aus und öffnete ihr die Tür.

# 30

Daniela hatte keine Angst mehr vor der Hypnose. Hesskopp begrüßte sie und ließ sie wie beim letzten Mal im Liegesessel Platz nehmen.

»Wie geht es Ihnen heute?«, fragte er.

»Relativ gut.«

»Relativ?«

»Die Ängste sind noch nicht verschwunden. Sie tauchen manchmal plötzlich auf. Ohne Anlass. Dann sehe ich Bilder vor mir, die mit dem Erlebnis zu tun haben.«

»Das wird mit der Zeit weniger werden. Ich werde Ihnen helfen. Sie brauchen nur etwas Geduld. Haben Sie Unterstützung zu Hause? Ihr Lebenspartner, Ihre Mutter?«

»David ist keine Hilfe. Wir verstehen uns zurzeit nicht besonders gut. Meine Mutter? Ja, ich kann zu ihr gehen, wenn ich will. Aber im Moment versuche ich, erst einmal alleine klarzukommen.«

»Wie ich schon in der letzten Stunde erklärt habe, wollen wir mit der Hypnose erreichen, dass Sie sich an Dinge erinnern, die Sie in Ihrem Unterbewusstsein abgelegt haben. Das ist sehr wichtig für die Therapie.«

Daniela nickte.

»Es konnten auch Dinge dabei sein, die für die Polizei wichtig sind«, ergänzte Hesskopp.

»Der Entführer hatte einen Schlüsselbund mit einem Anhänger. Aber ich weiß nicht, wie der aussah. Dem Kommissar schien das wichtig zu sein. Glauben Sie, dass ich mich unter Hypnose daran erinnern kann?«

»Das ist durchaus möglich. Wir können versuchen, Ihre Gedanken darauf zu lenken. Ich werde Sie heute etwas tiefer in Trance versetzen. Sie werden sich nach dem Aufwachen nicht mehr an alles erinnern, was Sie gesagt haben. Deshalb werde ich es aufschreiben. Wir werden es dann hinterher besprechen.«

Hesskopp vollführte ähnliche Schritte wie bei der letzten Therapiestunde, um Daniela zu hypnotisieren. Sie fühlte sich leicht und von allen Lasten befreit. Sie wünschte sich, dass es immer so sein könnte. Sie hörte Hesskopps Stimme.

»Du ruhst auf der Liege. Dein Unterbewusstsein hat die Oberhand gewonnen. Du kannst nicht beeinflussen, was passiert«, hörte sie ihn sagen. »Wie geht es dir jetzt?«

»Gut.«

»Gleich wirst du deinen Körper verlassen. Dein Geist schwebt über deinem Körper. Du kannst ihn von oben sehen. Du blickst jetzt von ganz oben, von der Decke herab …«

Daniela wusste nicht, wie lange sie weggetreten war. Als sie die Augen öffnete, hörte sie ein leises Summen. Der Liegesessel brachte sie wieder in Sitzposition.

»Wie fühlen Sie sich?«, fragte der Therapeut.

»Etwas müde noch. Ich glaube, ich hab tief geschlafen.«

»Aber Sie haben viel erzählt.« Hesskopp blätterte im Notizblock, den er in der Hand hielt. »Inwieweit können Sie sich an das erinnern, was Sie heute erlebt haben?«

»Es war schön. Und ich habe die wundervolle Landschaft und meinen Bruder wiedergesehen. Ich hab mich mit ihm unterhalten. Er sagte, es gehe ihm gut. Er hat mir zugewinkt. Da waren auch wieder dieser Fluss und die Hängebrücke. Ich wollte zu ihm laufen, aber irgendetwas hielt mich zurück. Ich kann mich nicht genau erinnern, was dann geschah.«

»Ich habe Ihnen eine Reihe von Fragen gestellt. Der Fluss scheint Symbolkraft für Sie zu haben. Sie sind getrennt von Ihrem Bruder und möchten zu ihm. Das andere Ufer ist vermutlich auch ein Hinweis auf das Jenseitige. Ihr Bruder ist tot. Er ist gewissermaßen bereits auf der anderen Seite.«

»Ich bin nicht religiös«, sagte Daniela. »Aber ich habe Christian so deutlich gesehen, dass ich manchmal denke, dass er noch da ist. Vielleicht befindet er sich in einer anderen Welt. Gibt es so etwas?«

Hesskopp lächelte. »Niemand weiß das. Wir sollten uns mit

dem Diesseits beschäftigen. Aber es ist gut, wenn Sie sich die positiven Eindrücke in Erinnerung rufen. Das könnte Ihnen helfen, das Trauma zu verarbeiten. Trotzdem sollten wir uns mit der Entführung auseinandersetzen.« Hesskopp nahm seine Brille vom Tisch und setzte sie auf. »Sie haben mir während der Trance die Einrichtung genau beschrieben. Die Geräte, den Monitor, auf dem Kurven zu sehen waren, den Infusionsständer sowie den Tisch, auf dem ein Laptop stand, Kabel und andere Dinge herumlagen.«

»Und den Schlüsselbund?«

»Ja, das ist interessant. Sie haben ein Kreuz beschrieben, mit einem Ring in der Mitte und einem äußeren. Können Sie sich erinnern, dass wir darüber gesprochen haben?«

»Ich weiß nicht. Nein, ich glaube nicht.«

»Sie haben ihn mir nur grob beschrieben. Der Anhänger sei groß und silbern gewesen. In jedem Fall sollten Sie das der Polizei mitteilen.«

»Das werde ich noch heute tun.«

»Allmählich bekommen wir ein genaues Bild von Ihren Erlebnissen. Ich sehe sehr gute Chancen, dass Sie Ihre Ängste überwinden werden. Wissen Sie, wenn Sie sich erst einmal an alles erinnern, gibt es keine beunruhigenden Lücken mehr, nichts, was Sie aus der Bahn werfen kann. Auch die Flashbacks werden dann aufhören. Das verspreche ich Ihnen.«

Noch etwas benommen stand Daniela vom Sessel auf. Hesskopp erhob sich ebenfalls und gab ihr zum Abschied die Hand. »Wenn Sie wollen, sehen wir uns nächste Woche um die gleiche Zeit wieder.«

Daniela nickte. Sie nahm ihre Handtasche und verließ die Praxis. Auf dem Weg nach Hause rief sie bei der Husumer Kriminalpolizei an und wurde zu Flottmann durchgestellt. Er bat sie, zu ihm ins Büro zu kommen. Ein Kollege würde sie auf Wunsch anschließend heimfahren. Sie überlegte nicht lange. Bis zum Polizeirevier war es nur eine Viertelstunde zu Fuß. Sie würde alles tun, was in ihrer Macht stand, damit der Täter gefasst werden konnte. Sie hatte ihm ihre Ängste zu verdanken, und er war ein Mörder, wie sie inzwischen erfahren hatte.

***

»Danke, dass Sie gekommen sind.« Hauptkommissar Flottmann war allein im Büro. Er stand auf und gab ihr die Hand. Er rückte einen der Stühle vor den Schreibtisch und setzte sich auf seinen Drehstuhl.

»Sie haben Neuigkeiten für uns?«, fragte er.

»Ja, ich glaube schon. Aber ich weiß natürlich nicht, ob es Ihnen weiterhelfen wird.«

»So ziemlich jede Information hilft uns irgendwie irgendwann weiter. Deshalb sollten Sie uns alles mitteilen, was Sie wissen.«

»Ich hab Ihnen bei meinem letzten Besuch von einem Schlüsselbund erzählt, den ich bei dem Entführer gesehen habe.«

»Ja. Wissen Sie inzwischen, wie er ausgesehen hat?«

»Mein Therapeut hat mich hypnotisiert. Da konnte ich mich plötzlich erinnern. Es war ein Kreuz mit einem Ring in der Mitte.«

»Können Sie das aufzeichnen?«

»Ich kann es versuchen.«

Flottmann reichte ihr Bleistift und Papier.

»Es hatte einen inneren und einen äußeren Ring. So wie ein keltisches Kreuz. So etwas hab ich schon öfter gesehen. In Irland haben wir auf einer Klassenfahrt einen Friedhof besucht. Da konnte man das Symbol auf vielen Gräbern finden. Ich kann leider nicht besonders gut zeichnen.«

Daniela skizzierte die Umrisse des Anhängers und bemühte sich, dem Gegenstand eine plastische Wirkung zu geben, indem sie einige Schattierungen hinzufügte.

»Besser kann ich es nicht.« Sie legte den Bleistift beiseite.

Flottmann drehte das Blatt zu sich. »Ein keltisches Kreuz, sagten Sie?«

»Ja.«

»Das ist interessant. Es ist gut, dass Sie zu uns gekommen sind, Frau Herzog. Ihre Angaben werden uns bei den Ermittlungen helfen. Davon bin ich überzeugt. Ein Streifenwagen kann Sie nach Hause bringen.«

Daniela sah auf ihre Armbanduhr. »Ich gehe lieber zu Fuß und bummle noch ein wenig durch die Geschäfte.«

»Gut.« Flottmann stand auf und gab ihr zum Abschied die Hand.

# 31

Gerber hatte von einem Produzenten den Auftrag erhalten, einen Soundtrack für einen Kurzfilm zu erstellen. Das war keine große Sache, aber sie war interessant und auch finanziell durchaus attraktiv. Ihm gefiel, dass er lediglich seine Gitarre dafür einsetzen sollte, keine Beimischung von Drums oder anderen Instrumenten. Nichts ging für ihn über den reinen Ton einer akustischen Gitarre, aufgenommen mit guten Mikrofonen.

Die Voraussetzungen für kreative Arbeit waren an diesem Morgen gut. Von außen drang kein Lärm ins Studio. Sein Nachbar schien nicht zu Hause zu sein, oder ihm waren die Aufgaben im Garten ausgegangen, was aber eher unwahrscheinlich war.

Gerber hatte sich den Film mehrmals angesehen, und in seinem Kopf hatte die Idee für eine Musik bereits Gestalt angenommen. Das Stück würde sich während des Spiels wie von selbst entwickeln. Der Verstand blieb dabei ausgeschaltet, war eher hinderlich als hilfreich. Die Musik kam tief aus dem Inneren. Manch ein Künstler glaubte sogar, sie käme nicht von ihm selbst, sondern von außen oder aus einer höheren Dimension.

Gerber wollte gerade die Aufnahme starten, als das Telefon klingelte. Er nahm das Mobilteil vom Mischpult und meldete sich.

»Mein Name ist Köhler. Fabian Köhler«, meldete sich eine blecherne Stimme. »Ich hab Ihr Konzert im ›Speicher‹ gehört. Sie waren phantastisch.«

»Danke.«

»Ich nehme an, dass Sie sich an mich erinnern. Ich hatte Sie gebeten, etwas über den Tod zu spielen.«

»Ja, natürlich. Ich erinnere mich.«

»Ihre Improvisation hat mich sehr berührt. Aber das ist nicht der Grund, warum ich Sie anrufe. Die Ärzte geben mir nur noch wenige Tage, bestenfalls Wochen. Niemand kann das so genau sagen.«

»Das – das tut mir leid.«

Die Computerstimme lachte. »Nein, nein. Sie müssen mich nicht bedauern. Irgendwann erwischt es jeden. Manche etwas früher, andere später. Aber ich hatte eine gute Zeit hier auf der Erde. Die meisten Menschen werden gar nicht erst geboren. Die hätten eher Grund, sich zu beschweren.«

Gerber wusste nicht, was er erwidern sollte.

»Ich hab ein Geschenk für Sie«, fuhr Köhler fort.

»Für mich. Wieso?«

»Eine sehr alte Gitarre. Außer Bargeld hab ich nur wenig zu vererben. Mein Sohn kann mit dem Instrument nichts anfangen. Er würde es verkaufen. Aber ich möchte, dass es in gute Hände kommt. Ich kann mir keine besseren Hände vorstellen als die Ihren. Ich hab die Gitarre selbst von meinem Vater geerbt. Er hat darauf gespielt. Ich hab es leider nie gelernt. Es ist eine Martin 00-18G. Ich glaube, Baujahr 1936. Natürlich mit vielen Gebrauchsspuren, aber, soweit ich es einschätzen kann, sehr gut erhalten.«

»Das ist ein wertvolles Stück.«

»Ich weiß. Aber das letzte Hemd hat keine Taschen, wenn Sie verstehen, was ich meine. Und da oben im Himmel spielt man Harfe, hab ich gehört.« Erneut erklang ein blechernes Lachen. »Ich schenke Ihnen die Gitarre. Sie müssten sie nur bei mir abholen. Ich kann im Moment nicht das Haus verlassen.«

»Aber ich kann das nicht annehmen.«

»Doch. Sie müssen. Es ist mein letzter Wunsch. Ich bin sicher, dass Sie das Instrument in Ehren halten werden.«

»Ja, natürlich. Aber …«

»Kein Aber. Sie würden mir einen riesigen Gefallen damit tun.«

Gerber war die Sache unangenehm. Andererseits schien es der Anrufer ernst zu meinen. Die Gitarre war ein außergewöhnliches Stück, und das Angebot abzulehnen wäre verrückt gewesen.

»Einverstanden. Kann ich dafür etwas für Sie tun?«

»Sie können mir ein Lied vorspielen, wenn Sie hier sind. Kommen Sie am besten noch heute. Die Zeit wird knapp für mich.«

Köhler gab die Adresse durch und beendete das Gespräch. Gerber saß noch minutenlang vor dem Mischpult und dachte über das Telefonat nach. Er hatte das Bild des Mannes klar vor Augen. Auf den ersten Blick war ihm seine Krankheit äußerlich nicht anzusehen gewesen. Aber vermutlich hatte er eine Perücke und getönte Gläser getragen, um die Spuren einer Chemotherapie zu verbergen. Gerber war sich nicht sicher, welche Motivation bei ihm überwog: einem Todgeweihten einen Wunsch zu erfüllen oder eine wertvolle Gitarre geschenkt zu bekommen.

Die Navigation seines Handys führte ihn zu einem abgelegenen Bauernhaus in der Nähe des Ortes Breklum. Auf den ersten Blick sah man, dass der Hof nicht mehr bewirtschaftet wurde. Es standen keine landwirtschaftlichen Geräte auf dem Grundstück, und kein Tier und keine Menschenseele zeigten sich. Gerber parkte neben einem BMW älterer Bauart und stieg aus. Er hatte immer noch Bedenken, ob er das Richtige tat. So ein Geschenk anzunehmen war ihm nicht geheuer. Aber jetzt wollte er nicht mehr zurück, und er brannte darauf, das Instrument in Händen zu halten und darauf zu spielen.

Auf einem Messingschild am Eingang war der Name F. Köhler eingeprägt. Die schwere Haustür aus Holz stand einen Spalt offen. Das Schloss war beschädigt. Gerber kam das merkwürdig vor, aber als die Computerstimme ihn aufforderte hereinzukommen, betrat er den Flur. Er hörte ein Geräusch hinter der offenen Tür. Bevor er sich umdrehen konnte, fühlte er einen Schmerz im Nacken. Seine Muskeln verkrampften sich, und er sank zu Boden. Völlig wehrlos musste er mit ansehen, wie eine Hand mit einer Spritze auf ihn zukam. Die Nadel bohrte sich in seinen Hals. Er wollte schreien, doch er brachte keinen Ton heraus.

Die Sekunden der Stille wurden durch die Schritte des Angreifers unterbrochen, die wie in einer Kirche hallten. Sie entfernten sich und wurden leiser. Mit letzter Kraft versuchte sich Gerber aufzurichten, aber seine Arme und Beine gehorchten ihm nicht.

## 32

Als Flottmann am Morgen ins Büro kam, legte Hilgersen gerade den Hörer auf.

»Ein Besucher kommt«, sagte er und sah auf seine Notiz. »Philip Rothe heißt er.«

»Was will er?« Flottmann ließ sich in seinen Drehstuhl fallen, der erbärmlich quietschte. Zeit, ihm wieder einmal etwas Öl zu spendieren. Aber das musste warten.

»Er hat einen Mörder gefasst.«

»Was?«

»Seit einiger Zeit werden im Park Hunde vergiftet. Die Kollegen von der Streife haben da ein Auge drauf, konnten aber den Täter bisher nicht ermitteln.«

»Ist das nicht ein Fall für die Flensburger Mordkommission?«, fragte Flottmann missmutig.

»Du kannst ja Hofmann anrufen, ob er vorbeikommt.«

Es klopfte. Die Tür ging auf, und ein mittelgroßer Vierbeiner stürmte herein. Wie zu erwarten war, folgte ihm ein Mensch.

»Guten Morgen, die Herren«, grüßte Rothe, während der Hund die Beamten nacheinander beschnupperte und sich dann unter Flottmanns Schreibtisch legte.

»Moin«, antwortete Hilgersen.

Flottmann grüßte nicht, was Rothe veranlasste, mit der Plastiktüte, die er in der Hand hielt, auf Hilgersen zuzugehen. Er griff in die Tüte, holte ein in Zeitungspapier eingewickeltes Päckchen heraus und legte es auf Hilgersens Schreibtisch.

»Was ist das?«, fragte Hilgersen.

Rothe antwortete nicht, sondern entblätterte den Inhalt. Nun lagen drei Bockwurststücke vor Hilgersens Nase.

»Zum Frühstück esse ich niemals Fleisch«, sagte Hilgersen.

»Würde Ihnen auch nicht gut bekommen. Das sind Giftköder, mit denen Hans-Werner vergiftet wurde.«

Flottmann blickte von seinen Notizen auf und nahm seine

Brille ab, die er aufgesetzt hatte, um einen geschäftigen Eindruck zu erwecken.

»Wer ist Hans-Werner?«

»Der Rauhaardackel von Frau Elisabeth Schweizer. Ich arbeite in ihrem Auftrag. Ich bin Privatdetektiv.«

»Verstehe.«

Flottmann setzte seine Brille wieder auf. Mit einer Hand griff er unter den Schreibtisch und spendete dem Hund ein paar Streicheleinheiten. Dann widmete er sich wieder seiner Arbeit.

»Ich habe ein Bild des mutmaßlichen Täters sowie Name und Adresse«, wandte sich Rothe erneut an Hilgersen.

»Großartig.«

»Es fehlen allerdings noch gerichtsverwertbare Beweise. Einige liegen auf Ihrem Tisch. Eine Analyse wird ergeben, dass die Wurst vergiftet ist.«

»Am besten schildern Sie uns die ganze Geschichte.«

»Gerne.« Rothe holte sich einen der Stühle und setzte sich zu Hilgersen. Dann erzählte er, was er ermittelt hatte. »Ich weiß, dass meine Methode ...«

»... illegal ist.«

»Nicht ganz legal war. Ich bin überzeugt, dass Sie bei dem Verdächtigen Bockwurst und Gift finden werden. Könnten Sie eine Hausdurchsuchung veranlassen?«

»So einfach ist das nicht. Ich glaube nicht, dass wir dafür eine richterliche Anordnung erhalten würden.«

»Aber Sie könnten diesem Dietmar Sörensen einen Besuch abstatten und ihm auf den Zahn fühlen.«

»Ja. Das könnten wir.«

»Es wäre hilfreich, wenn ich dabei wäre.«

»Das geht allerdings nicht. Aber wir werden Sie über die Ergebnisse informieren.«

»Gut. Ich lasse Ihnen das Foto und die Beweisstücke da. Sie sollten Letztere im Kühlschrank aufbewahren.«

»Das ist keine gute Idee. Unsere Personaldecke ist sowieso schon sehr dünn.«

Rothe lachte mit einigen Sekunden Verspätung. Er zog eine

Visitenkarte aus der Tasche und legte sie auf den Schreibtisch. »Meine Telefonnummer, falls Sie noch Fragen haben oder mich über den Stand der Ermittlungen informieren wollen.«

Er stand auf und stellte den Stuhl an den alten Platz zurück. Der Hund kroch unter dem Schreibtisch hervor und quiekte erfreut. Im Gehen warf Rothe einen Blick auf die Pinnwand, die neben Flottmanns Schreibtisch stand. Viel hatte dieser dort noch nicht angeheftet. Ein paar Notizen, Skizzen und Bilder. Rothe trat näher heran und tippte mit dem Zeigefinger auf ein Foto von Juliane Thielsen, der Toten, die in der Husumer Au gefunden worden war. Es war eine Aufnahme, die sie lebend zeigte. Darunter befand sich ein Bild von der Leiche, auf dem sie allerdings nicht zu erkennen war.

»Was bedeutet das Foto hier?«, fragte er, diesmal an Flottmann gewandt.

»Sie kennen die Frau?«

»Juliane Thielsen. Weshalb … Ist sie tot?«

»Was wissen Sie über sie?« Flottmann nahm erneut seine Brille ab und lehnte sich zurück.

»Nichts. Ist sie tot?«

»Allerdings. Sie ist einem Verbrechen zum Opfer gefallen. Man hat sie in der Husumer Au gefunden.«

»Verdammt.« Rothe wurde blass. Langsam ging er zu den Besucherstühlen, die neben der Tür standen. Er ließ sich auf einen sinken und vergrub sein Gesicht in den Händen.

»Was ist los?«, fragte Hilgersen.

»Ich – ich muss nachdenken.«

»Vielleicht können wir dabei helfen«, hakte Flottmann nach.

»Ich glaube, dass ich einen riesigen Fehler begangen habe.« Rothe schob den Kopf seines Hundes beiseite, der schwanzwedelnd neben ihm stand und darauf wartete, dass die Reise weiterging.

»Spucken Sie es endlich aus. Was wissen Sie über den Mord an Juliane Thielsen?«

»Nichts. Gar nichts. Aber ich sollte für einen Auftraggeber über sie recherchieren.«

»Was?«, riefen Flottmann und Hilgersen gleichzeitig aus. Hilgersen rückte mit seinem Drehstuhl näher.

»Das ist sicher ein Zufall.« Rothes Blick verriet, dass er selbst nicht an seine Aussage glaubte.

»Wer ist der Auftraggeber?« Hilgersen stand der Mund offen. Der Detektiv schüttelte den Kopf. »Das weiß ich nicht. Er hat nur anonym mit mir kommuniziert. Ich fand das ungewöhnlich, aber … Verdammt, was war ich für ein Idiot! Es lief alles über E-Mails, und das Geld hat er mir per Brief zugeschickt.«

»Und Sie sind nicht stutzig geworden?«, fragte Flottmann.

»Doch, natürlich. Aber es gibt viele Gründe, warum ein Kunde seinen Namen nicht preisgeben will. An so etwas wie einen Mord hab ich im Traum nicht gedacht. Es muss wirklich ein Zufall sein. Warum sollte sich jemand über detaillierte private Dinge seines Opfers informieren wollen, bevor er es, warum auch immer, umbringt? Das ergibt doch keinen Sinn. Außerdem hätte er die Erkundigungen selbst einholen können. Dazu brauchte er keinen Detektiv.«

»Wenn er vermeiden wollte, dass er bei seinen Recherchen auffällt, ergibt es einen Sinn. Außerdem verfügen Sie über mehr Möglichkeiten. Was haben Sie ihm an Informationen geliefert?«

»Ich hatte keine konkreten Vorgaben diesbezüglich. Belanglose Sachen. Kleinigkeiten. Die Gewohnheiten der Zielperson, ihre Vorlieben, verwandtschaftliche Verhältnisse. Manches hab ich sogar im Internet recherchiert. Es waren keine besonders sensiblen Daten. Deshalb hab ich ja auch keine Gefahr gewittert, dass sie missbraucht werden könnten. Informationen über den Fehltritt eines Ehepartners, die sozusagen zu unserem täglichen Brot gehören, hielt ich für wesentlich brisanter. Allerdings ist dabei in der Regel die Motivation des Kunden offensichtlich. Dass das hier nicht der Fall war, hat mich schon gestört.«

»Haben Sie die Umschläge noch, mit denen das Geld verschickt wurde?«

»Vielleicht noch den letzten. Der könnte im Papierkorb meines Büros liegen. Äh – nein. Den Inhalt hab ich bereits entsorgt, glaube ich.«

Flottmann rollte mit seinem Stuhl am Schreibtisch vorbei und positionierte sich direkt vor dem Besucher. »Sie müssen jetzt ganz eng mit uns kooperieren, klar?«

»Selbstverständlich.«

»Kennen Sie die Namen Daniela Herzog oder Simone Fassbinder?«

»Nein. Nie gehört. Wer soll das sein?«

»Haben Sie außer Juliane Thielsen weitere Personen ausspioniert?«

»Nur eine. Aber der Job ist jetzt auch beendet. Die letzte Zahlung hab ich vorige Woche erhalten.«

»Um wen ging es?«

»Um einen Musiker. Leon Gerber heißt er. Er wohnt in Rosendahl.«

Die Kommissare sahen sich sekundenlang an.

»Scheiße!« Flottmann sprang auf und stürzte zum Telefon. Hier hatte er Gerbers Nummer gespeichert. Er ließ es klingeln, während er sich das Handy schnappte. Dort hatte er die Mobilfunknummer des Musikers eingegeben. Nur die Mailbox meldete sich.

»Ich fahre zu ihm nach Hause!«, rief Flottmann Hilgersen zu. »Versuch du, Laura Sonntag zu erreichen. Vielleicht weiß sie, wo er ist. Und ruf die Flensburger an. Die sollen alles in die Wege leiten. Vielleicht kann das LKA die Herkunft der E-Mails klären. Falls der Briefumschlag doch noch auffindbar ist, muss die Spusi ihn auf Fingerabdrücke sowie DNA untersuchen und so weiter. Die Kollegen wissen, was zu tun ist.«

Flottmann hetzte aus dem Büro.

Hilgersen ging zurück an seinen Schreibtisch. Er nahm Rothes Visitenkarte in die Hand. »Am besten kehren Sie in Ihre Detektei zurück und warten dort. Vielleicht kommen noch heute Kollegen der Spurensicherung, und es wäre gut, wenn Sie telefonisch erreichbar wären. Ihre Mobilfunknummer?«

»Steht unten auf der Karte.«

»Okay. Sie hören von uns. Danke für Ihre Hilfe. Die Sache

mit Hans-Werner muss erst einmal warten. Bitte nehmen Sie die vergifteten Köder wieder mit und frieren Sie sie gegebenenfalls für später ein. Aber wir kümmern uns auch um den Fall.«

Rothe nickte. Er wickelte die Wurststücke wieder in das Zeitungspapier und legte sie in die mitgebrachte Plastiktüte. Dann verließen Herr und Hund den Raum.

**33**

Als Gerber die Augen öffnete, wanderten Schlieren durch sein Gesichtsfeld. Die Deckenlampe blendete. Nachdem sich seine Pupillen an die Helligkeit gewöhnt hatten, sah er, dass er nicht allein war. Vor ihm saß ein Mann, der wie ein Chirurg gekleidet war, sofern man von der getönten Brille absah. Erst jetzt merkte Gerber, dass er an eine Liege gefesselt war.

»Sorry für den Trick mit der Gitarre«, sagte der Vermummte. Seine Stimme klang verfremdet. »Es schien mir die beste Möglichkeit zu sein, Sie aus dem Haus zu locken. Mit dem Geschenk wird es leider nichts. Aber ich werde Sie freilassen, wenn Sie kooperativ sind.«

Gerber schwieg.

»Sie werden sich sicher fragen, was ich mit Ihnen vorhabe.«

Gerber hatte nicht die Absicht, sich auf den Entführer einzulassen.

»Sie sind ein Genie, Leon. Jedenfalls auf dem Gebiet der Musik. Eine Theorie besagt, dass Menschen wie Sie ihre Kreativität aus dem globalen Bewusstsein schöpfen, in dem alle Erfahrungen und alles Wissen der Menschheit vereint sind. Ich bin mir sicher, dass die Verbindung dazu kurz vor dem Tod besonders intensiv ist. Ich hab es mir zur Aufgabe gemacht, das nachzuweisen. Die Existenz eines globalen oder gar universellen Bewusstseins würde gleichzeitig zeigen, dass unser Geist nicht an unseren Körper gebunden ist, sondern nach seinem Verfall weiterlebt. Die Vorstellung ist faszinierend, nicht wahr?«

Gerber zerrte an seinen Fesseln. Er war einem Irren zum Opfer gefallen, der ihn umbringen wollte, um irgendeine krude Theorie zu beweisen.

»Haben Sie keine Angst«, beschwichtigte ihn der Mann. »Ich hab nicht vor, Sie zu töten. Ihr Tod wäre ein Verlust für die Menschheit. Wenn Sie kein schwaches Herz haben, werden Sie mein Experiment mit hoher Wahrscheinlichkeit überleben.

In jedem Fall werden Sie eine außergewöhnliche Erfahrung machen. Das verspreche ich Ihnen.«

Er stand auf, verschwand aus Gerbers Blickfeld und kam mit einer Spritze wieder.

»Entspannen Sie sich«, sagte er und stieß die Spitze in Gerbers Arm.

Gerber hatte keine Chance, sich zu wehren. Er dachte an Laura und Sophia, bevor er in einen Dämmerzustand versank. Dann tauchten Bilder von den vielen glücklichen Tagen mit ihnen auf, von der Nacht, in der sie in Lüttmoorsiel die Polarlichter beobachtet hatten, von Sophias Lachen während des Geräuscheratens und von dem Augenblick, als sie ihm den Stoffhasen überreichte.

Plötzlich fand er sich in einer anderen Welt wieder. Eine Landschaft voller Licht, Farben und Töne. Alles veränderte und bewegte sich in vollkommener Harmonie, fügte sich zusammen wie eine großartige Komposition. Gerber konnte sich durch die Landschaft bewegen und hatte das Gefühl, Teil des Ganzen zu sein. Das, was er sah und was er hörte, verschmolz miteinander. Doch mit einem Schlag wurde die Harmonie von einem dumpfen Ton zerstört. Panische Angst ergriff ihn. Er musste weg von diesem Ort, der gerade noch wunderschön gewesen war und jetzt zur Hölle wurde. Das zerstörerische Geräusch wiederholte sich, erklang lauter und lauter. Irgendwo musste ein Ausgang sein! Die Farben verblassten. Um ihn herum wurde es immer dunkler, bis nur noch vollkommene Schwärze übrig blieb.

*\*\**

Flottmann klingelte weiter Sturm, obwohl er sich inzwischen sicher sein konnte, dass Gerber nicht zu Hause war. Das Auto des Musikers stand weder in der Einfahrt noch in der Garage. Vielleicht war er in die Stadt gefahren, um etwas zu erledigen. Es gab tausend Gründe, warum er nicht anzutreffen war. Aber besonders die Tatsache, dass er nicht an sein Handy ging, beunruhigte Flottmann. Dazu kam das Gefühl in seinem Bauch, das die Geschichte des Detektivs ausgelöst hatte.

Flottmanns Mobiltelefon meldete sich. Hilgersen hatte Laura Sonntag erreicht. Sie sei gerade von der Arbeit heimgekommen und habe keine Ahnung, wo Gerber stecke.

Flottmann hatte sie im Zusammenhang mit einem früheren Entführungsfall kennengelernt und wusste, dass sie ein paar Häuser weiter wohnte. Einige Minuten später stand er vor ihrer Tür. Sie öffnete und bat ihn herein.

»Sie wissen, worum es geht?« Flottmann folgte ihr ins Wohnzimmer.

»Ihr Kollege hat gesagt, Leon könnte in Gefahr sein. Was ist passiert?«, fragte sie aufgeregt.

»Ich kann Ihnen keine Details nennen. Es ist eine komplizierte Geschichte. Wahrscheinlich ist alles in Ordnung. Aber wir müssen ihn finden. Sie wissen nicht, wo er sich aufhalten könnte? Er ist offenbar mit seinem Daimler weggefahren.«

»Er hat mir nichts gesagt. Wenn Leon etwas aus der Stadt braucht, bringe ich es ihm oft mit. Wie Sie wissen, meidet er solche Unternehmungen gerne. Aber vielleicht ist er wieder unterwegs, um Tonaufnahmen für seine Sammlung zu machen. Dann schaltet er auch oft sein Handy aus. Er hat mir vor ein paar Tagen erzählt, dass er unbedingt einmal den Lärm eines heranfahrenden Zuges aufnehmen wollte, so wie man ihn wahrnehmen würde, wenn man das Ohr auf die Schiene legt. Ich hab versucht, ihm das auszureden. Aber bei solchen Sachen hört er nicht auf mich.« Sie lächelte verkrampft. »Manchmal ist er wie ein großes Kind. Wahrscheinlich ist es das, was ich ganz besonders an ihm mag.«

»Haben Sie Zugang zu seinem Haus?«

»Ich weiß, wo er einen Ersatzschlüssel versteckt hat.«

»Vielleicht finden wir in seinem Haus einen Hinweis, wo er sein könnte.«

Laura sah auf ihre Armbanduhr. »Meine Tochter ist noch in der Schule. Kommen Sie.«

Der Schlüssel befand sich in einem Werkzeugkasten in Gerbers Garage.

Laura rief seinen Namen, als sie das Haus betraten. Wie erwartet, antwortete niemand. Sie führte Flottmann durch alle Räume.

Im Tonstudio öffnete sie die Schiebetür eines Schranks. »Er hat seine Aufnahmegeräte nicht mitgenommen.«

Auf dem Mischpult entdeckte Flottmann ein Notizbuch, auf dem eine Adresse notiert war.

»Sagt Ihnen diese Anschrift etwas?« Flottmann riss das Blatt ab und gab es ihr.

Sie sah sich den Zettel an. »In Breklum? Nein.«

»Vermutlich hat er sie ja auch aufgeschrieben, weil sie ihm selbst nicht bekannt war. Vielleicht hat er einen Anruf erhalten.« Flottmann nahm das Telefon, das auf dem Mischpult lag, in die Hand. »Der letzte Anruf war um zehn Uhr fünf. Es ist sogar eine Rufnummer hinterlegt.«

Flottmann zog sein Handy aus der Jackentasche und rief Hilgersen an. Es dauerte nur wenige Minuten, bis dieser den Anschluss des Anrufers ermittelt hatte. Die Adresse stimmte mit der überein, die Gerber notiert hatte. Dort war ein Ehepaar namens Köhler gemeldet, Gertrude und Fabian Köhler. Langsam löste sich Flottmanns Anspannung. Dass sie die Täter waren und ihre wahre Adresse angegeben hatten, konnte er mit ziemlicher Sicherheit ausschließen.

»Sagt Ihnen der Name Köhler etwas?«, fragte er Laura.

Sie schüttelte den Kopf.

Flottmann tippte die Rufnummer des Ehepaars in sein Handy. Er ließ es lange klingeln, aber niemand meldete sich. Dann versuchte er noch einmal, Gerber zu erreichen. Wieder sprang nur die Mailbox an.

»Ich fahre jetzt dorthin«, sagte er. »Machen Sie sich keine Sorgen. Er hat vermutlich eine harmlose Verabredung und sein Handy ausgeschaltet. Ich werde ihn bitten, sich bei Ihnen zu melden. Ich mach mich schon mal auf den Weg. Schließen Sie hier ab?«

»Ja, natürlich.«

Flottmann steckte den Zettel mit der Anschrift ein und eilte zu seinem Fahrzeug. Ganz geheuer war ihm bei der Sache nicht. Einen Moment überlegte er, ob er Verstärkung rufen sollte, entschied sich aber dagegen.

Das Wohnhaus der Köhlers lag nordöstlich des Breklumer Zentrums. Eine schmale Straße, die in einen unbefestigten Sandweg überging, führte zum Hof. Dem Gebäude war anzusehen, dass es vor nicht allzu langer Zeit zumindest von außen renoviert worden war. Die Fassade war weiß gestrichen und das Dach offenbar mit roten Ziegeln neu gedeckt worden. Vor dem Haus stand Gerbers Daimler. Flottmann parkte seinen Passat daneben und stieg aus. Langsam ging er auf den Eingang zu. Die Tür war nur angelehnt und wies Einbruchsspuren auf. In diesem Moment bereute er, dass er keine Verstärkung angefordert hatte. Natürlich hatte er auch seine Dienstwaffe nicht dabei.

Mit dem Fuß stieß er die schwere Holztür auf. Dann lauschte er einige Sekunden, ob sich drinnen etwas tat. Alles blieb still. Er rief Gerbers Namen. Keine Antwort. Als er den Flur betrat, stieß er mit dem Fuß gegen ein zertrümmertes Smartphone. Er hob es nicht auf, sondern ging weiter. Eine Tür führte ins Wohnzimmer. Flottmann warf nur einen kurzen Blick hinein. Niemand war dort. Nachdem er die weiteren Räume im Erdgeschoss inspiziert hatte, pendelte sich sein Pulsschlag wieder auf einen Normalwert ein, und er atmete tief durch. Jetzt war es höchste Zeit, das SEK anzufordern. Und die Spurensicherung musste anrücken.

Flottmann ahnte, was hier passiert war. Gerber war in einen Hinterhalt gelockt und entführt worden. Vermutlich hatte der Täter das Haus ausgewählt, weil es in einer verlassenen Gegend lag und die Bewohner abwesend waren. Es war nicht auszuschließen, dass er sie kannte und wusste, dass sie verreist waren. Auch das wäre eine Spur, die es zu verfolgen galt. Aber die Zeit drängte. Gerber war in Gefahr. Alles sprach dafür, dass der Täter ein neues Opfer für seine todbringenden Experimente in seine Gewalt gebracht hatte.

Flottmann wartete, bis die Kriminaltechnik eintraf. Kurzfristige Ergebnisse konnte er von ihnen nicht erwarten. Schon gar keine, die Aufschluss über Gerbers Aufenthaltsort gaben. Er befand sich in einer dieser Situationen, die er wie die Pest hasste: eine drohende Gefahr vor Augen und nicht den geringsten Ansatz, ihr zu begegnen. Diese Hilflosigkeit zerrte auch jetzt an seinen Nerven. Er rief in der Dienststelle an. Die Kollegen sollten versuchen, die Bewohner des Wohnhauses ausfindig zu machen. Das durfte nicht allzu schwierig sein. Name und Arbeitsstelle von Gertrude und Fabian Köhler waren bekannt. Vielleicht wusste man dort, wo das Ehepaar steckte. Auch Freunde und Verwandte konnten gegebenenfalls Auskunft erteilen. Im Haus hatte Flottmann bereits nach Hinweisen gesucht, aber nichts gefunden.

Besonders zuversichtlich war er nicht, dass die Spur tatsächlich von den Bewohnern zum Täter führte. Er warf einen Blick in Gerbers Mercedes, der abgeschlossen auf dem Hof stand. Dann fuhr er zurück zur Dienststelle.

»Habt ihr eine Spur von Gerber?«, fragte Flottmann, als er das Büro betrat.

»Nein. Ich hab eine Mobilfunkortung veranlasst.«

»Für Gerbers Handy? Das kannst du vergessen. Das liegt völlig zertrümmert im Haus der Köhlers. Die Ortung bringt uns nicht weiter. Aber die IT-Forensiker werden das Gerät untersuchen.«

»Wir sollten die Verbindungsdaten seines Handys checken. Der Täter könnte schon mal mit ihm telefoniert haben.«

»Unwahrscheinlich. Aber wir dürfen nichts unversucht lassen.«

Flottmann hatte sich gerade an seinen Schreibtisch gesetzt, als sein Telefon klingelte.

»Hier ist Ralph. Wir haben rausgefunden, wo das Ehepaar Köhler steckt. Sie machen Urlaub in Südfrankreich. Ich hab mit ihnen gesprochen. Außer den Arbeitskollegen und ihren erwachsenen Kindern haben sie niemandem davon erzählt. Die beiden Söhne hab ich noch nicht erreicht. Auf jeden Fall hab ich dem Paar den Urlaub vermasselt. Wurde im Haus etwas gestohlen?«

»Ich glaube nicht. Danke, Ralph.«

Flottmann legte auf.

»Wer war das?«, fragte Hilgersen.

»Lohmeyer. Die Köhlers sind in Frankreich. Vermutlich hat der Täter das Gebäude ganz einfach ausspioniert und Gerber unter einem Vorwand dorthin gelockt. Warum ausgerechnet ihn? Verflucht, uns sollte ganz schnell etwas einfallen!« Flottmann schlug mit der flachen Hand auf die Schreibtischunterlage.

## 34

»Verdammt! Verdammt!« Er setzte die Paddles des Defibrillators erneut an und drückte ab. Gebannt starrte er auf den Monitor. Der Fluch half! Die flache Linie verwandelte sich in eine Sinuskurve, und der durchdringende Pfeifton ging in ein regelmäßiges Piepen über. Das Herz hatte wieder zu schlagen begonnen. Blutdruck und Puls kamen zurück. Er legte die Paddles auf den Rollwagen und ließ sich erschöpft auf den Stuhl fallen. Mit dem Ärmel seines weißen Kittels wischte er sich die Stirn ab und rückte den Mundschutz zurecht.

Er wartete noch einige Zeit, bis sich Gerbers Zustand weiter stabilisiert hatte. Dann beugte er sich vor und nahm ihm die Beatmungsmaske vom Gesicht.

»Sie waren zwölf Minuten weg. Wie fühlen Sie sich?«

Gerber sah ihn mit glasigen Augen an. Er zerrte an seinen Fesseln, bevor er die Lider erneut schloss.

»Bleiben Sie wach! Nicht einschlafen!«

Gerber öffnete die Augen.

»Sie müssen mir erzählen, was Sie während Ihrer Bewusstlosigkeit erlebt haben. Hören Sie? Das ist wichtig! Wenn Sie sich nicht erinnern, müssen wir den Versuch wiederholen. Das könnte brenzlig für Sie werden.« Gerber war labil. Die Drohung würde wirken, und er würde die Wahrheit sagen, auch ohne Lügendetektor.

»Was wollen Sie von mir?« Endlich äußerte er sich.

»Sie sollen mir nur berichten, was Sie gesehen und gehört haben. Weiter nichts. Wenn Sie mir wahrheitsgemäß berichten, werde ich Sie laufen lassen.« Er ergriff den Handschalter, der neben der Liege hinunterbaumelte, und brachte Gerber fast in Sitzposition.

»Ich habe wunderschöne Musik gehört und eine Landschaft aus Licht gesehen.«

»Beschreiben Sie mir alles ganz genau.«

»Das kann man nicht. Die Musik war außergewöhnlich. Sie war nicht von dieser Welt und verschmolz mit der Landschaft. Ich muss …«

»Ja?«

»Noch ist die Musik in meinem Kopf. Wie ein Bild sehe ich sie vor mir. Ein akustisches Gemälde. Ich darf die Komposition nicht vergessen. Ich muss sie auf meiner Gitarre nachspielen!«

»Das wird nicht gehen. Die versprochene Martin-Gitarre existiert leider nicht. Ich hätte Ihnen ein anderes Instrument besorgen sollen. Das nicht zu tun war ein Fehler.«

»Sie hatten recht. Ich hatte Zugang zu etwas Großartigem. Vielleicht hab ich das schon immer gehabt. Aber noch nie so intensiv. Lassen Sie mich gehen! Ich kann das Erlebnis in Töne umsetzen. Glauben Sie mir!«

Gerber stemmte sich gegen die Riemen, die fest um seine Hände und Füße geschnallt waren. Er hatte keine Chance, sich daraus zu befreien.

»Lassen Sie das! Es hat keinen Sinn, Sie verletzen sich nur.«

Spielte Gerber ihm etwas vor, oder war er tatsächlich ergriffen von dem, was er erlebt hatte? Der Lügendetektor könnte Klärung bringen. Nein, er war sich sicher, dass der Musiker die Wahrheit sagte. Seine Emotionen waren echt. Obwohl er sich in Lebensgefahr wähnen musste, dachte er offenbar nur daran, seine Eindrücke in eine Komposition umzusetzen. Das war beeindruckend. Aber was war mit dem Symbol? Hatte er es gesehen?

»Ich will genauer wissen, was Sie erlebt haben. Haben Sie von oben auf Ihren Körper geschaut? Hatten Sie das Gefühl, an der Decke zu schweben? Schildern Sie, was Sie beobachtet haben!«

»Die Landschaft und die Musik«, antwortete Gerber leise.

»Konzentrieren Sie sich! Haben Sie ein Symbol gesehen? Dort oben, auf der Plattform des Infusionsständers?«

»Ein Symbol? Nein. Ich weiß nicht, was Sie meinen.«

»Verdammt!« Der Doktor lief aufgeregt im Raum hin und her. Er war sich sicher, dass Gerber für einige Zeit den Zugang zum globalen Bewusstsein erlangt hatte. Dass auch er das Symbol nicht gesehen hatte, war eine Niederlage. Die Sensibilität des Musikers hatte er als gute Voraussetzung für das Gelingen gehalten. Das ganze Projekt war voller Rückschläge. Aber so war das in der Forschung. Damit stand er nicht allein da. Aufgeben kam nicht in Frage.

Was sollte er jetzt tun? Den Versuch wiederholen? Er brauchte Zeit zum Nachdenken. Doch zunächst wollte er seine Aufzeichnungen aktualisieren. Er verließ den Versuchsraum, ging ins Arbeitszimmer und schaltete seinen Computer ein. Eine saubere Dokumentation war er nicht zuletzt den Probanden schuldig.

Er entfernte den Mundschutz und atmete tief durch. Doch seine Erregung wollte nicht abklingen. Das Blut pochte in seinen Schläfen, und die Finger gehorchten ihm nur widerwillig. Zu allem Überfluss überfiel ihn in diesem Moment ein Flashback, der ungewöhnlich lange anhielt. Er sah das brennende Boot und seinen Vater hinter einer Wand aus Feuer, und er spürte das eiskalte Wasser, die Atemnot und die Angst, die ihn umklammerte.

\*\*\*

Die Polizei unter dem Kommando eines Hauptkommissars Hofmann war mit sechs Mann in sein Büro eingefallen. Das war lächerlich, fand Rothe. Sie räumten die wenigen Ordner, die in seinem Regal standen, in einen Wäschekorb und beschlagnahmten seinen Computer. Sogar den Papierkorb durchsuchten sie und verpackten den Inhalt in Tüten. Dabei hatte Rothe ihnen versichert, dass die Kuverts, in denen er das Geld erhalten hatte, bereits bei der Müllabfuhr gelandet waren.

Nachdem die Truppe mit der Beute abgezogen war, kroch Hachiko unter dem Besuchertisch hervor und legte sich zu Füßen seines Herrchens. Rothe ließ seinen Blick durch den Raum schweifen. Was würde das Chaos für einen Eindruck auf einen Kunden machen? In Anbetracht der überschaubaren Klientenzahl war das Problem nicht besonders groß. Trotzdem wollte er etwas aufräumen und die Lücken im Regal mit leeren Ordnern füllen. Ein alter Laptop von zu Hause musste den Computer ersetzen, wobei der eher als Dekoration dienen würde. Die emsigen Beamten hatten alle Speichermedien mitgenommen, sodass er keinen Zugriff auf die gesicherten Daten hatte. Außerdem war das Gerät selbst für Rothes bescheidene Ansprüche kaum noch einsetzbar.

Die Ermittler hofften, im E-Mail-Verkehr Anhaltspunkte für die Identität des anonymen Auftraggebers zu finden. Sicher würden sie auch versuchen, den Versender über die IP-Adresse zu identifizieren. Rothe glaubte kaum, dass ihnen das gelingen würde. Der Täter war vermutlich schlau genug, um so etwas zu verhindern. Es gab genug technische Möglichkeiten zur Verschleierung des Datenverkehrs.

Vielleicht hatte die Polizei vor, ihm auf irgendeine Weise eine Falle zu stellen. Dazu müsste sie in Rothes Namen Kontakt mit ihm aufnehmen. Da aber der Observierungsauftrag abgeschlossen war, würde auch das kaum funktionieren.

Gern hätte er die Ermittler unterstützt, auf welche Art auch immer. Aber offenbar wollte man seine Hilfe nicht. Rothe haderte damit, dass er, wenn auch unbeabsichtigt, Handlanger eines vermeintlichen Serienmörders gewesen war. Abgesehen vom moralischen Aspekt, war das keine gute Werbung für seine Dienste, falls es bekannt wurde.

Jetzt war ihm nur noch ein Fall zur Bearbeitung geblieben, der Mord an Hans-Werner. Eigentlich war auch dieser jetzt Sache der Polizei. Aber die war mit anderem beschäftigt, und Rothe hätte die Angelegenheit gern zum Abschluss gebracht und die Rechnung geschrieben.

Nachdem er sein Büro notdürftig aufgeräumt hatte, fuhr er mit Hachiko zum Kreishaus, parkte dort sein Auto und ging, mit seinem vierbeinigen Kollegen an der kurzen Leine, zum Haus des tatverdächtigen Hundemörders. Rothe betätigte die Klingel mit dem Schriftzug »Dietmar Sörensen«.

»Du bist still, verstanden?«, wies er Hachiko an. »Wenn der Typ Hundegebell hört, lässt er uns abblitzen.«

»Wer ist da?«, schallte es nach kurzer Zeit aus dem Lautsprecher der Sprechanlage.

»Rothe ist mein Name.«

»Kenne ich nicht. Was wollen Sie?«

»Sie haben einen Gutschein für eine Ballonfahrt gewonnen.« Das war nicht gerade einfallsreich, musste Rothe zugeben. Vielleicht hätte er sich vorher etwas Glaubwürdigeres zurechtlegen sollen. Andererseits war die Ankündigung so ungewöhnlich, dass sie schon wieder glaubhaft war.

»Eine Ballonfahrt?«

»Ja, Mann. Aber wenn Sie die nicht haben wollen, dann ...«

Ein Summen ertönte. Hund und Herrchen traten in den Hausflur. Sörensen wohnte im ersten Obergeschoss. Er hatte gerade die Wohnungstür geöffnet, als sich Hachiko losriss und an ihm vorbeirannte. Vielleicht hatte er die Köder gerochen, die der Hundemörder für weitere Anschläge aufbewahrte.

»Verdammter Köter! Was macht der hier?«, schrie Sörensen.

Rothe schob den leichtgewichtigen Mann beiseite und eilte Hachiko hinterher. Im Wohnzimmer bekam er die Leine wieder zu fassen und zog den Hund an sich heran.

»Bringen Sie das Tier hier raus!« Sörensen war den beiden Besuchern gefolgt, hielt aber gebührenden Abstand zum Vierbeiner, der ihn jetzt anbellte. Er sah mit seinem Viertagebart und dem fleckigen T-Shirt ähnlich schmuddelig aus wie die Einrichtung.

»Bleiben Sie ruhig, dann beißt er nicht!« Rothe nahm auf einem Stuhl Platz, der einigermaßen sauber aussah.

Hachikos Bellen ging in Knurren über.

»Aus!«, befahl Rothe. Er war überrascht, dass Hachiko auf der Stelle gehorchte und sich auf die Hinterbeine setzte.

»Sie mögen keine Hunde, nicht wahr?«

»Nein. Und Katzen auch nicht. Was ist jetzt mit der Ballonfahrt?«

»Darauf kommen wir später zu sprechen. Ich will zuerst wissen, wo Sie die Wurst versteckt haben.«

»Was? Was für eine Wurst? Wovon reden Sie?«

»Mein Kollege hier«, der Detektiv tätschelte Hachiko am Hals, »hat eine feine Spürnase. Er wird auch das Gift finden, das Sie hier oder im Keller versteckt haben.«

»Gift? Sie spinnen doch! Sie verschwinden jetzt mit Ihrem Köter, oder ich ruf die Polizei.«

»Das ist eine sehr gute Idee.« Rothe zog ein zerknittertes Foto aus seiner Jeanstasche und legte es geräuschvoll auf den Tisch. »Das sind Sie. Auf frischer Tat fotografiert.«

Sörensen trat einen Schritt vor, was Hachiko mit einem Knurren quittierte.

»Das bin ich nicht«, protestierte Sörensen, obwohl er aus der Entfernung unmöglich Details der Schwarz-Weiß-Aufnahme erkennen konnte. Dass diese lediglich zeigte, dass er das Plakat abriss, und deshalb als Beweisstück wenig taugte, war ihm vermutlich nicht klar. Er stellte sich an den Türrahmen und versuchte, eine lässige Haltung einzunehmen.

»Ich hab Sie im Schlosspark beobachtet. Mit einer Plastiktüte in der Hand. Ich könnte wetten, dass die noch irgendwo hier ist. Darin werden sich Spuren des Gifts befinden. So etwas lässt sich ganz leicht nachweisen.«

Mit Vergnügen beobachtete der Detektiv, dass Sörensen unruhig wurde.

»Ich bin schon dreimal von Hunden gebissen worden. Die Viecher haben es auf mich abgesehen. Man muss sich doch wehren können.«

»Okay. Jedenfalls haben Sie ein Motiv. Das wird ganz sicher berücksichtigt werden. Ich gebe Ihnen hiermit einen wertvollen Tipp. Sie rufen jetzt die Polizei. Das hatten Sie ja sowieso vor. Dann übergeben Sie den Beamten Ihre Restbestände an Bockwurst und Gift sowie die Plastiktüte. Wenn Sie sich selbst stellen, kommen Sie vielleicht mit einer Geldstrafe davon.«

Rothe zückte sein Smartphone. »Alternativ rufe ich jetzt an.«

»Können wir uns nicht anders einigen? Ich meine, ohne Polizei?«

»Nein, können wir nicht.« Rothe begann, auf seinem Handy rumzutippen.

»Okay, okay. Ich ruf selbst an. Mein Telefon steht auf dem Schrank. Halten Sie Ihr Monster fest.«

Rothe steckte das Smartphone in seine Jackentasche und packte Hachiko am Halsband.

Eine halbe Stunde später traf eine Streife ein, und Sörensen überraschte die Beamten mit einem Geständnis und der Übergabe umfangreichen Beweismaterials. Der Mord an Hans-Werner und Artgenossen war aufgeklärt.

## 35

Gerber benötigte einige Zeit, um sich zu orientieren. Wie lange war er bewusstlos gewesen? In dem Getränk, das der Entführer ihm gegeben hatte, musste ein Betäubungsmittel gewesen sein. Rücken und Beine schmerzten. Sein Schädel brummte. Um ihn herum war es dunkel. Er versuchte, seine Glieder zu strecken, stieß aber auf Widerstand. Er lag im Kofferraum eines Autos. Die Erschütterungen zeigten, dass es in Bewegung war. Er vernahm Motoren- und Reifengeräusche. Aber alles klang fremdartig. Seine Hände waren mit einem Kabelbinder zusammengebunden. Da sie nicht hinter dem Rücken gefesselt waren, gelang es ihm leicht, die Ohrstöpsel zu entfernen. Endlich konnte er wieder normal hören. Mit eingeschränktem Hörsinn hatte er sich hilflos gefühlt, zumal ihm seine Augen in der Dunkelheit nur wenig nützten.

Durch eine Ritze fiel ab und zu etwas Licht, das aber nicht ausreichte, um etwas zu erkennen. Aufgrund seiner Lage war auch sein Tastsinn weitgehend eingeschränkt. Dennoch suchte er mit Händen und Füßen nach Gegenständen, die ihm als Werkzeug dienen konnten, um sich zu befreien oder sich gegen den Entführer zu wehren. Aber da war nichts. Nicht einmal ein Verbandskasten oder ein Warndreieck. Im Verbandskasten hätte er vielleicht eine Schere gefunden, mit der er den Kabelbinder hätte durchschneiden können. Er schloss nicht aus, dass sich unter der Abdeckung, auf der er lag, ein Wagenheber befand. Aber er hatte keine Chance, da ranzukommen.

Gerber veränderte die Position, um seinen Kopf in eine bequemere Lage zu bringen. Mit ausgestreckten Händen konnte er die Stelle erreichen, an der die Verriegelung war. Bei manchen Autos befand sich in der Nähe ein Knopf oder Schalter, mit dem man den Kofferraum von innen öffnen konnte. Aber auch diese Hoffnung wurde enttäuscht.

Sollte er versuchen, die Bremslichter mit den Füßen herauszutreten? Dann bestand die Chance, dass ein Verkehrsteilnehmer oder gar eine Polizeistreife auf ihn aufmerksam wurde. Gerber hatte die Überlegung gerade angestellt, als das Fahrzeug in eine unbefestigte Straße einbog. Die Reifengeräusche ließen auf einen Sandweg schließen. Wenig später stoppte die Fahrt. Er hörte, wie eine Autotür geöffnet und wieder zugeschlagen wurde. Gerber blieb nichts anderes übrig, als sich seinem Schicksal zu ergeben.

Der Kofferraumdeckel sprang auf, und eine Taschenlampe blendete ihn. Der Lichtstrahl wanderte zu den Stöpseln, die Gerber herausgenommen hatte. Vielleicht war das der Grund, warum der Entführer nichts sagte. Gerber schöpfte Hoffnung. Auch die Verkleidung mit schwarzer Perücke und Sonnenbrille war ein gutes Zeichen. Allerdings konnte er sie auch angelegt haben, um unterwegs nicht von anderen erkannt zu werden. Der Mann schwenkte mit der Taschenlampe hin und her und trat einige Schritte zurück, was Gerber als Aufforderung verstand auszusteigen. Mit Mühe schaffte er es trotz der Fesselung.

Der Vollmond spendete genug Licht, um die nahe Umgebung erkennen zu können. Sie befanden sich in einem Waldstück, auf einer Anhöhe, vielleicht in der Schobüller Gegend. Gerber erkannte erst jetzt, dass eine Pistole auf ihn gerichtet war. Eine Flucht wäre sinnlos gewesen. Wenn er schon sterben musste, sollte ihn ein sauberer Schuss treffen. Er lehnte sich an die Karosserie. Apathisch wartete er auf das, was passieren würde. Noch einmal gingen ihm Szenen der Vergangenheit durch den Kopf. Seine Gedanken ließen sich nicht steuern, und es war absurd, nein, geradezu zynisch, dass er im Geiste die Melodien hörte, die er während seiner Bewusstlosigkeit empfangen hatte.

∗∗∗

Rothe saß am aufgeräumten Schreibtisch, und Hachiko hatte seinen Stammplatz zu Herrchens Füßen eingenommen. Der antiquarische Laptop rauschte wie ein amerikanisches Klimagerät und täuschte etwas Betriebsamkeit im Büro vor. Abgesehen von den immer noch andauernden Gewissensbissen und den Kollateralschäden, die der Durchsuchungstrupp angerichtet hatte, konnte er eigentlich zufrieden sein. Er hatte den Hundemörder überführt und damit nicht nur der Kundin Genugtuung verschafft, sondern auch weiteres Leid von Hachikos Artgenossen abgewendet. Neue Aufträge ließen leider auf sich warten. Er war sozusagen vorübergehend arbeitslos geworden. Vermutlich würde sich die Polizei noch einmal an ihn wenden. Schließlich war er es gewesen, der Kontakt zu dem Serientäter gehabt hatte, und nur ihm konnte es gelingen, die Verbindung wieder herzustellen.

Hauptkommissar Flottmann hatte zwei Personen genannt und gefragt, ob er sie observiert habe. Rothe hatte sich die Namen gemerkt. Daniela Herzog und eine Frau Fassbinder. Deren Vornamen hatte er vergessen. Obwohl er beide Namen nicht kannte, hatte irgendetwas bei ihm geklingelt. Er hatte mehrmals darüber nachgedacht, was das gewesen sein könnte. Nun fiel es ihm plötzlich ein. Auf die Anzeige, die er kurz nach der Firmengründung aufgegeben hatte, hatte sich ein potenzieller Kunde gemeldet. Es war um die Aufdeckung von Schwarzarbeit gegangen. Sogar eine Telefonnotiz hatte Rothe darüber angelegt und in den Ordner »Akquisition« geheftet, den die fleißigen Beamten mitgenommen hatten. Aus dem Auftrag war nichts geworden. Allerdings erinnerte sich Rothe daran, dass der Anrufer erzählt hatte, er sei gezwungen gewesen, sich einen neuen Detektiv zu suchen, weil seiner »abgebrannt« sei. Dummerweise hatte Rothe nicht nachgefragt, wie das zu verstehen sei. Vielleicht hatte der Anrufer die Bemerkung wörtlich gemeint. Und vielleicht war Rothes anonymer Kunde aus demselben Grund zu ihm gewechselt.

Rothe verwarf den Gedankengang. Vermutlich würden die Ermittler sowieso alle Detekteien abtelefonieren, um herauszufinden, wen der Täter vielleicht zuvor schon für Recherchen engagiert hatte. Was sollte er sich in die Ermittlungen einmischen?

Rothe stand auf. Ein Spaziergang im Husumer Industriegebiet

würde für einen klaren Kopf sorgen. Hachiko war wie immer vor ihm an der Tür. Sein Schwanz pochte rhythmisch gegen den Aktenschrank. Rothe klinkte die Leine ein und verließ das Büro.

Hachiko verlangte alle hundert Meter nach einem Leckerli. Bevor sie ins Büro zurückkehrten, trank er eine Pfütze leer, die der Regen in der Nacht hinterlassen hatte. Rothe gönnte sich dagegen zur Belohnung für das absolvierte Fitnesstraining ein kühles Bier. Er legte die Füße auf den Schreibtisch und wartete, dass jemand anrief und nach seinen Diensten verlangte. Aber das Telefon blieb schon seit Tagen stumm.

Zum Surfen im Internet war der Laptop einigermaßen brauchbar. Rothe stellte die Bierflasche ab und nahm die Füße vom Schreibtisch. Er startete den Browser und gab die Kombination »Brand« und »Detektei« in die Suchmaschine ein. Wie erwartet, wurden Detektivbüros mit Namen Brand sowie Angebote zur Klärung von Versicherungsschäden angezeigt. Doch dann wurde er auf eine Zeitungsmeldung aufmerksam. In der Gemeinde Rantrum, die keine zehn Kilometer von Husum entfernt lag, hatte es in einem Wohnhaus ein Feuer gegeben. Er las: »Das Gebäude brannte bis auf die Grundmauern nieder. Der vierzigjährige Mieter kam dabei ums Leben. Nach Angaben der Polizei betrieb er im Erdgeschoss ein Detektivbüro. Die Polizei schließt Brandstiftung nicht aus. Ob ein Zusammenhang mit der Tätigkeit des Bewohners besteht, ist bisher unklar. Eine Angestellte, die halbtags dort beschäftigt war, hatte das Gebäude eine halbe Stunde vor dem Ausbruch des Feuers verlassen ...«

Rothe stupste Hachiko mit dem Fuß an. »Was meinst du, Dr. Watson, was sagt deine Nase? Da stinkt doch was, oder?«

Watson schwieg. Erst als Rothe aufstand, gab er Töne von sich. Er kroch unter dem Schreibtisch hervor und streckte sich.

Eine halbe Stunde später fuhren sie durch Rantrum. Da in dem Zeitungsartikel keine genaue Stelle angegeben war, war Rothe auf die Auskunft von Anwohnern angewiesen. Jeder im Dorf wusste, wo sich die Brandruine befand, und konnte etwas zum Vorfall erzählen. So erfuhr Rothe allerlei Gerüchte, aber auch den Namen des umgekommenen Mieters und den des Eigentümers. Der Mieter hieß André Kohrt, der Eigentümer Joseph Jansen. Dieser hatte als Kind selbst in dem besagten Haus gelebt und es später von den Eltern geerbt. Irgendwann war er nach Schleswig gezogen, wo er ein Bauunternehmen gegründet hatte.

Das Gebäude lag im Osten des Dorfes. Es war mit einem Zaun abgesichert. Das Dach war eingestürzt, die Fensterscheiben zerborsten, und überall lag Schutt herum. Vermutlich würde das Haus abgerissen werden. Dass das noch nicht geschehen war, konnte viele Gründe haben. Vielleicht waren die Ermittlungen zur Brandursache nicht abgeschlossen, und die Versicherung hatte noch kein grünes Licht gegeben.

Zurück im Büro, versuchte Rothe den Eigentümer zu kontaktieren. Er fand die Homepage des Unternehmens und telefonierte sich zu ihm durch. Der Mann gab nur unwillig Auskunft. Rothe erfuhr nicht viel Neues über den Brand, aber Jansen konnte sich an den Namen der Mitarbeiterin erinnern, die in der Detektei beschäftigt gewesen war. Sie habe ihn ab und zu angerufen, wenn es Probleme mit dem Mietobjekt gegeben hatte.

Gegen Abend hatte Rothe sie am Telefon. Sie hieß Mareike Frank, der Stimme nach noch keine dreißig Jahre alt.

»Ich bin sozusagen ein Kollege Ihres früheren Arbeitgebers, von Herrn André Kohrt. Ich hab von dem Unglück gehört und hätte ein paar Fragen an Sie.«

»Ich hab damals alles der Polizei gesagt.«

»Ja, ich weiß. Ich will Sie auch nicht lange belästigen. Es ist nur so, dass wohl einige Ihrer Kunden beziehungsweise der Detektei Kohrt zu mir gekommen sind, damit ich ihre Angelegenheiten weiterbearbeite.«

»Da sind Sie bei mir an der falschen Adresse. Ich hab mit den Aufträgen nichts zu tun gehabt. Ich hab lediglich die Post und einigen Papierkram erledigt. André, ich meine, Herr Kohrt, hat alleine gearbeitet.«

»Trotzdem können Sie mir vielleicht helfen. Haben Sie schon einmal die Namen Herzog und Fassbinder gehört?«

»Mein Freund heißt Fassbinder, und Herzog ist ein Allerweltsname. Den hab ich bestimmt schon oft gehört. Warum fragen Sie?«

»Ich meine, hat Herr Kohrt vielleicht Personen mit diesen Namen observiert?«

»Ich kann mich an eine Frau erinnern, die Fassbinder hieß, eben weil mein Freund den gleichen Nachnamen hat. So häufig ist der ja nicht. Ja, André hat die Frau im Auftrag eines Kunden beobachtet. Noch bis kurz vor seinem Tod. Ich erinnere mich, dass sie blind war.«

Rothes Adrenalinspiegel stieg augenblicklich an. »Wissen Sie noch, wer der Auftraggeber war?«

»Nein. Ich hab zwar die Rechnungen geschrieben, aber an wen die gingen, weiß ich nicht mehr. Ich glaube aber, dass sie gar nicht mit der Post verschickt wurden, sondern per E-Mail rausgingen. Und die Beträge wurden irgendwie als Bareinzahlungen verbucht. Aber mehr weiß ich wirklich nicht.«

»Vielen Dank, Frau Frank. Sie haben mir sehr weitergeholfen.«

»Bitte. Auf Wiederhören.«

»Wiederhören.«

Rothe lehnte sich zurück und schwang seine Füße auf den Schreibtisch. Er nahm einen Kugelschreiber in die Hand und tippte damit auf die Schreibtischunterlage. Der große Unbekannte hatte den Kollegen aus Rantrum auf dem Gewissen. Davon war er überzeugt. Belastbare Beweise hatte er natürlich nicht dafür. Die zu beschaffen, war sowieso Sache der Polizei. Wahrscheinlich war Kohrt dem Täter auf irgendeine Weise zu nahe gekommen. Vielleicht hatte er sogar dessen Identität herausgefunden. Rothe lächelte zufrieden. Er hatte gute Arbeit geleistet. Allerdings – sein Lächeln erstarb –, vielleicht war auch er in Gefahr. Die Polizei war bei ihm im Büro gewesen, und falls sie versuchte, in seinem Namen mit dem Mörder Kontakt aufzunehmen, könnte es auch für ihn brenzlig werden. Sein Vertrauen in die Beamten war begrenzt.

## 36

Gerber zitterte am ganzen Leib. Es war, als würde sein Körper mit Verspätung auf die Gefahr reagieren, die sich vor einigen Minuten in Luft aufgelöst hatte. Er stand in einem blauen Overall auf einem Feldweg. Langsam ging er in die Richtung, in die der Entführer fortgefahren war, und traf schließlich auf eine befestigte Straße. Obwohl er keine Ahnung hatte, wohin sie führte, wandte er sich nach rechts und lief einfach weiter. Nach einer halben Stunde durch die Einöde erreichte er den Ort Ahrenviöl. Es war zwei Uhr in der Nacht, und die Tankstelle des Dorfes hatte bereits geschlossen. Aber Gerber hatte Glück. Auf sein Klingeln öffnete ein Bewohner des Nachbarhauses. Der Mann, der die achtzig sicher weit überschritten hatte, ließ den seltsamen, barfüßigen Besucher in blauer Montur eintreten.

Gerber durfte das Telefon benutzen, um ein Taxi zu bestellen. Die Wartezeit verbrachten die beiden am Küchentisch bei einer Tasse Tee. Gerber war dankbar für das wärmende Getränk und froh, dass der Alte kein Gespräch mit ihm begann. Die beiden wechselten nur wenige Worte, so als sei die Situation nichts Besonderes.

Das Taxi kam, und Gerber bedankte sich für die Gastfreundschaft. Der Fahrer musterte ihn mit argwöhnischen Blicken, stellte aber ebenfalls keine Fragen. Zu Hause angekommen holte Gerber den Ersatzschlüssel aus der Garage und schloss die Haustür auf. Mit dem Geld, das er in einer Schreibtischschublade aufbewahrte, bezahlte er das Taxi.

Eigentlich hätte er in die Dusche gehen und eigene Sachen anziehen müssen. Und er hätte die Polizei und Laura benachrichtigen müssen, die ihn sicher bereits vermisste.

Nur eine halbe Stunde musste das warten, dann würde er alles erledigen. Er ging in sein Tonstudio und schaltete den Computer und das Mischpult ein. Er konnte es kaum erwarten, bis der Rechner hochgefahren war. Endlich konnte er die

Aufnahme starten. Er setzte sich auf den Hocker, nahm seine Akustikgitarre vom Ständer, stimmte sie und begann zu spielen. Es gelang ihm sofort, in die fremde Welt einzutauchen, die er während der Bewusstlosigkeit erlebt hatte. Die Finger wanderten über die Saiten, als würde sie ein Fremder führen. Gerbers Gedanken waren eingefroren, und keine Störung drang von außen ein. Erst als der letzte Ton verklungen war, kehrte er in die Realität zurück.

Zufrieden und glücklich stellte er die Gitarre ab. Er war so intensiv in sein Spiel versunken gewesen, dass er nicht bemerkt hatte, dass die LED-Lampe blinkte. Sie zeigte an, dass jemand seine Türklingel betätigte.

Er beendete die Aufnahme und eilte zur Haustür. Als er öffnete, stand Laura vor ihm.

»Verdammt! Wo warst du? Warum machst du nicht auf?« Sie versetzte ihm einen Schlag vor die Brust, sodass er rückwärts stolperte. »Ich hab das Taxi gesehen. Warum meldest du dich nicht? Die ganze Welt sucht nach dir!« Tränen liefen ihr übers Gesicht.

»Tut mir leid«, stotterte er. »Ich – ich musste etwas Wichtiges erledigen. Ich hätte dich gleich angerufen.«

»Wie siehst du überhaupt aus? Was ist passiert?« Sie trat auf ihn zu und umarmte ihn. Ihr leises Schluchzen mischte sich mit dem Knistern seines Schutzanzugs. Dicke Linien und bunte Sterne begleiteten die Geräusche. Seine synästhetische Wahrnehmung, die er sonst kaum noch beachtete, trat in diesem Augenblick deutlich hervor.

Erst jetzt bemerkte er, wie erschöpft er war. Er befreite sich aus ihrer Umklammerung und schloss die Tür.

»Ich erkläre dir alles. Und dann muss ich dringend unter die Dusche und – es tut mir leid. Es war alles so schrecklich und verwirrend.« Er ließ sich im Wohnzimmer auf die Couch fallen.

Laura setzte sich in einen Sessel. »Wir müssen Hauptkommissar Flottmann anrufen. Ich mach das.« Sie zog ihr Handy aus der Tasche und wählte.

»Leon ist zurück«, sagte sie mit einem Seufzer. »Er scheint

so weit in Ordnung zu sein. Aber ein bisschen durch den Wind ist er.« Sie lachte gequält. »Okay. Wir sind bei ihm zu Hause.«

Sie drückte die rote Taste. »Flottmann wird in einer halben Stunde hier sein. Am besten gehst du jetzt unter die Dusche und ziehst dir etwas anderes an. Das blaue Zeug steht dir überhaupt nicht.« Bei den letzten Worten schluchzte sie kurz auf.

Gerber kam gerade aus dem Bad, als Flottmann eintraf. Er setzte sich mit frischer Kleidung und nassen Haaren auf die Couch, während Laura dem Kommissar die Tür öffnete.

»Mann, hast du uns in Atem gehalten, Leon!« Flottmann betrat das Wohnzimmer und ließ sich kopfschüttelnd in einem der Sessel nieder. Laura nahm neben Leon Platz und griff nach seiner Hand.

Flottmann beugte sich vor. »Bist du in der Lage, uns alles zu erzählen? Wir haben es mit einem irren Serientäter zu tun, den wir möglichst schnell dingfest machen müssen. Deshalb ist jedes noch so kleine Detail wichtig, Leon.«

»Ich weiß nicht, ob er irre ist.«

»Er hat zwei Menschen – egal. Erzähl einfach, was passiert ist. Es ist wichtig.«

Gerber schilderte seine Erlebnisse ausführlich, wenn auch nicht vollständig chronologisch. Immer wieder kam er auf die Musik zu sprechen, die ihn nachhaltig beeindruckt hatte. Er brannte darauf, erneut in sein Tonstudio zu gehen, sich seine eigene Interpretation anzuhören und zu ergänzen. Er hatte das Gefühl, immer noch das akustische Gesamtbild vor Augen und Ohren zu haben, das er auf seine Art zum Leben erwecken musste. Doch er bemerkte, dass seine Hände zu zittern begannen. Langsam wurde ihm bewusst, dass er nur knapp dem Tod entronnen war.

»Ist dir irgendetwas an dem Entführer aufgefallen, was uns weiterhelfen könnte?«, fragte Flottmann.

»Er war komplett maskiert, und seine Stimme habe ich nur verzerrt gehört. Zum Schluss hat er seine Anweisungen nur noch mit Handzeichen und Gesten erteilt.«

»Was für ein Auto fuhr er?«

»Es war dasselbe, das ich vor dem Haus gesehen habe, zu dem er mich gelockt hat. Ein alter BMW, mindestens zehn Jahre alt, schätze ich. Vielleicht Modell 318. Aber ich habe nicht viel Ahnung von Autos. Und das Kennzeichen habe ich mir leider auch nicht gemerkt.«

»Es war genau das Modell. Wir haben den Wagen abgefackelt auf dem Parkplatz an der Dockkoogspitze gefunden. Er gehörte den Hausbesitzern. Weißt du, wie dich der Entführer aus dem Keller bis zum Wagen gebracht hat?«

»Er hatte mich betäubt. Ich habe davon nichts mitbekommen. Er muss mich über die Treppenstufen gezogen haben. Ich nehme an, dass ich zu schwer für ihn war, sodass er mich nicht weit tragen konnte. Wahrscheinlich hat er mich auf ähnliche Weise in das Verlies befördert. Ich hab überall blaue Flecken, an den Beinen und, soweit ich sehen konnte, auch am Oberkörper.«

»Wir haben am Wohnhaus, dort, wo du hingelockt worden bist, Schleifspuren gefunden. Das würde passen. Aber er hat dich in den Kofferraum gehoben. Kräftig muss er also sein. Wir gehen nicht davon aus, dass er einen Helfer hat. Du hast also nur den Keller gesehen und nichts anderes?«

»Ich bin erst im Keller beziehungsweise im Kofferraum wieder aufgewacht.«

»Hast du im Keller Geräusche gehört? Außenlärm, der etwas über den Aufenthaltsort verraten könnte? Dein Gehör hat uns ja schon so manches Mal weitergeholfen.«

»Ich hatte ja die ganze Zeit diese Stöpsel im Ohr. Aber von Weitem drangen Verkehrsgeräusche herein. Das Haus muss sehr abgelegen sein.«

»Sonst nichts? Denk nach.«

»Ich weiß nicht. Gib mir etwas Zeit.«

Flottmann zog ein Blatt Papier aus seiner Gesäßtasche und faltete es auseinander. »Wir haben ein Phantombild des Täters. Eines der Opfer hat ihn gesehen. Allerdings in seiner Verkleidung.« Er reichte Gerber den Computerausdruck.

»Das ist eindeutig der Mann, der während meines Konzerts im Publikum saß, und somit auch der, der mich in das Haus gelockt hat.«

»Gut. Falls dir noch etwas einfällt, ruf mich bitte sofort an. Übrigens will ich nicht ausschließen, dass sich auch die Flensburger Mordkommission an dich wendet. Außerdem wird jemand den Overall abholen. Ich glaube zwar nicht, dass wir daran Spuren des Täters finden werden, trotzdem muss er von der Kriminaltechnik untersucht werden.«

»Wieso Mordkommission? Wieso kommt jemand von der Mordkommission?«, fragte Laura entsetzt.

»Der Täter hat mindestens zwei Menschen auf dem Gewissen«, antwortete Flottmann und stand auf. »Und wir können nicht ausschließen, dass es weitere Opfer geben wird.«

## 37

Der Geruch des Benzins weckte Erinnerungen, schaurig und faszinierend zugleich. Er stellte den Kanister ab und blickte noch einmal in die Runde. Perfekt. Alles war so, wie es sein sollte. Es war schade um die teuren medizinischen Geräte. Aber sie hatten ihren Zweck erfüllt. Nicht alles war nach Plan verlaufen. Auch hatte er sich in mancher Hinsicht eindeutigere Ergebnisse erhofft. Das galt speziell für die Versuchsanordnung mit dem Symbol. Keiner der Probanden hatte es beschreiben können. Trotzdem waren seine Erkenntnisse sehr bedeutend für die Menschheit, und sie würden ein großes Interesse finden, sowohl in der Fachwelt als auch in der normalen Bevölkerung. Schließlich ging der Tod jeden an. Niemand konnte sich ihm entziehen, und jeder wollte wissen, was ihn danach erwartete.

Er zog die Schachtel aus der Hosentasche, entzündete ein Streichholz und ließ es auf den Boden fallen. Eine Feuerspur bewegte sich Richtung Pritsche. In wenigen Sekunden würde alles im Raum in Flammen stehen. Es würde einige Minuten dauern, bis das ganze Haus brannte, und mindestens eine halbe Stunde, bis die Feuerwehr anrückte. Sie würde nicht mehr viel ausrichten können. Was die Flammen nicht vernichteten, besorgte später das Löschwasser.

Die Pritsche brannte bereits lichterloh. Er starrte gebannt auf die lodernden Flammen. Sie zeichneten Figuren. Er konnte es ganz deutlich sehen. Aber sie waren nicht real. Die Rauchgase begannen sein Gehirn zu vernebeln und riefen Halluzinationen hervor. Es war Zeit, zu gehen, wenn er leben wollte. Schweiß tropfte von seiner Stirn. Der Tisch und die Stühle hatten jetzt Feuer gefangen. Er trat einen Schritt zurück, Richtung Tür, ohne seinen Blick von den Flammen zu wenden. Es war, als würden sie ihm etwas mitteilen wollen. Sein Leben lief im Zeitraffer vor ihm ab. Er sah, wie er den Benzinkanister am Abend vor dem Ausflug heimlich an Bord des Motorboots brachte. Er hatte seinen Vater vor sich, der voller Stolz am Ruder stand, während die Flammen aufloderten. Den eigenen Tod hatte er mit eingeplant. Aber es kam anders.

Das Boot war gesunken. Sein Vater war nie geborgen worden, doch er selbst hatte überlebt. Den Rettern war es gelungen, ihn zu reanimieren, dabei hatte er lieber sterben wollen. In den Minuten des Ertrinkens hatte er seine tote Mutter getroffen und ein Meer aus Licht, Liebe und Geborgenheit wahrgenommen.

Seine Augen brannten höllisch, und ein Hustenanfall riss ihn aus seinen Visionen und Gedanken. Aber dann waren die Visionen wieder da, noch deutlicher als zuvor. Er erschrak, als er sich erneut als Kind sah. Er befand sich im Keller des Elternhauses. Ihm war kalt. Das Feuer neben dem alten Sofa sollte ihn wärmen. Nur ein bisschen Zeitungspapier hatte er angezündet. Aber die Flammen ließen sich nicht bändigen. Sie schlugen höher und griffen auf die Möbel über. Rauch erfüllte den Raum. Was sollte er tun? Er drehte sich um und rannte die Treppe hinauf, raus aus dem Haus, weit weg, damit niemand erfuhr, was er getan hatte.

✵✵✵

Flottmann fuhr zurück ins Büro und setzte sich wortlos an seinen Schreibtisch.

Hilgersen sah von seinen Unterlagen auf. »Und? Hat Gerber neue Hinweise liefern können?«

»Nee. Aber er hat in etwa das Gleiche durchgemacht wie die anderen Opfer. Er hat überlebt, doch wenn du mich fragst, hat er bei der Sache einen Knacks abgekriegt. Er weiß es nur noch nicht. Aber er ist in guten Händen.«

»Laura Sonntag?«

»Ja.«

»Eine liebe und zuverlässige Partnerin kann Wunder bewirken. Franziska kann das auch. Sie ist sehr einfühlsam, wenn es mir mal nicht gut geht.«

»So? Was hast du denn für Probleme?«

»Das werde ich dir ganz bestimmt nicht erzählen. Einfühlsamkeit ist doch ein Fremdwort für dich. Jedenfalls, sofern es nicht um deinen Kater geht.«

»Lassen wir das. Beschäftigen wir uns lieber mit der Psyche unseres Täters. Die ist kompliziert genug. Mich beschäftigt immer noch die Tatsache, dass er offenbar bemüht ist, die Opfer am Leben zu halten, obwohl er damit ein hohes Risiko eingeht. Das scheint so eine Art Ehrenkodex zu sein.«

»Bisher hat er keine brauchbaren Spuren hinterlassen. Ich hab die Berichte der Kriminaltechnik gelesen. Weder auf der Kleidung der Toten noch auf den Overalls der anderen Entführungsopfer wurde DNA-Material gefunden.«

»Trotzdem geht er mit seiner Vorgehensweise ein hohes Risiko ein. Er will nicht töten. Er ist kein eiskalter Killer.«

»Hast du den Obduktionsbericht über Konstantin Domeyer, die zweite Leiche von der Husumer Au, gelesen?«

»Nee.«

»Domeyer ist verblutet, und bei ihm wurden dieselben Medikamente nachgewiesen wie bei den anderen Opfern. Er war also offenbar in der Gewalt unseres Täters. So viel zu deinem Ehrenkodex. Jemanden auf diese Art zu töten, zeugt von wenig Ehre.«

»Vielleicht hat er sich selbst umgebracht.«

»Und ist dann in die Au gesprungen.«

»Er hat seine aussichtslose Lage erkannt und sich die Pulsadern aufgeschnitten. Natürlich musste der Entführer ihn entsorgen.«

»Kann sein.«

Hilgersens Telefon klingelte.

»Herr Rothe. Was kann ich für Sie tun? Ich hab gehört, dass Sie den Mord an Hans-Werner aufgeklärt haben. – Ja, die Angelegenheit bearbeitet ein Kollege. Die Staatsanwaltschaft ist tätig geworden. Es nimmt jetzt alles seinen Lauf. – Eine Detektei in Rantrum? Was hat das mit unserem Fall zu tun? – Hm. – Hm. – Hm. – Hm. – Hm. Das ist 'n Ding.«

Flottmann hörte noch eine Weile zu. Es nervte ihn, dass er

nur die eine Hälfte des Gesprächs mitbekam. Deshalb ging er aus dem Büro, um für sich und seinen Kollegen einen Kaffee zu kochen.

Als er aus der Küche zurückkam, stellte er Hilgersens »Plattschnacker«-Tasse auf dessen Schreibtisch und trank einen Schluck.

»Was gibt es?«

»Eine interessante Entwicklung. Offenbar hat unser Täter nicht nur Rothes Dienste in Anspruch genommen, sondern auch die eines Detektivs aus Rantrum.«

»Rantrum?«

»Ein Dorf mit tausend Einwohnern. Es liegt ganz in der Nähe. Rothe hat erfahren, dass dieser Detektiv, André Kohrt hieß er, zumindest Simone Fassbinder observiert hat. Das ist ganz sicher kein Zufall.«

»Nee, bestimmt nicht. Dann sollten wir den Kollegen umgehend interviewen.«

»Das wird nicht gehen. Er ist vor einem halben Jahr bei einem Brand ums Leben gekommen.«

»Brandstiftung?«

»Ja, woher weißt du das?«

»Intuition. Könnte es nicht sein, dass unser ›Doktor‹ dabei die Hand im Spiel hatte?«

»Du meinst, er hat ihn beseitigt, weil der Detektiv herausbekommen hat, wer er ist? Wie war das mit dem Ehrenkodex?«

»Er könnte sich gezwungen gesehen haben, ihn zu beseitigen, um sein Vorhaben nicht zu gefährden. Wir müssen Hofmann über die Neuigkeit informieren. Das machst am besten du. Die Akte über die Rantrumer Brandstiftung liegt den Flensburgern bestimmt vor. Sie sollen uns aber in jedem Fall eine Kopie zuschicken.«

»Werde ich veranlassen. Und was machst du?«

»Was ich in solchen Fällen immer tue. Ich werde nachdenken.«

Flottmann nahm seine Grübelstellung ein. Die Füße auf dem Aktenbock, faltete er die Hände wie zum Gebet und ließ die Daumen umeinander rotieren. Ab und zu wurden seine Gedankengänge durch Hilgersens Ausrufe unterbrochen, der offenbar mit der Flensburger Mordkommission telefonierte. Endlich legte Hilgersen auf, und für kurze Zeit kehrte Ruhe im Büro ein.

»Du kannst aufhören, nachzudenken«, sagte Hilgersen. »Ich hab mit Sönke Klingenberg gesprochen. Weder Hofmann noch Böttcher waren erreichbar. Sie sind in Haselund.«

»Wo ist das?«

»Du solltest dich eigentlich langsam in der Gegend auskennen. Haselund liegt an der B 200 zwischen Flensburg und Husum. Sie haben den Fall gelöst.«

»Welchen Fall?«

»Na, welchen wohl? Sie wissen, wer der ›Doktor‹ ist.«

»Quatsch.« Flottmann nahm seine Füße vom Aktenbock. »Das ist nicht dein Ernst, oder?«

»Doch. In Haselund ist ein Haus abgebrannt. Im Keller hat man das ganze medizinische Zeug gefunden, das die Opfer beschrieben haben. Und eine Leiche.«

»Eine Leiche? Wer ist es?«

»Sie konnte noch nicht identifiziert werden. Offenbar hat sich der Täter selbst umgebracht.«

»Wer hat dort gewohnt?«

»Keine Ahnung. Das wusste Sönke nicht.«

»Warum sollte der Täter sich selbst umbringen?«

»Vielleicht war es von Anfang an seine Absicht, sich nach Abschluss der Versuche das Leben zu nehmen.«

»Ein Feuertod ist alles andere als schön. Er hätte bessere Möglichkeiten zur Verfügung gehabt.«

»Mancher wählt gezielt eine Methode, zu der er irgendeinen Bezug hat. Es gibt Leute, die gehen ins Wasser, andere verbrennen sich auf offener Straße, um eine politische Botschaft zu übermitteln. Unser Mann hat ganz sicher auch eine Botschaft. Na ja, jedenfalls weiß er jetzt genau, wie es im Jenseits aussieht.«

»Mich überzeugen deine Argumente nicht. Jemand treibt einen derartigen Aufwand, um etwas über das Leben danach zu erfahren. Und dann bringt er sich um? Was ergibt das für einen Sinn?«

»Ich finde das sehr logisch. Er hat durch seine Versuche herausgefunden, dass etwas sehr Schönes auf ihn zukommt. Warum soll er dann noch warten, bis wir ihn ins Gefängnis stecken oder er mit hundertfünf Jahren vor sich hinsiecht? Da wählt er lieber jetzt schon den Weg ins Paradies.«

»Oh Gott.« Flottmann schüttelte den Kopf.

»Ja, genau.« Hilgersen grinste.

Flottmann war mit den Entwicklungen unzufrieden. Vielleicht ärgerte er sich auch nur über sich selbst und wollte nicht wahrhaben, dass den Flensburgern die Lösung des Falls auf so einfache Weise in den Schoß gefallen war.

»Hofmann und Kollegen sind vor Ort? Wieso haben sie uns nicht informiert?«

Hilgersen zuckte mit den Schultern. »Das hätten sie wohl noch getan. Vermutlich wollen sie uns und der Öffentlichkeit den Täter auf dem Silbertablett präsentieren.«

»Ich ruf Hofmann an.« Flottmann rief die Telefonliste aus dem Intranet auf, und eine Minute später hatte er Hofmann am Apparat.

»Ich hab gehört, dass ihr den Täter habt und jetzt eine Party in Haselund feiert«, polterte er los. »Wieso sind wir nicht eingeladen?«

Hofmann benötigte einige Sekunden für eine passende Antwort. »Es sind nur Ehrengäste in weißen Ganzkörperkostümen willkommen. Und Auserwählte der Mordkommission. Aber wir nehmen gerne Glückwünsche aus der Provinz entgegen.«

»Und da lasst ihr uns hier im Trüben fischen?«

»Wir hätten euch schon noch informiert. Wir haben ein abgebranntes Haus mit einer männlichen Leiche gefunden. Es spricht alles dafür, dass es der Hausbesitzer Lothar Schwerthfeger ist.«

»Was? Schwerthfeger?«

»Wir hatten ihn sowieso schon lange in Verdacht. Allerdings hatten wir keinen Anlass zu einer Hausdurchsuchung. Sonst hätten wir die Spritzen und medizinischen Geräte bei ihm gefunden. Die sind jetzt alle verkohlt oder dahingeschmolzen.

Mehr wissen wir noch nicht. Wir werden euch selbstverständlich auf dem Laufenden halten.« Das Wort »selbstverständlich« betonte er besonders.

»Wurde beim Toten der Schlüsselbund mit dem keltischen Kreuz gefunden?«

»Ach, der. Den müssen wir noch suchen.«

Die Verbindung wurde unterbrochen.

»Arroganter Arsch.« Flottmann knallte den Hörer auf die Gabel.

»Mann, du hast ja wieder mal eine Scheißlaune. Was war mit Schwerthfeger?«

»Es war sein Haus, das abgebrannt ist. Vermutlich Suizid. Weber hatte uns den Namen genannt. Was wissen wir über ihn?«

»Nichts, außer dass er ›der Pfarrer‹ genannt wurde und zu den ›Nadelöhr‹-Teilnehmern gehörte.«

»Wieso haben wir ihn nicht befragt?«

»Weil es der Job von Hofmann und seinen Mitarbeitern war.«

»Ich mach Feierabend. Ich hab genug für heute.« Flottmann stand auf und verließ das Büro.

**38**

Flottmann schmuste erst mit Bogomil und dann mit Lena. Sie war noch am Abend bei ihm vorbeigekommen, nachdem sie am Telefon seine schlechte Laune bemerkt hatte. Er erzählte ihr nicht die Ursache dafür, und sie fragte nicht danach. Es wäre ihm auch schwergefallen, ihr alles zu erklären. Im Grunde ärgerte er sich, dass er sich ärgerte. Der Fall war gelöst, und Hofmann würde die Lorbeeren ernten. Das sollte ihm egal sein. Schließlich kam es nur darauf an, dass der Serientäter aus dem Verkehr gezogen war. Alles andere war unwichtig. Persönliche Eitelkeiten durften keine Rolle spielen. Trotzdem hatte Flottmann das Gefühl, als Verlierer dazustehen.

Lena blieb über Nacht und verscheuchte seine Verdrossenheit. Das Bett war etwas schmal für zwei Personen und einen Kater. Trotzdem schlief er gut. Am nächsten Morgen war er ausgeruht und hatte sogar das Frühstück fertig, bevor Lena aufstand. Sie hatte einen freien Tag, und auch er wollte es langsam angehen lassen.

»Es lohnt sich ja kaum noch für dich, ins Büro zu kommen«, empfing Hilgersen ihn, »weißt du, wie spät es ist?«

»Nee.«

»Fast zehn Uhr.«

»Ach. Liegt denn was an? Jetzt, nachdem unser wichtigster Fall gelöst ist, musst du doch keine Hektik mehr verbreiten.« Flottmann setzte sich an seinen Schreibtisch, schaltete den Computer ein und vollführte eine Runde auf dem Drehstuhl.

»Jedenfalls scheint deine Laune besser als gestern zu sein.«

»Gut beobachtet. Ich werde mich durch die unblutigen Fälle durcharbeiten, die seit Wochen auf meinem Schreibtisch vergilben.«

»Die vorläufige Obduktion hat ergeben, dass die Leiche tatsächlich Schwerthfeger ist. Ihm gehörte das Haus. Er hatte übrigens einen Schlüsselbund mit einem Anhänger bei sich. Ein Kreuz mit einem Kreis in der Mitte. Es wird der gewesen sein, den Daniela Herzog beim Täter gesehen hat. In der Garage, die noch teilweise instand war, hat man genau die Medikamente gefunden, die die Rechtsmediziner bei den toten Opfern festgestellt hatten. Heute Nachmittag gibt es eine Pressekonferenz in Flensburg. Hofmann wird da bestimmt ganz groß rauskommen. Willst du hin?«

»Nee, bestimmt nicht. Du?«

»Nee.«

»Sag mal, können wir uns wirklich sicher sein, dass wir es mit einem Einzeltäter zu tun haben?«

»Hast du plötzlich Zweifel daran?« Hilgersen sah Flottmann überrascht an.

»Nein.«

»Selbst wenn er jemanden hatte, der ihm geholfen und zum Beispiel die Medikamente und die Geräte beschafft hat, wird von dem keine Gefahr mehr ausgehen. Die Geräte bekommt man wahrscheinlich ohne Probleme bei eBay. Woher Schwerthfeger die Medikamente hatte, wird das K1 schon ermitteln.«

»Somit ist unser Job in der Sache erledigt. Ich bin froh darüber.«

»Wirklich?«

Flottmann schwieg.

»Simone Fassbinders Bewachung hab ich abgeblasen«, sagte Hilgersen. »Außerdem hab ich sie und Daniela Herzog gleich heute Morgen darüber unterrichtet, dass der Täter nicht mehr am Leben ist. Sie sollten das nicht erst aus den Nachrichten erfahren.«

»Gut.« Flottmann nahm einen Stapel Akten in die Hand und sortierte sie nach Dringlichkeit. Der Vorgang »Zigarettenautomat mit Trecker aus der Verankerung gerissen« hatte zwar nicht die höchste Priorität, klang aber interessant.

Er hatte gerade die Mappe aufgeschlagen, als sein Telefon klingelte. Gerber war am Apparat.

»Hallo, Leon, wie geht es dir?«

»Gut. So merkwürdig es auch klingt, aber die Erlebnisse haben mich aufgewühlt und mir neue Impulse für meine Musik gegeben.«

»Warst du beim Arzt oder bei einem Psychologen?«

»Nein. Mit mir ist alles in Ordnung. Manchmal träume ich merkwürdige Sachen, die mit der Entführung zusammenhängen. Aber das geht bestimmt wieder vorbei. Ich sollte anrufen, wenn mir noch etwas einfällt.«

»Der Täter wurde tot aufgefunden. Ich hätte dich noch heute darüber informiert.«

»Das ist eine gute Nachricht, wenn man das über den Tod eines Menschen sagen darf.«

»In diesem Fall darf man das. Aber erzähl, was ist dir eingefallen? Was wolltest du mir mitteilen?«

»Ich hatte doch diese Stöpsel im Ohr, die meinen Hörsinn verfälscht haben. Als ich im Kofferraum lag, habe ich sie irgendwann herausgenommen. Von der Zeit an habe ich die Geräusche weitgehend unverfälscht wahrgenommen, obwohl der Reifen- und Motorlärm ziemlich dominant war. Aber die Reifengeräusche sind es gerade, die interessant gewesen wären. Wie du weißt, habe ich ein gutes Gedächtnis für so etwas.«

»Ich ahne, worauf du hinauswillst. Du könntest den Weg anhand der gehörten Töne rekonstruieren?«

»Es wäre einen Versuch wert gewesen, ist jetzt aber wohl überflüssig, wenn ihr den Täter bereits habt.«

»Ganz und gar nicht. Man kann nie genug Beweise haben. Du warst im Kofferraum des BMW gefangen. Zur Rekonstruktion müsste man die Situation nachstellen. Sollten wir dasselbe Modell für das Experiment besorgen?«

»Das wäre hilfreich. Am besten mit der gleichen Bereifung und Ausstattung. Allerdings gibt es da noch ein Problem. Nachdem ich freigelassen wurde, bin ich eine halbe Stunde herumgeirrt, bis ich in Ahrenviöl ankam. Ich weiß nicht, ob ich den Ausgangsort wiederfinde. Mein optischer Orientierungssinn ist nicht besonders gut. Aber ich glaube, dass es mir gelingen wird.«

»Dann kümmere ich mich um den Wagen. Ich melde mich wieder. Tschüss, Leon.«

Hilgersen vollführte eine halbe Drehung mit seinem Schreibtischstuhl. »Was hast du vor? Ich denke, du bist froh, dass der Fall für uns erledigt ist.«

»Bin ich auch. Aber irgendwas kribbelt in meinem Bauch.«

»Vielleicht hast du dir den Magen verdorben.«

»Kann schon sein. Sag mal, kennst du jemanden, der einen alten BMW 318 fährt? So einen, wie die Köhlers hatten.«

»Nee. Aber guck doch mal im Internet nach Gebrauchtwagen. Es würde mich sehr wundern, wenn du da nichts finden würdest.«

»In seltenen Fällen hast du gute Ideen, Gustl.«

»Du meinst, dass du in seltenen Fällen zugibst, dass ich eine gute Idee habe.«

»Hm. Deine Interpretation gibt mir zu denken.«

Flottmann fragte die Daten des Fahrzeugs bei der Zulassungsstelle ab. Eine Unsicherheit war der Reifentyp, der auf Köhlers Auto montiert gewesen war. Da er aber sowieso nur zwei Angebote für das passende BMW-Modell im näheren Umkreis ausfindig machen konnte, durfte er nicht wählerisch sein. Es gelang ihm, einen der Verkäufer zu überreden, der Polizei den Wagen für einen Tag zur Verfügung zu stellen. Vielleicht hoffte der Besitzer auf einen Bonus bei der nächsten Verkehrskontrolle. Wahrscheinlich handelte es sich jedoch um einen selbstlosen Bürger, der der Polizei freundlich gesinnt war. Flottmann versprach ihm einen Gutschein für ein Abendessen zu zweit im Restaurant »La Mer«. Natürlich würde er die Kosten selbst übernehmen müssen. Solch eine Aktion offiziell durchzuführen, hätte die Bürokratie an ihre Grenzen gebracht.

Der Besitzer des Fahrzeugs hieß Winfried Carstens, und er fuhr den BMW sogar bis zum Parkplatz des Polizeigebäudes. Auf die Frage, womit die Polizei solch eine Freundlichkeit verdiene, begann er zu erzählen. Seine Tochter hatte die Patenschaft für ein Schaf übernommen. Perla hatte sie es genannt. Ausgerechnet dieses Tier war ins Watt gelaufen und dort stecken geblieben. Ein Spaziergänger hatte die Polizei gerufen, die Perla mit viel Mühe gerettet hatte, bevor die Flut einsetzte. Der Tod des Schafes wäre eine Katastrophe für seine Tochter gewesen. Das Foto mit den schlickbesudelten Beamten und dem Schaf war in der Husumer Zeitung veröffentlicht worden. Seit der Rettungsaktion habe die Polizei etwas gut bei ihm. Eine schöne Geschichte, fand Flottmann. Er versprach, Carstens das Auto am nachfolgenden Tag zurückzubringen.

## 39

Es war stark bewölkt, aber trocken, als Flottmann Gerber am Morgen abholte. Sie fuhren in die Gegend, in der er freigelassen worden war. Den genauen Ort konnte er zunächst nicht finden. Es war dunkel gewesen, als er noch völlig benommen von den Ereignissen umhergeirrt war. Es dauerte über eine Stunde, bis er die Mündung des Feldwegs fand, den er entlanggelaufen war. Sie stiegen aus und gingen bis zu der Stelle, an der der BMW gehalten hatte. Gerber war sich sicher, dass sie den Ausgangspunkt entdeckt hatten. Flottmann wollte die Kriminaltechnik an den Ort schicken. Zwar würden die Reifenabdrücke kaum weiterführen, da das zugehörige Auto nicht dem Täter gehört hatte. Aber es war nicht ganz auszuschließen, dass er andere Spuren hinterlassen hatte. Obwohl der Täter nicht mehr am Leben war, mussten alle Beweise gesammelt und zusammengeführt werden. Dazu diente auch die jetzige Aktion. Viel versprach sich Flottmann nicht davon, aber einen Versuch war die Unternehmung wert.

Auf dem Weg zurück zum Auto sagte Flottmann: »Du legst dich dann also gleich in den Kofferraum. Kommst du damit klar?«

»Ja, ich glaube schon.«

»Wir bleiben mit dem Handy in Verbindung.«

»An der Einmündung musst du rechts abbiegen.«

»Woher weißt du das?«

»Ich erinnere mich genau an die Fliehkraft im Fahrzeug, als es im Schritttempo in den Weg fuhr. Wenn man im Kofferraum liegt, hat man vermutlich ein besonderes Gefühl dafür. Aber leider hab ich das nur für diese Kreuzung in Erinnerung. Mein Gedächtnis für die akustischen Ereignisse ist mit Sicherheit besser. Sie sind in meinem Kopf abgelegt und müssen nur in umgekehrter Reihenfolge abgerufen werden. Allerdings wird es nur für die Zeit funktionieren, in der ich keine Stöpsel im Ohr hatte.«

»Okay. Dann sollten wir loslegen.« Flottmann öffnete den Kofferraum.

»Unser Experiment wird nur weiterhelfen, wenn der Entführer den direkten Weg genommen hat. Es könnte sein, dass er Umwege gefahren ist, um eine solche Rekonstruktion zu verhindern.«

»Möglich, aber nicht sehr wahrscheinlich. Ich glaube nicht, dass er so weit gedacht hat. Ich vermute eher, dass er die Sache möglichst schnell hinter sich bringen wollte.«

Gerber nahm sein Smartphone aus der Hosentasche und stieg in den Kofferraum. Er nahm dieselbe Position ein wie beim Transport durch den Täter. »Du musst etwa mit fünfzig Stundenkilometern fahren. Der Entführer fuhr zumindest die letzte Strecke nicht besonders schnell. Vermutlich hat er einen passenden Ort gesucht.«

»Gut. Dann wünsche ich uns viel Glück.« Flottmann schlug den Kofferraumdeckel zu.

Das Ganze gestaltete sich schwieriger als gedacht. Um Gerbers Anweisungen zu folgen, musste Flottmann weite Strecken mehrfach abfahren. Dabei hatte er stets auf den laufenden Verkehr Rücksicht zu nehmen, um keinen Unfall zu verursachen. Er hatte keine Ahnung, worauf der Musiker genau achtete, aber er vertraute auf dessen außerordentliche Fähigkeiten, wenn es um das Hören und Wiedererkennen von Geräuschen ging. Nach fast zwei Stunden beendeten sie das Experiment.

Flottmann hielt an, stieg aus und befreite Gerber aus seiner ungemütlichen Lage.

»Das muss die Stelle gewesen sein, an der ich die Stöpsel herausgezogen habe. Weiter kommen wir nicht«, sagte Gerber. Er streckte sich und lehnte sich gegen die Karosserie.

»Wie sicher bist du dir?«

»Ziemlich. Die Fahrbahngeräusche waren schwer zu unterscheiden. Aber die Übergänge zwischen zwei Straßen waren markant und natürlich die Unebenheiten. Auch ein Schlagloch hier in der Nähe habe ich eindeutig wiedererkannt. Hätte ich damals die ganze Fahrt über keine Verfälschung des Gehörs gehabt, hätte ich die gesamte Strecke zurückverfolgen können.«

»Das glaube ich dir, Leon.«

»Vielleicht hätte ich mehr auf anderes achten und mir die Kurven und die ungefähre Länge der geraden Abschnitte merken sollen.«

»Du weißt, dass das Unsinn ist. Gefangen im Kofferraum, den Tod vor Augen, da denkt man nicht an so etwas. Dein Gedächtnis für Geräusche bildet eine Ausnahme. Das Abspeichern in deinem Gehirn geschieht wohl weitgehend automatisch und unbewusst.«

»Ja, du hast recht.«

»Vielleicht hilft uns der heutige Versuch weiter, auch wenn wir den Zielort nicht finden.« Flottmann öffnete die Fahrertür und nahm eine Landkarte aus der Seitentasche. Er faltete sie auseinander und breitete sie auf dem Autodach aus. »Es geht doch nichts über einen analogen Lageplan.« Er nahm sein Smartphone aus der Jackentasche, setzte seine Brille auf und versuchte, die Position, an der sie sich befanden, mit der auf dem Display abzugleichen. »Wenn ich mich nicht irre, sind wir genau hier.« Er tippte mit dem Finger auf eine Stelle der Karte. »Norstedter Straße. Das passt – nicht ganz. Du musst dich irren!«

Gerber sah Flottmann fragend an und schwieg einen Moment. »Er ist mit der Geschwindigkeit runtergegangen, was allerdings auch andere Gründe gehabt haben könnte. Aber ich bin mir relativ sicher, dass er von dieser Straße abgebogen ist. Der Klang des Fahrbahnbelags hatte sich geändert. Was meinst du damit, dass es nicht passt?«

»Ich hab dir erzählt, dass wir den Täter tot aufgefunden haben. Er ist in seinem Haus verbrannt. Das liegt in Haselund. Hier etwa.« Flottmann zeigte auf eine Stelle unterhalb eines Waldgebiets. »Der Ort, an dem wir uns befinden, liegt abseits der Strecke, die der Entführer genommen haben muss.«

Gerber starrte auf die Karte. »Ich schließe nicht aus, dass mir der Stress einen Streich gespielt hat. Ich hatte die Stöpsel gerade erst herausgenommen. Es ist möglich, dass es eine gewisse Zeit dauerte, bis mein Hörsinn wieder normal funktionierte.«

Flottmann trommelte mit den Fingern auf das Autodach. »Okay, das wäre eine Erklärung. Brechen wir ab.«

»Tut mir leid, dass ich nicht helfen konnte.«

Flottmann lachte. »Von wegen. Abgesehen vom letzten kleinen Schlenker stimmt die Strecke grandios mit der erwarteten Route überein. Sie ist exakt die, die der Täter gewählt hätte, falls er auf dem kürzesten Weg zu der Stelle gefahren wäre, an der du freigelassen wurdest. Dass du sie rekonstruieren konntest, ist eine geniale Leistung, Leon.«

Nachdem er Gerber nach Hause gebracht hatte, fuhr Flottmann mit dem BMW ins Büro. Hilgersen saß an seinem Schreibtisch.

»So fleißig noch?«, fragte Flottmann und setzte sich an seinen Arbeitsplatz.

»Nicht mehr lange«, antwortete der Kollege und lehnte sich zurück. »Ich bin schon fast auf dem Weg nach Hamburg.«

»Franziska?«

»Ja. Ich werde das Wochenende mit ihr verbringen. Sie wohnt in Stellingen, in der Nähe des Tierparks. Einen Besuch im Zoo haben wir auch eingeplant. Wie war die Tour mit Gerber? Habt ihr etwas herausgefunden?«

»Er konnte den Weg tatsächlich nachverfolgen. Der Täter hat ihn nordöstlich von Ahrenviöl freigelassen. Auf einem Feldweg im Immenstedter Wald. Gerber hat offenbar jeden Hubbel und jede Fahrbahnstruktur wiedererkannt. Einfach unglaublich. Allerdings funktionierte das natürlich nur bis zu der Stelle, an der er die Ohrstöpsel herausgenommen hatte. Der Weg führte Richtung Haselund.«

»Hast du etwas anderes erwartet?«

»Nein.«

»Wirst du Hofmann deine Ergebnisse mitteilen?«

»Ja, natürlich. Aber das muss ja nicht sofort sein. Es gibt noch eine Unstimmigkeit, die ich klären muss.«

Hilgersen schaute auf seine Armbanduhr und stand auf. »Ich muss gehen. Wir sehen uns Montag.«

»Schönes Wochenende, und grüß Franziska unbekannterweise von mir.«

»Mach ich«, antwortete Hilgersen und verließ das Büro.

Flottmann sorgte dafür, dass das geliehene Auto seinem Besitzer zurückgebracht wurde. Den Gutschein für den Restaurantbesuch wollte er ihm per Post zuschicken.

* * *

Simone Fassbinder war in ihre eigene Wohnung zurückgekehrt. Sie wollte unbedingt wieder selbstständig leben und allein entscheiden. Zwar waren ihre Eltern wie früher bemüht gewesen, sich mit ihrer Fürsorge zurückzuhalten, aber die Angst um ihre Tochter hatte seit der Entführung zugenommen. Dass der Täter tot war, schien sie nur wenig zu beruhigen.

Simone hatte ihr Frühstück gerade beendet, als sich ihr Handy meldete. »Thorsten ruft an«, klang es aus dem Lautsprecher. Sie versuchte, sich gegen das Gefühl zu wehren, das sie in diesem Moment verspürte. Sie kannte noch nicht einmal seinen Nachnamen, und besonders viel hatte er auch nicht von sich erzählt. Es gab also keinen vernünftigen Grund für ihr Herzklopfen.

»Hallo, Thorsten, nett, dass du anrufst.«

»Ich hab gerade an dich gedacht. Ich würde dich gerne treffen.«

»Heute?«

»Wann du willst.«

»Heute ist Samstag. Ich habe bisher fast jedes Wochenende einen Spaziergang zur Seeschleuse und zum Deich unternommen.«

»Ja, ich weiß.«

»Woher weißt du das?«

Er lachte. »Weil du es mir erzählt hast.«

»Ach ja. Das hab ich wohl.«

»Ich könnte dich abholen. Dann könnten wir gemeinsam am Steindeich spazieren gehen. Um zehn Uhr ist Hochwasser, und wir haben herrliches Wetter.«

»Ich weiß nicht, ob ich es schaffe. Der Parkplatz an der Schleuse ist der Ort, an dem ich entführt wurde. Es kann sein, dass meine Erinnerungen zu schmerzhaft sind. Andererseits will ich mein normales Leben wiederhaben. Und dazu gehört mein Samstagsspaziergang. Außerdem geht vom Täter keine Gefahr mehr aus. Er ist tot. Was genau passiert ist, wollte die Polizei mir nicht sagen.«

»Trotzdem würde ich dich gerne abholen.«

»Nein, ich möchte den Weg bis zur Schleuse alleine gehen. Es ist wie ein Ritual für mich geworden, eine Bestätigung für meine Eigenständigkeit. Kannst du das verstehen?«

»Ich glaube schon.«

»Dann treffen wir uns um etwa elf Uhr? Falls ich unterwegs in Panik gerate, rufe ich dich an.«

»Ja, mach das. Jedenfalls freue ich mich auf unser Wiedersehen. Was machen wir nach unserem Ausflug zum Deich?«

»Schlag etwas vor.«

»Magst du Hunde?«

»Und ob! Warum fragst du?«

»Ich will mir vielleicht einen Australian Shepherd anschaffen. So ganz spruchreif ist das allerdings noch nicht. Aber in Norstedt sind eine Zuchtstation und eine Hundeschule. Ich möchte mich dort einmal umsehen.«

»Das ist eine tolle Idee. Ich komme gerne mit.«

»Schön, also, bis später an der Schleuse. Und nimm dir nicht zu viel vor. Ich weiß ja nicht genau, was dir widerfahren ist, aber denk daran, dass man Zeit braucht, um schreckliche Erlebnisse zu überwinden. Und manchmal hilft es auch, einfach darüber zu reden. Ich bin ein guter Zuhörer.«

»Ja, ich weiß. Danke, Thorsten. Tschüss.«

Simone legte ihr Handy zurück auf den Tisch. Sie hatte sich dagegen gewehrt, Gefühle zuzulassen, um Enttäuschungen vorzubeugen. Immer wieder hatte sie sich gesagt, dass auch eine kumpelhafte Freundschaft etwas Wertvolles sei. Aber dieser Selbstbetrug funktionierte nicht mehr.

Sie suchte das Bad auf, um sich zu schminken. Mit dem Zeigefinger trug sie Lidschatten auf und etwas Camouflage auf die Augenpartie. Ein wenig Rouge? Simone schüttelte den Kopf. Nein, sie hatte sich vor ihren Spaziergängen nie geschminkt. Warum sollte sie das heute tun? Sie benötigte einige Zeit, um ihr natürliches Aussehen wiederherzustellen. Alles sollte so wie immer sein. Das galt auch für ihre Kleidung. Jeans und T-Shirt mussten es sein. Allerdings wollte sie ihr Lieblingsshirt anziehen. Das blaue stand ihr am besten, hatte ihre Freundin Birgit gesagt. Sie zog ihr weißes aus und ging ins Schlafzimmer. Den Color-Tester brauchte sie nicht dafür. Sie wusste genau, wo das Shirt hing, und den Stoff konnte sie erfühlen. Sie hatte keine Vorstellung von der Farbe, aber mit Blau verband sie Wasser und Meer, genauso wie sie Rot mit Feuer assoziierte und Grün mit einer Wiese, auf der Kühe oder Schafe grasten.

Kurz nach zehn Uhr nahm sie ihren Stock und machte sich auf den Weg. Obwohl alles wie immer zu sein schien, fühlte es sich anders als sonst an.

## 40

Es war Samstag, und Flottmann stand erst um acht Uhr auf. Nachdem er Bogomil gefüttert, sich geduscht und angezogen hatte, spazierte er zum Hafen. So viel sportliche Betätigung musste sein. Er verweilte einige Minuten an der Schiffbrücke und beobachtete, wie die Fußgängerbrücke hochgezogen wurde und ein Motorboot passierte. Er sog die frische Luft ein, die an diesem Tag von See kam. Der Geruch, den der Wind aus der Ferne mitbrachte, vermischte sich mit den Ausdünstungen des Hafens. Anfangs hatte er an dieser Stelle die Nase gerümpft, insbesondere bei Niedrigwasser, wenn die Zersetzungsgase ungehindert aus dem Schlick aufstiegen. Aber jetzt hatte er sich daran gewöhnt, wusste den besonderen »Duft« sogar zu schätzen. Vielleicht hatte jeder Ort nicht nur einen charakteristischen Klang, wie Gerber behauptete, sondern auch eine charakteristische Duftnote.

Flottmann lehnte sich an das Geländer und schaute gedankenversunken auf das Wasser unter ihm, auf dem Enten ihre Bahnen zogen. Es war ein schöner Morgen, noch etwas kühl, aber es wehte nur eine leichte Brise. Er beugte sich vor. Jetzt konnte er die Zingelschleuse sehen, durch die das Wasser der Husumer Au in den Binnenhafen floss. Hier wären die Leichen Juliane Thielsens und Konstantin Domeyers in das Hafenbecken und schließlich ins Meer geschwemmt worden, wenn sie nicht unterwegs am Ufer der Au hängen geblieben wären. Letzteres hätte der Täter voraussehen können. Vermutlich war es ihm egal gewesen. Auch so hatte das Wasser des Bachs alle Spuren beseitigt.

Flottmann blieb noch eine Weile. Dann ging er weiter bis zum Tine-Café und kaufte sich drei Brötchen.

Seit er aufgewacht war, spürte er eine Unruhe in der Magengegend. Zunächst hatte er gedacht, dass sie vom Hunger herrührte. Aber sie ließ auch nach dem ausgiebigen Frühstück nicht nach. Obwohl er es sich nicht eingestehen wollte: Es war der Nahtodfall, der in seinem Magen rumorte. Es gab kaum Zweifel, dass Schwerthfeger der Täter gewesen war. Man hatte bei ihm das Kreuz gefunden, das Daniela Herzog gesehen hatte. Und im Keller waren die Geräte vorgefunden worden. Auch die Medikamente, die er seinen Opfern verabreicht hatte, hatte man in seiner Garage entdeckt. Woher er das Material hatte, würden die Flensburger neben vielen anderen Dingen noch klären müssen.

Flottmann saß auf der Couch. Bogomil lag neben ihm und hatte alle viere von sich gestreckt, sodass ihm kaum Platz blieb. Ab und zu zuckte der Kater mit den Pfoten. Kurz überlegte Flottmann, wovon Bogomil wohl träumen mochte. Dann wanderten seine Gedanken zurück zum Täter. Warum hatte er diesen schmerzvollen Tod gewählt? Und warum hatte er gleich das komplette Haus abgebrannt? Um Spuren zu beseitigen? Das ergab keinen Sinn. Vielleicht hatte das Feuer eine symbolische Bedeutung für ihn. Die Schmerzen hätte er mit Medikamenten mindern können. Wer wusste schon, was sich in kranken Hirnen abspielte? Flottmann ärgerte sich aufs Neue, dass er Schwerthfeger nicht selbst vernommen hatte. Aber das war Sache der Flensburger Mordkommission gewesen, und die hatte ihn nicht einmal darüber informiert. Vielleicht ging irgendetwas aus der Vernehmung hervor, das auf Schwerthfegers Beweggründe schließen ließ. Flottmann beschloss, die Protokolle in der nächsten Woche durchzulesen. Vielleicht half es ihm, endlich mit dem Fall abzuschließen.

Aber da war noch die Ungereimtheit, die die Rekonstruktion des Fahrwegs ergeben hatte. Wenn sich Gerber nicht geirrt hatte, war der Täter nicht aus dem Dorf Haselund gekommen, sondern aus einer westlich davon gelegenen Gegend. Aber vielleicht hatte Schwerthfeger doch die Möglichkeit ausschließen wollen, dass Gerber die Strecke zurückverfolgen konnte, und hatte deshalb einen Umweg gewählt. Letztendlich war es egal, ob sich Gerber in Anbetracht der Umstände vertan hatte oder ob die Umwegtheorie stimmte.

Es war etwas anderes, das an Flottmanns Nerven nagte. Was war, wenn in der Ruine nicht Schwerthfeger gelegen hatte, sondern jemand anders? Bis die Gerichtsmedizin das festgestellt hatte, würden einige Tage vergehen. Schwerthfeger könnte sich mit dem Brand Zeit für eine Flucht verschafft haben. Schlimmer noch. Er könnte die Zeit nutzen, um sein Werk zu vollenden. Das war zugegebenermaßen eine ziemlich vage Theorie, und es stellte sich sofort die Frage, wer, wenn nicht Schwerthfeger, der Tote war. Flottmann ahnte, dass er sich verrannt hatte. Wie kam es, dass er mit diesem Fall so besondere Schwierigkeiten hatte? Spielte ihm sein Ego einen Streich? Wollte er immer noch nicht wahrhaben, dass sich die Verbrechen so einfach aufgeklärt hatten, oder gab es objektive Anhaltspunkte dafür, dass der Wahnsinn noch andauerte?

Gern hätte er seine Überlegungen mit Hilgersen diskutiert. Vermutlich hätte er Flottmanns Theorie verlacht. Aber das wäre egal gewesen. Gerade wegen der unterschiedlichen Sichtweisen hatte das Streitgespräch mit dem Kollegen in der Vergangenheit oft neue Erkenntnisse gebracht. Aber Hilgersen war bei seiner Franziska in Hamburg und ganz sicher zurzeit nicht besonders aufnahmefähig.

Flottmann kamen sowieso langsam Bedenken, dass seine gewagten Schlussfolgerungen Sinn ergaben. Vielleicht lagen schon am Montag die Ergebnisse der Gerichtsmedizin vor, die bestätigten, dass der Tote Lothar Schwerthfeger war.

Bogomil war von der Couch gesprungen und trottete Richtung Küche, wo der Futternapf stand. Flottmann nahm die Aktentasche mit den Unterlagen und verließ die Wohnung. Er hatte das Gefühl, irgendetwas tun zu müssen, und machte sich auf den Weg Richtung Haselund. Für den Nachmittag hatte Lena ihn zum Kaffee eingeladen. Bis dahin war noch viel Zeit. Sie wollte ihren traumhaften Apfelkuchen backen, und er freute sich darauf.

An der Abzweigung nach Norstedt bog er ab und hielt genau an dem Punkt, bis zu dem Gerber die Strecke zurückverfolgt hatte. Er breitete die Landkarte auf dem Beifahrersitz aus. Im

Grunde gab es nur einen sinnvollen Umweg, den Schwerthfeger von Haselund aus gefahren sein konnte, sofern er an der Stelle vorbeigekommen war, an der Flottmann sich jetzt befand. Er musste die Straßen im Nordosten genommen haben, über Löwenstedt, Kolkerheide und Norstedt. Flottmann kannte keines dieser Dörfer. Er zog sein Smartphone aus der Jackentasche und rief Google Maps auf. Die Satellitendarstellung zeigte zwei Waldgebiete östlich seines Standorts. Durch eines führte die Straße, auf der er sich gerade befand. Er vergrößerte einen Ausschnitt und suchte die Umgebung ab. Die Häuser, die es in unmittelbarer Nähe des Walds gab, konnte man an einer Hand abzählen.

Flottmann schloss für einen Moment die Augen. In seinem Kopf formierte sich eine Idee, die noch nicht spruchreif war. Sie schien noch den Weg in sein Bewusstsein zu suchen. Er fand Simone Fassbinders Mobilfunknummer in den Unterlagen. Wenn der Täter noch frei herumlief, hatte er es mit ziemlicher Sicherheit auf sie abgesehen. Sie hatte für ihn eine besondere Bedeutung gehabt. Ihr war die Flucht gelungen, bevor er einen weiteren Versuch an ihr durchführen konnte. Die Gerätschaften, die den Flammen zum Opfer gefallen waren, benötigte er dafür nicht. Bei ihr ging es ihm darum, zu beweisen, dass ein von Geburt an blinder Mensch während eines Nahtods Bilder vom Jenseits empfing, obwohl er nie zuvor etwas visuell wahrgenommen hatte.

Flottmann war froh, als er Simone Fassbinder am Telefon hatte.

»Hallo, Frau Fassbinder, hier ist Hauptkommissar Flottmann von der Kripo Husum. Wo befinden Sie sich gerade?«

»Auf meinem Spaziergang zum Steindeich. Warum wollen Sie das wissen? Werde ich immer noch überwacht?« Sie lachte.

»Nein, nein. Aber Sie sollten sofort nach Hause gehen. Es sind neue Umstände eingetreten. Es ist nicht auszuschließen, dass Sie immer noch in Gefahr sind.«

»Ich hab einen Beschützer bei mir. Wir wollen zur Schule.«

»Zur Schule?«

Sie lachte erneut. »Zur Hundeschule. Tschüss, Herr Kommissar.«

Die Verbindung wurde unterbrochen. Flottmann wählte wiederholt ihre Rufnummer, landete jedoch jedes Mal auf der Mailbox. Er versuchte es mehrere Male, aber sie ging nicht ans Telefon. Völlig ungeordnete Gedanken jagten durch sein Gehirn. Wer war bei ihr? Der Mann, den sie im Pub am Hafen getroffen hatte und dessen Identität die Polizei nicht kannte? Wieso Hundeschule?

Flottmann bemühte sich, ruhig zu bleiben. Wahrscheinlich ging seine Phantasie mit ihm durch. Trotzdem musste er etwas unternehmen. Er benachrichtigte die Notrufzentrale. Sie sollten einen Streifenwagen zum Dockkoog schicken. Die Kollegen sollten ihn anrufen, sobald sie Simone Fassbinder gefunden hatten. Er gab weitere Anweisungen, dann atmete er tief durch. Mehr konnte er nicht tun.

»Hundeschule.« Irgendetwas klingelte bei ihm. Er kramte erneut sein Smartphone hervor und ließ sich den Kartenausschnitt anzeigen, den er sich zuletzt angesehen hatte. Ganz in der Nähe seines Standorts gab es einen Gebäudekomplex, der mit »Hundezentrum Westküste« bezeichnet war, eine Hundeschule und Zuchtstation. Wollte Simone Fassbinder mit ihrem Begleiter dorthin? Wollte er sie in die Gegend locken, um … Nein, das war unlogisch. Sie war blind. Wenn er vorhatte, sie zu entführen, musste er solche Tricks nicht anwenden. Egal, welchen Weg er nehmen würde, und egal, wohin er sie brachte, sie würde keinen Verdacht schöpfen.

Flottmanns Handy meldete sich mit dem Intro von »Highway to Hell«. Der Streifenwagen hatte Simone Fassbinder verpasst. Die Beamten hatten jedes Auto kontrolliert, das ihnen auf der Dockkoogstraße entgegengekommen war.

Er wurde den Verdacht nicht los, dass er Gespenster sah. »Du wirst langsam alt, Waldemar«, sagte er sich. »Du verlierst dein Gespür für die Zusammenhänge.« Er ignorierte seine innere Stimme. Stattdessen versuchte er ein weiteres Mal, Simone Fassbinder zu erreichen. Vergeblich. Er warf sein Handy auf den Beifahrersitz und fuhr los. Die Idee, die gerade eben noch nicht spruchreif gewesen war, hatte ihren Weg in sein Bewusstsein gefunden. Sie war abwegig, und er hätte nicht gewagt, sie jemandem außer Hilgersen zu erzählen. Aber sie war geboren und ließ sich nicht mehr ignorieren.

Was, wenn alles ganz anders war? Was war, wenn Schwerthfeger nicht der Täter, sondern ein weiteres Opfer des Mörders war? Dieser könnte alles arrangiert haben. Er könnte seine Geräte in dessen Keller gebracht, ihn betäubt oder getötet und das Haus in Brand gesteckt haben. Damit wäre er vor Verdächtigungen geschützt gewesen. Flottmann war klar, dass seine Hypothese gewagt war und sicher einige logische Lücken beinhaltete. Aber die musste er für den Moment ignorieren. Er hielt kurz an und warf einen weiteren Blick auf die Karte. Eigentlich kamen nur zwei Häuser in Frage, die am Waldrand lagen und den Beschreibungen der Opfer entsprachen.

Wenige Minuten später fuhr er bis zur Einfahrt eines der beiden Häuser und stieg aus. Das Auto hatte er so geparkt, dass es nicht vom Haus zu sehen war. Flottmann blieb zwischen einigen Sträuchern in Deckung und beobachtete das Gebäude. Es stimmte perfekt mit den Informationen überein, die er über das Anwesen des Täters besaß. Nicht nur die Umgebung stimmte, sondern auch die Steintreppe am Eingang, die Daniela Herzog beschrieben hatte. Sie hatte sogar die Anzahl der Stufen genannt. Drei seien es gewesen, die sie beim Hinausgehen unter den Füßen gespürt hatte. Simone Fassbinder hatte das nicht bestätigen können, weil sie an der Stelle gestolpert und gefallen war.

Flottmann war sich fast sicher, dass er den Wohnsitz des Entführers und Mörders gefunden hatte. Er musste die Verstärkung zu diesem Ort leiten. Selbst wenn er seine Waffe dabeigehabt hätte, wäre ein Alleingang viel zu gefährlich gewesen. Er griff in seine Jackentasche und zückte sein Smartphone. Plötzlich vernahm er ein Geräusch. Es war zu spät, um zu reagieren. Der kalte Lauf einer Pistole drückte sich in seinen Nacken.

»Handy fallen lassen!«, befahl eine Stimme, die er nicht

kannte. Flottmann gehorchte. Er spürte, wie ihn eine Hand nach Waffen abtastete.

»Los, vorwärts!«

Der Mann zermalmte das Mobiltelefon mit den Füßen und dirigierte ihn mit unsanften Stößen des Pistolenlaufs in das Gebäude hinein und durch den Hausflur ins Wohnzimmer. Dort musste Flottmann sich auf einen Stuhl setzen. Er hatte seinen Widersacher für einen kurzen Moment aus den Augenwinkeln sehen können. Noch während er überlegte, ob er ihn kannte, spürte er einen Stich im Hals. Innerhalb von Sekunden schwanden seine Sinne.

## 41

Flottmann wusste nicht, wie lange er bewusstlos gewesen war. Er öffnete die Augen und hob seinen Kopf an. Es dauerte einige Sekunden, bis er seine Umgebung erkennen konnte. Ein Strick zog sich eng um seinen Hals und um seinen gesamten Körper. Die Hände waren hinter seinem Rücken gefesselt. Ein Mann baute sich vor ihm auf.

»Wer sind Sie?« Flottmann musste seinen Kopf weit in den Nacken legen, um ihm in die Augen zu sehen. Er war sich sicher, dass er ihm noch nicht begegnet war. Vielleicht kannte er ihn von einem Foto.

»Sie wissen nicht, wer ich bin? Das spricht nicht unbedingt für die Polizei, Herr Hauptkommissar. Wir kennen uns nicht persönlich. Aber ich hab ein Bild von Ihnen in der Zeitung gesehen. Es war unvorsichtig von Ihnen, alleine hierherzukommen. Meinen Überwachungskameras entgeht nichts. Ich bin der, den Sie suchen. Nennen Sie mich Hendrik. Das ist mein richtiger Name. Er bedeutet so viel wie Herrscher oder Herr im Haus. Und glauben Sie mir, ich bin immer noch Herr der Lage.« Er lachte.

»Geben Sie auf. Meine Kollegen werden bald hier eintreffen. Sie haben keine Chance.«

»Wenn Ihre Kollegen wirklich Bescheid wüssten, hätten sie mir schon längst das SEK auf den Hals gehetzt.« Hendrik nahm sich einen Stuhl und setzte sich damit direkt vor Flottmann. Seine Pistole legte er auf dem Boden ab. »Es gefällt mir gar nicht, dass Sie hier aufgetaucht sind. Meine Forschungen sind zwar weitgehend beendet, aber ich habe noch etliche Dinge zu erledigen.«

»Mich erinnern Ihre Forschungen an Taten des Kriegsverbrechers Mengele.«

»Sie sind ungerecht. Ich hab einen Grenzbereich der Wissenschaft mit meiner Arbeit betreten, der von immenser Bedeutung für die Menschheit ist. Niemand vor mir hat das Phänomen des Nahtods so genau untersucht wie ich.«

»Sie haben Menschen ermordet. War es das wert?«

»Es war nie meine Absicht, jemanden zu töten. Es ist nicht alles so glattgegangen, wie ich mir es vorgestellt habe. Wäre alles nach Plan verlaufen, hätte es keinen einzigen Toten gegeben. Deshalb kann man mir keinen Mord vorwerfen. Fahrlässige Tötung vielleicht, aber keinen Mord.«

»Und was ist mit Schwerthfeger und dem Detektiv Kohrt? Und was ist mit Konstantin Domeyer? Haben Sie ihm die Pulsadern aufgeschnitten?«

Hendrik seufzte. »Das hat er selbst besorgt. Er konnte es offenbar nicht erwarten, in Gottes Reich zu gelangen. Und Kohrt, dieser Idiot, hat sich nicht an die Abmachungen gehalten. Er sollte in meinem Auftrag recherchieren. Stattdessen hat er versucht, meine Identität aufzudecken. Das konnte ich nicht zulassen. Er hat herausbekommen, dass ich die E-Mails an ihn aus dem Internetcafé abgeschickt hatte. Dort muss er mir aufgelauert haben. Jedenfalls hat er versucht, mich zu erpressen. Er hat Geldforderungen gestellt, obwohl er nicht wissen konnte, worum es ging. Da musste ich handeln. Sein Tod war somit Notwehr und kein Mord.«

Flottmann kannte das Phänomen, dass Täter sich die Welt so zurechtlegten, dass ihre Handlungen plausibel und entschuldbar erschienen. Dieser Hendrik war offenbar keine Ausnahme, und Flottmann war froh darüber. Er musste Zeit gewinnen. Vielleicht würden die Kollegen von der Streife, die er zum Steindeich geschickt hatte, um Simone Fassbinder abzufangen, versuchen, ihn zu erreichen. Aber das war eher unwahrscheinlich. Außerdem würden sie kaum folgern, dass er in Gefahr war. Und wo er sich befand, wusste auch niemand. Trotzdem blieb ihm keine andere Möglichkeit, als Zeit zu schinden und auf Rettung zu warten.

»Und Schwerthfeger? Haben Sie auch ihn in Notwehr umgebracht?«, provozierte er.

»Schwerthfeger hatte mir die Medikamente besorgt. Teilweise hatte er sie noch aus der Augsburger Zeit vorrätig. Außerdem hat er Material von einem anderen Teilnehmer des Augsburger Kreises erhalten. Einem Arzt, der damals mit dabei war. Vermutlich hat er ihn mit der Sache von damals erpresst.«

»War der Arzt Dr. Maximilian Katzenbach?«

»Vielleicht. Das tut jetzt nichts mehr zur Sache. Jedenfalls hab ich Schwerthfeger gut für die Ware bezahlt. Ich hab ihm erzählt, dass ich sie für Selbstversuche benötigte. Ob er mir das geglaubt hat, weiß ich nicht. Aber als er von den Todesfällen hörte, hat er mich zur Rede gestellt. Das ist nicht gut für ihn ausgegangen. Auch sein Ableben konnte ich leider nicht vermeiden, was Sie verstehen werden.«

»Sie haben den Verdacht auf ihn gelenkt und seinen Tod als Suizid arrangiert.«

»Ich muss zugeben, dass ich fest davon ausgegangen bin, dass die Sache funktioniert. Wie sind Sie darauf gekommen? Welchen Fehler habe ich begangen? Ich wäre Ihnen dankbar, wenn Sie es mir sagen würden.«

»Dass jemand solch einen schmerzhaften Tod wählte, kam mir seltsam vor. Das ist alles.«

»Hm. Und wieso sind Sie hier aufgetaucht? Woher wussten Sie von diesem Haus?«

»Die Beschreibung Ihrer Opfer und einige weitere Schlussfolgerungen.« Dass er mit Gerbers Hilfe den Weg zurückverfolgt hatte, wollte Flottmann nicht preisgeben. »Geben Sie auf und lassen Sie mich gehen. Sie sind am Ende, begreifen Sie das doch.«

Hendrik lachte. »Stimmt. Mein Projekt ist abgeschlossen. Und zwar erfolgreich. Jedenfalls bin ich mit den Ergebnissen so weit zufrieden. Manches hätte besser laufen können. Aber so ist die Wissenschaft nun einmal.«

Flottmann hatte Angst, dass das Gespräch hier endete. Er musste es am Laufen halten. »Die Sache mit dem Schlüsselbund hab ich noch nicht verstanden. War es eine Panne, dass Daniela Herzog ihn gesehen hat?«

»Ja. Allerdings habe ich die Panne später verwenden können.«

»Sie haben das Keltenkreuz, das sie gesehen hat, an Schwerthfegers Schlüsselbund gehängt, als weiteren Beweis, dass er der Täter ist.«

»Ja. Dummerweise hat sie sich aber gar nicht an das Keltenkreuz erinnert. Deshalb musste ich etwas nachhelfen.«

Flottmann verstand diese Äußerung zunächst nicht. Es dauerte einige Zeit, bis ihm ein Licht aufging. »Sie sind der Psychotherapeut, der Daniela Herzog behandelt hat. Hendrik Hesskopp.«

»Messerscharf gefolgt, Herr Hauptkommissar. Hier, in dem Haus meiner Großeltern, wohne ich nur sporadisch. Ich habe eine Wohnung in der Stadt, über meiner Praxis.«

»Es war doch sicher kein Zufall, dass Frau Herzog ausgerechnet in Ihre Praxis gekommen ist.«

»Ich hatte mich vor Beginn meiner Forschungen im Krankenhaus als Spezialist für Traumabehandlungen vorgestellt. So lag es nahe, dass man mich dort empfehlen würde. Falls sie nicht zu mir gekommen wäre, hätte ich ihr sicher auf andere Weise ganz diskret meine Hilfe angeboten. Sie hat sich nicht mal unter Hypnose an das Keltenkreuz erinnert. Es war ein Leichtes, ihr einzureden, was sie damals gesehen hat. Die Sache mit dem Anhänger wäre gar nicht notwendig gewesen, aber sie kam mir ganz gelegen, um den Selbstmord des Täters glaubhafter zu gestalten. Wissen Sie eigentlich, wie schwierig es für mich war, unerkannt zu bleiben? Jede Geste hätte mich verraten können. Jede Redewendung, die ein Proband in meiner Praxis wiedererkannt hätte, hätte mich auffliegen lassen können. Ich hab das endlos trainiert. Sogar der Tonfall meiner Stimme und der Geruch meines Atems mussten unterschiedlich sein. Allerdings kam mir zu Hilfe, dass Frau Herzog sowohl in meinem Labor als auch in meiner Praxis so eingeschüchtert war, dass sie kaum auf Details geachtet hat. Dieser Gerber hat mir in dieser Hinsicht am meisten Sorgen bereitet. Seine Sensibilität hätte für mich zum Problem werden können. Er nimmt Dinge wahr, die uns normalen Menschen verborgen bleiben.«

Hesskopp strich sich mit beiden Händen über die Knie. »So.

Jetzt kommen wir zu Ihnen. Wo bleiben Ihre Leute und das SEK? Wissen Sie, was ich glaube? Niemand weiß, dass Sie hier sind, und niemand außer Ihnen hat mich in Verdacht. Man wird weiter davon ausgehen, dass Schwerthfeger für alles verantwortlich war. Sie sind der Einzige, der mir gefährlich werden kann. Deshalb habe ich mir einen neuen Plan ausgedacht, während Sie schliefen. Wir müssen weg von hier. Sie kennen doch sicher das Nordseehotel an der Dockkoogspitze, direkt hinterm Deich. Die oberen Stockwerke sind vor einiger Zeit ausgebrannt. Aber die unteren Räume und das Kellergeschoss sind noch in Ordnung. Ich werde Sie dort für einige Tage unterbringen. Auf Komfort und Personal müssen Sie leider verzichten. Wir werden mit meinem Auto fahren. Ihres hab ich in meine Garage gefahren, damit es niemandem auffällt.«

Flottmanns Angst stieg. Die Wahrscheinlichkeit, dass man Hesskopp auf die Spur kam und ein Spezialeinsatzkommando anrückte, war minimal. Wenn er aber von hier fortgebracht wurde, war sie nahezu null. Würde Hesskopp ihn überhaupt am Leben lassen? Warum sollte er das Risiko eingehen? Er konnte ihn sowieso nicht auf Dauer festhalten.

Flottmanns Überlegungen trieben ihm den Schweiß auf die Stirn. Noch einmal zerrte er mit aller Kraft an seinen Fesseln. Aber die waren derart verknotet, dass sie sich nur noch fester zogen, anstatt sich zu lockern. Seine Beine waren ebenfalls mit einem Strick zusammengeschnürt, aber nicht mit dem Stuhl verbunden. Wäre der Abstand nicht zu groß gewesen, hätte er seinem Widersacher einen Tritt versetzen können. Er musste seinen Angriff vorbereiten, indem er näher an Hesskopp heranrückte. Kaum hatte er den Gedanken gefasst, stieß er sich mit den Füßen vom Boden ab und gab seinem Oberkörper einen Impuls in Hesskopps Richtung. Der Stuhl rutschte wie geplant über das Holzparkett. Den Bruchteil einer Sekunde später schnellten Flottmanns Beine nach vorn, und mit den Absätzen seiner Schuhe traf er Hesskopps Knie. Mit dem Überraschungsangriff hatte dieser nicht gerechnet. Er schrie vor Schmerz auf. Nur mit Mühe konnte er sein Gleichgewicht halten. Wütend sprang er auf. Mit der Hand rieb er sich das Knie, aber er schien nicht ernsthaft verletzt zu sein.

»Sie Idiot! Was soll das?« Er hob die Pistole vom Boden auf und richtete sie auf Flottmann. »Ich könnte Sie auch auf der Stelle erschießen. Es wäre besser für Sie, wenn Sie kooperieren würden.«

Vielleicht war der Angriff nicht besonders klug gewesen, aber Flottmann sah kaum noch eine Möglichkeit, seinem Gegner zu entkommen. Ihm wurde immer klarer, dass Hesskopp nicht vorhatte, ihn am Leben zu lassen. Es war nur logisch, dass er ihn fortbrachte, um sich seiner an einem anderen Ort zu entledigen.

Mit der Waffe in der Hand lockerte Hesskopp die Fesseln so weit, dass Flottmann aufstehen konnte. Die Hände waren immer noch auf dem Rücken zusammengeschnürt. Mit den Füßen erlangte er so viel Bewegungsfreiheit, dass er sich in kleinen Schritten vorwärtsbewegen konnte. Hesskopp führte ihn zu einem dunkelblauen Audi A6, der im Hof stand. Er musste sich auf den Rücksitz setzen.

Zwanzig Minuten später erreichten sie das verlassene Nordseehotel. Hesskopp stellte das Auto an einer Stelle hinter dem Gebäude ab, die von der Zugangsstraße nicht einsehbar war.

## 42

Franziska warf sich neben Hilgersen auf die Couch. »Ganz schön anstrengend, so ein Besuch im Zoo. Ich bin fix und fertig.«

»Ich auch. Fertig mit Jack un Büx. Das sagt man doch auch hier in Hamburg, oder?«

»Ja, klar.« Sie lehnte ihren Kopf an seine Schulter. »Dann muss ich dich wohl heute Nacht in Ruhe lassen.«

»Eine kalte Dusche und ein Abendessen mit Spiegeleiern und Speck. Dann bin ich wieder topfit.«

»Das lässt sich machen.«

»Was hat dir heute im Zoo am besten gefallen?«

»Oh, das ist schwer zu sagen. Vielleicht die Fütterung der Kamtschatkabären. Und dir?«

»Ich fand die Orang-Utans beeindruckend«, antwortete Hilgersen.

»Du wärst wohl gerne Anführer der Gruppe gewesen?«

»Klar. In deren Gruppe herrscht noch Ordnung. Da hat der Mann noch etwas zu sagen.«

»Ach, du Armer.« Sie nahm ihren Kopf von seiner Schulter und sah ihn lächelnd an. »Hat dich deine Ex unterdrückt?«

»Frauen sind da geschickt. Sie überlassen dem Mann die unwichtigen Entscheidungen und geben dir damit das Gefühl, Herr im Haus zu sein. Die wichtigen Dinge bestimmen aber sie, meistens so geschickt, dass man es gar nicht bemerkt. Ute beherrschte die Methode perfekt.«

»Hm. Vielleicht sollte ich sie mal anrufen und mir ein paar Tipps geben lassen.«

»Untersteh dich!«

Hilgersens Handy spielte einige Takte aus »Das Loch in der Banane«.

»Das wird sie sein.« Franziska lachte.

»Ganz bestimmt nicht.«

»Willst du nicht rangehen?«

»Wenn es etwas Berufliches ist, könnte es uns den Tag verderben«, erwiderte Hilgersen, griff aber doch zum Handy und nahm das Gespräch an. Er war überrascht, als sich Lena Abendroth meldete.

»Die Polizeistation hat mir Ihre Rufnummer gegeben, Herr Hilgersen. Ich kann Waldemar nicht erreichen. Wissen Sie vielleicht, wo er steckt?«

»Äh, nein.«

»Er wollte schon vor über einer Stunde bei mir sein. Ich erreiche ihn weder zu Hause noch auf seinem Handy.«

»Na ja, vielleicht ist ihm irgendetwas dazwischengekommen, und sein Akku ist leer. Es gibt bestimmt eine einfache Erklärung. Ich würde mir an Ihrer Stelle keine Sorgen machen.«

»Er hat Ihnen nicht erzählt, was er vorhat?«

»Nein.«

»Mir hat er heute Morgen gesagt, er müsse noch etwas abklären. Etwas, das mit dem aktuellen Fall zusammenhinge.«

»Da fällt mir ein, dass er das auch mir gegenüber geäußert hat. Irgendeine Unstimmigkeit sei noch aufzuklären. Wahrscheinlich hat er bei seinen Recherchen die Zeit vergessen. Er wird sich sicher bald bei Ihnen melden.«

»Ja, natürlich.«

»Ich bin in Hamburg, sonst würde ich vorbeikommen.«

»Entschuldigen Sie die Störung. Dann danke ich Ihnen. Tschüss.«

Lena Abendroth hatte aufgelegt.

»Gibt es Probleme?«, fragte Franziska.

»Die Lebensgefährtin meines Kollegen macht sich offenbar Sorgen um ihn, weil er nicht wie verabredet zu ihr gekommen ist.«

»Flottmann?«

»Ja. Er hat ihr wohl erzählt, dass er in der Nahtodsache noch etwas recherchieren will. Es kann schon sein, dass er das vorhatte, obwohl der Fall gelöst ist. Der Täter ist tot, und die Flensburger Mordkommission wird die weiteren Ermittlungen führen. Wahrscheinlich hat er bei seinem Übereifer die Verabredung vergessen.«

»Sie hat dich um Hilfe gebeten?«

»Nein. Sie hat nur gefragt, ob ich wüsste, wo er sein könnte.«

»Ich denke, das war ein Hilferuf.«

»Was?«

»Glaub mir, sie macht sich Sorgen, dass ihm etwas zugestoßen sein könnte. Frauen haben ein Gespür für so etwas.«

Hilgersen antwortete nicht. Er legte sein Smartphone auf den Couchtisch. Ob er wollte oder nicht, das Telefonat beschäftigte ihn. Selbstverständlich würde er Flottmann zur Seite stehen, wenn dieser ein Problem hatte oder gar in Gefahr schwebte. Aber dass er für ein oder zwei Stunden nicht erreichbar war und Lena versetzt hatte, konnte tausend Gründe haben.

»Willst du zurück nach Husum fahren?«

»Nein. Das ergibt doch keinen Sinn. Ich wüsste sowieso nicht, wo ich ihn suchen sollte.«

Hilgersen trommelte mit den Fingern auf den Tisch. Dann schnappte er sich erneut das Handy und rief Flottmanns Nummer an. Es meldete sich nur die Mailbox.

»Kann einer deiner Kollegen weiterhelfen?«

»Sie kennen den Fall nicht. Nur die Flensburger sind informiert. Aber die werden nichts unternehmen.«

»Dann solltest du fahren.«

»Bist du wirklich der Meinung?«

»Ja. Egal, was los ist. Du würdest sowieso die ganze Zeit darüber nachdenken.«

»Vielleicht hast du recht. Und du wärst nicht sauer?«

»Nein, nur etwas traurig.« Sie gab ihm einen Kuss auf die Wange.

Hilgersen stand auf und steckte das Handy in seine Hosentasche. »Danke. Ich melde mich noch heute bei dir.«

Er eilte zur Garderobe, nahm seine Jacke vom Haken und verließ die Wohnung. Sobald er auf der Autobahn war, rief er Lena an und teilte ihr mit, dass er auf dem Weg nach Husum sei.

Unterwegs legte er sich einen Plan zurecht, wie er vorgehen wollte. Dann rief er Leon Gerber an.

»Herr Gerber, ich suche meinen Kollegen Flottmann. Hat er Sie noch einmal kontaktiert?«

»Nein. Das letzte Mal war, als wir zusammen versucht haben, den Weg des Entführers zurückzuverfolgen.«

»Danach nicht mehr?«

»Nein. Er hat mir erzählt, dass der Fall gelöst und der Mörder tot sei. Aber der letzte Teil der Strecke, die ich mit meinem Gehör rekonstruieren konnte, passte nicht zum vermuteten Weg des Täters. Das hat ihn gestört. Doch ich kann mich geirrt haben.«

»Ich schließe nicht aus, dass er diese Gegend noch einmal aufgesucht hat. Können Sie beschreiben, wo Sie genau abgebrochen haben?«

»Ja, natürlich. Es ist eine Abzweigung von der B 200, in Höhe des Ortes Viöl. Die Straße heißt Norstedter Straße. Wenn Sie die ins Navi eingeben, müssten Sie die Stelle finden. Wir sind etwa hundert Meter in Richtung Norstedt gefahren. Weiter funktionierte unsere Methode nicht, weil ich da diese Stöpsel in den Ohren hatte.«

»Danke.«

»Kann ich etwas tun?«

»Nein. Aber falls ich Ihre Hilfe brauche, rufe ich Sie an.«

»Okay.«

Hilgersen trat auf das Gaspedal. Alle Viertelstunde rief er auf Flottmanns Mobiltelefon an. Immer mit demselben Ergebnis. Das Gerät war abgeschaltet oder aus anderen Gründen nicht empfangsbereit. Hilgersen versuchte zusätzlich, ihn zu Hause auf dem Festnetzanschluss zu erreichen, ebenfalls erfolglos.

Kurz nach achtzehn Uhr erreichte Hilgersen sein Ziel. Noch einmal rief er Lena an und erfuhr, dass sich Flottmann bisher nicht gemeldet hatte. Auf ihre Frage, was er unternehmen wolle, konnte er ihr keine Antwort geben. Die Position, an der er sich befand, war der einzige Anhaltspunkt, den er besaß.

Er stieg aus und musterte die Umgebung. Nichts außer Wald und Wiesen. War Flottmann hier gewesen? Und wenn ja, worin bestand die Unstimmigkeit im Nahtodfall, die er noch klären wollte? War es das, was Gerber annahm? Hatte es ihn gestört, dass der Ort, an dem die Streckenrekonstruktion geendet hatte, nicht auf dem direkten Weg zu Schwerthfegers Haus lag? Hilgersen wusste von ihm, dass er solchen Widersprüchen mit einer gewissen Besessenheit nachging. Zu Recht, wie sich oft herausgestellt hatte. Wenn Flottmann davon ausgegangen war, dass Schwerthfeger ganz einfach einen Umweg genommen hatte, hätte er keine weiteren Überlegungen anstellen müssen.

Hilgersen gewann Stück für Stück die Überzeugung, dass sein Kollege Anhaltspunkte dafür gefunden hatte, dass der Täter noch lebte. Und wenn es so war, lag es nahe, dass dieser mit Gerber im Kofferraum die Norstedter Straße entlanggefahren war und in einem der Häuser in der näheren Umgebung wohnte. Aber welche Verbindung gab es zu Schwerthfeger? War er nur ein Komplize des Nahtodmörders gewesen? Es blieb keine Zeit, um eine schlüssige Theorie zu konstruieren. Verstärkung musste her. Bald würde es dunkel werden, was die Lage weiter verschlechterte. Da Wochenende war, konnte Hilgersen auf die Schnelle nur fünf Streifenwagen organisieren, aus Husum, Bredstedt und Viöl. Er erklärte den Besatzungen die Situation, ohne auf Einzelheiten einzugehen. Sie sollten alle Häuser in der Nähe der westlichen Waldgebiete aufsuchen. Hilgersen teilte die jeweils aus zwei bewaffneten Polizisten bestehenden Teams mit Hilfe der ortskundigen Viöler Beamten ein. Bei geringstem Verdacht sollten sie sich melden. Von jeglichem Alleingang sei abzusehen. Falls erforderlich, müsse das SEK angefordert werden.

Hilgersen blieb am Treffpunkt zurück und wartete auf die Husumer Kollegen. Gerade als der Streifenwagen mit Rasmussen und Schmidtmann vorfuhr, erhielt er einen Aufruf. Ein zerstörtes Smartphone sei auf der Zufahrt zu einem der Häuser gefunden worden. Hilgersen riss die Fondtür des Einsatzwagens auf und stieg ein. »Ihr könnt gleich weiterfahren! Geradeaus und dann links.«

»Worum geht es hier eigentlich?«, fragte Schmidtmann, der am Steuer saß.

»Waldemar ist in Schwierigkeiten. Erkläre ich euch später. Nach der Kurve die nächste links.«

Minuten später hatten sie das Ziel erreicht. Schmidtmann steuerte das Fahrzeug neben das der Viöler Polizisten. Einer von ihnen kam auf Hilgersen zu, nachdem dieser ausgestiegen war. Er überreichte ihm das Smartphone in einer durchsichtigen Plastiktüte.

»Hallo, Herr Hilgersen, Peter Pahlke. Das Ding ist nicht mehr funktionsfähig. Es lag kurz vor der Einfahrt. Falls jemand in dem Haus ist, hat er uns bereits entdeckt. Hier sind überall Kameras installiert.«

Das Gerät war vom gleichen Typ wie Flottmanns Smartphone. Ob es tatsächlich ihm gehörte, ließ sich auf die Schnelle nicht feststellen.

»Wer wohnt hier?«

»Ein Hendrik Hesskopp.«

»Hesskopp! Das darf nicht wahr sein. Hat er eine Praxis für Psychotherapie in Husum?«

»Ja. Bei ihm wurde vor zwei Jahren eingebrochen. Deshalb weiß ich das. Gegen ihn liegt bisher nichts vor. Das hab ich bereits gecheckt.«

»Das SEK muss anrücken!«, rief Hilgersen Rasmussen zu. »Und alle Einsatzwagen sollen hierherkommen.«

»Okay.« Rasmussen ging zu seinem Fahrzeug.

Hilgersen gab die Tüte mit dem Smartphone an Pahlke zurück. »Ich klingel da jetzt!«

»Sollen wir nicht auf das SEK warten?«, fragte Schmidtmann.

»Nein.«

»Dann komme ich mit.«

Hilgersen überlegte einen Moment. »Okay.«

Er ging die Einfahrt entlang, bis ein mit Gras und Moos bewachsener Plattenweg zum Hauseingang abzweigte. Schmidtmann blieb an seiner Seite, die Hand am Griff der P99. Als sie die Haustür erreichten, zog er seine Waffe und stellte sich seitlich der Tür auf.

Das Spezialeinsatzkommando hätte sich jetzt mit einer Ramme Zugang verschafft. Hilgersen stieg die Steinstufen hinauf und betätigte mehrmals die Klingel. Nichts tat sich. Er drückte die Klinke hinunter. Die Tür war abgeschlossen.

»Ich glaub nicht, dass jemand zu Hause ist«, sagte er. »Wir müssen da rein. Vielleicht gibt es dort irgendwelche Hinweise.«

»Kein Problem. Wir haben entsprechendes Werkzeug dabei.«

»Gut. Kümmere dich bitte darum.«

Hilgersen lief zur Garage. Das Tor war nicht verschlossen. Als er Flottmanns Passat vorfand, war endgültig klar, dass Hesskopp seinen Kollegen in der Gewalt hatte.

Nun kam Bewegung in die Szenerie. Die anderen Streifenwagen waren inzwischen eingetroffen, und alle bewaffneten Kollegen positionierten sich um das Haus herum. Schmidtmann hebelte die Eingangstür mit einem Brecheisen auf. Er und Rasmussen stürmten ins Haus und sicherten die Innenräume. Das Ganze dauerte nur wenige Minuten.

Sofort wurde eine Fahndung nach Hesskopps Pkw eingeleitet. Falls er die Kennzeichen ausgetauscht hatte, war kaum mit einem Erfolg der Maßnahme zu rechnen. Hilgersen begann damit, das untere Stockwerk des Hauses zu durchsuchen, während sich Rasmussen das Obergeschoss vornahm. Wohin konnte Hesskopp seine Geisel gebracht haben? In die Praxis oder in seine Husumer Wohnung, die über den Praxisräumen lag? Das war kaum anzunehmen, musste aber abgecheckt werden. Deshalb schickte Hilgersen einen Streifenwagen in die Brinckmannstraße.

Nach einiger Zeit kam Rasmussen zurück ins Wohnzimmer. »Nichts. Keine Hinweise auf ein Ferienhaus, eine Jagdhütte oder Ähnliches. Hast du etwas gefunden?«

»Nein.« Hilgersen setzte sich auf einen antiken Holzstuhl. »Verdammt! Uns muss ganz schnell etwas einfallen. Hesskopp hat sein Mobiltelefon hier zurückgelassen. Eine Ortung kommt deshalb auch nicht in Betracht.«

»Das SEK ist eingetroffen.« Rasmussen machte eine Kopfbewegung Richtung Fenster.

Auch Hilgersen sah einen Trupp schwarz gekleideter Gestalten auf das Haus zukommen. »Hier können wir sie nicht mehr gebrauchen. Die werden sich freuen, dass sie umsonst angerückt sind.«

Hilgersen stand auf, um die Männer in Empfang zu nehmen. Plötzlich schoss ihm ein Gedanke durch den Kopf. Er starrte Rasmussen sekundenlang mit offenem Mund an. »Bogomil!«, rief er laut aus. Dann fingerte er sein Smartphone aus der Hosentasche.

## 43

Es war inzwischen dunkel geworden, und keine Menschenseele ließ sich blicken.

Hesskopp stieg aus, öffnete den Kofferraum, nahm etwas heraus und schloss ihn wieder. Flottmann sah, wie er mit einem Brecheisen das Gatter des Bauzauns öffnete und weiter zum Hotel lief. Wenige Minuten später kam er zurück, warf das Werkzeug auf den Rücksitz und zwang seinen Gefangenen auszusteigen. Schon beim Einsteigen hatte Flottmann Schwierigkeiten gehabt. Jetzt musste Hesskopp ihn stützen, damit er nicht stürzte. Vielleicht hätte Flottmann den Psychologen mit einer Kopfnuss niederstrecken können. Doch so etwas funktionierte in der Regel nicht. Auf der Polizeischule hatte er zwar Selbstverteidigung gelernt, aber das war lange her, und er konnte sich nicht erinnern, dass sie einen Angriff mit gefesselten Händen und Füßen geübt hatten.

Er musste vor seinem Entführer herlaufen. Die Pistole im Rücken ging es eine Steintreppe hinunter in einen Kellerraum, in dem allerlei Gerümpel lag. Eine Notbeleuchtung spendete spärliches Licht, das vom Flur durch die geöffnete Tür hereinfiel.

Mit den Füßen schob Hesskopp ihm eine Kiste hin. »Setzen Sie sich!«

»Sie wollen mich wirklich hier zurücklassen?«

»Haben Sie eine andere Lösung für unser Problem?«

»Lassen Sie mich frei. Ich könnte vor Gericht ein gutes Wort für Sie einlegen.«

Hesskopp lachte. »Das ist wirklich eine gute Idee. Halten Sie mich für so naiv? Ich bekäme eine lebenslange Haftstrafe. Daran könnten auch Sie nichts ändern.«

»Wie lange wollen Sie mich hier festhalten?«

»Machen wir uns nichts vor. Ich kann Sie nicht freilassen.«

Flottmanns Herz begann zu rasen, und kalter Schweiß bildete sich auf seiner Stirn. Im Grunde hatte er damit gerechnet, dass er aus der Situation nicht lebend herauskam. Trotzdem versetzten ihn die Worte des Mörders erneut in Panik. Er schloss für einen Moment die Augen. Er musste seine Angst unbedingt unter Kontrolle bringen, und er musste mit seinem Entführer reden.

»Es hat keinen Sinn, noch einen Menschen zu töten«, sagte er, um das Gespräch nicht abbrechen zu lassen.

»Mit etwas Glück wird niemand auf mich kommen. Alles spricht für Schwerthfeger als Täter. In jedem Fall werde ich genug Zeit haben, um noch einige Dinge zu regeln. Meine Erkenntnisse sollen der Öffentlichkeit zugänglich werden. Das ist das Wichtigste, worauf es jetzt noch ankommt.«

Hesskopp sah sich im Raum um. Er fand einen Klappstuhl, stellte ihn einen Meter von Flottmann entfernt auf und setzte sich. Demonstrativ fuchtelte er mit der Pistole herum. »Ich schieße sofort, wenn Sie Dummheiten machen.«

Er schlug die Beine übereinander. »Glauben Sie an Gott, Herr Hauptkommissar?«

»Wenn es ihn gäbe, hätte er Sie schon lange zu sich gerufen. Aber vielleicht wartet ja der Teufel auf Sie!«

Hesskopp grinste. »Paradies, Himmel, Hölle und Fegefeuer sind Erfindungen des Menschen. Das ist alles Unsinn. Aber das bedeutet nicht, dass es kein Jenseits, kein Leben nach dem Tod gibt. Durch meine Experimente habe ich viel gelernt. Glauben Sie mir: Das Beste kommt noch. Das sollte Ihnen ein Trost sein.«

»Nichts kommt danach, genauso wenig wie vor der Geburt irgendetwas von uns da ist.«

»Sie irren sich. Vielleicht liegt es in der Natur der Sache, dass ich nicht den letzten Beweis antreten konnte. Das Universum – oder Gott, wie Sie wollen – behält sich die letzte Erkenntnis für unseren Tod vor. Ich hatte gehofft, einen überprüfbaren Beweis liefern zu können. Alle Probanden haben ihren Körper verlassen und sich und die Umgebung von oben gesehen. Leider konnte sich niemand an das Symbol erinnern, das ich angebracht hatte. Aber ich bin mir sicher, dass sie es unbewusst wahrgenommen haben. Ich war überzeugt, dass alle Versuchspersonen irgendwann in meine Praxis kommen würden, um sich behandeln zu lassen. Schließlich gibt es kaum Spezialisten wie mich in der Umgebung, und Termine hat auch keiner der Kollegen frei. Mit Hilfe der Hypnose hätte ich der Erinnerung meiner Probanden auf die Sprünge helfen können.«

»So wie bei Daniela Herzog?«

»Vielleicht hätte es auch bei ihr noch geklappt. Aber es wäre ausreichend gewesen, wenn nur ein Einziger das Symbol wiedererkannt hätte. Leider ist nicht alles planmäßig verlaufen. Auch der Versuch mit der Blinden war wenig erfolgreich. Dabei bin ich überzeugt, dass sie etwas gesehen hat. Ich hätte nur Gelegenheit haben müssen, sie zu hypnotisieren, dann hätte sie sich erinnert.«

»Im Augsburger Kreis hatten sich Freiwillige zusammengefunden. Sie hätten es dabei belassen sollen.«

Hesskopp schüttelte den Kopf. »Das waren allesamt interessierte Personen mit medizinischer Ausbildung. Ich brauchte unvoreingenommene Kandidaten mit ganz bestimmten Eigenschaften und Lebensläufen. Ich bin trotz aller Unzulänglichkeiten meiner Versuche mit den Ergebnissen zufrieden. Ich hab alles aufgeschrieben und werde dafür sorgen, dass es veröffentlicht wird. Aber jetzt ist es noch zu früh.«

»Ihre Veröffentlichung wird man wie ein Geständnis Ihrer Taten lesen können.«

»Ja. Das wird man. Doch das ist nicht wichtig. Wie gesagt, bin ich nicht naiv, Herr Hauptkommissar. Einige werden mich für einen Irren halten. Aber die meisten anderen werden meine Ergebnisse zu schätzen wissen. Sie zeigen, wie bedeutungslos unser kurzes Leben ist. All das Streben nach Geld, Glück und Anerkennung, all die Rivalitäten, Auseinandersetzungen, Kriege und Machtspiele sind sinnlos in Anbetracht der Ewigkeit. Wenn wir das begreifen, wird auch die diesseitige Welt eine bessere sein, ganz ohne Angst vor der Hölle, an die sowieso kaum jemand glaubt. Aber was soll das Reden? Sie werden mich doch nicht verstehen. Also kommen wir zum Ende. Sie können Ihre Todesart wählen. Giftspritze oder Kugel, was ist Ihnen lieber?«

»Damit kommen Sie nicht durch!«

»Das ist möglich. Aber außer Ihnen weiß niemand, wer hinter der Sache steckt. Es wird dauern, bis man mir auf die Schliche kommt. Ich brauche die Zeit, um meine Forschungen abzuschließen. Also, Spritze oder Kugel? Ich denke, wir nehmen die Pistole.«

Hesskopp streckte seinen rechten Arm mit der Waffe aus und zielte auf Flottmanns Kopf. »Tut mir aufrichtig leid.«

Er hatte die Worte gerade ausgesprochen, als ein Lichtblitz den Raum erhellte. Flottmann hörte Getrampel und Schreie. Dann riss ihn jemand zu Boden. Schüsse fielen.

Eine halbe Ewigkeit verging, bis er wieder etwas erkennen konnte. Jemand befreite ihn von den Handfesseln und half ihm auf. Seine Schulter schmerzte. Als er Hesskopp am Boden liegen sah, umringt von Gestalten in Kampfmontur, wusste er, dass es vorbei war. Nur langsam verzog sich der Nebeldunst der Blendgranaten. Flottmann verharrte einen Moment wie in Schockstarre. Dann schleppte er sich in den Flur. Er wehrte zwei Sanitäter ab, die ihm helfen wollten. Als er ins Freie trat, atmete er genussvoll die kühle, frische Luft ein. So fühlte es sich an, wenn man am Leben war. Langsam ging er weiter bis zu einer Bank am Fuß des Deichs. Dort ließ er sich nieder. Seine Hände zitterten. Allmählich schwand seine Angst. Jemand setzte sich neben ihn. Flottmann nahm keine Notiz von seinem Nachbarn. Erst als er dessen Stimme hörte, bemerkte er, dass es Hilgersen war.

»Bist du in Ordnung?«

»Gustl! Schön, dich zu sehen. Ich fühle mich wie neugeboren. Nur die Schulter tut weh. Jemand hat mich unsanft vom Hocker gerissen. Was machst du hier? Ich denke, du bist in Hamburg.«

»Ich hatte gehört, dass du in Schwierigkeiten bist.«

»Verdammt, wie hast du mich gefunden?«

»Bogomil.«

»Was?«

»Ich denke, du hast dein Leben Bogomil zu verdanken.«

»Ich verstehe nicht.«

Wortlos griff Hilgersen in Flottmanns Jackentasche. Er zog die Hand heraus und hielt Bogomils Halsband hoch.

Flottmann starrte auf den Sender. »Oh nein!«

»Ich muss zugeben, dass ich erst spät darauf gekommen bin. Ich hatte zwar nur zeitweise ein Signal, aber das reichte. Hätte dein Kater das Ding nicht vom Balkon gestoßen oder hättest du eine andere Jacke angehabt, dann ...«

»Dann wäre ich jetzt im Jenseits.«

»Es soll ja schön dort sein.«

»Hab ich dir schon mal gesagt, dass ich deine Scherze nicht mag?«

»Ja, schon oft.« Hilgersen grinste.

»Danke!«

»Nichts zu danken. Ruf Lena an. Sie hat sich große Sorgen gemacht, und sie hat das so glaubhaft rübergebracht, dass ich nach Husum zurückgedüst bin.«

Hilgersen zog sein Smartphone aus der Tasche. Er beendete die Tracking-App, die ihn und das SEK an diesen Ort geführt hatte, und überreichte es Flottmann. Dann stand er auf und ging zu dem Krankentransporter, in dem Hesskopp versorgt wurde. Der hatte eine Schussverletzung im Oberschenkel und einen Streifschuss am Arm. Lebensgefahr bestand nicht.

Flottmann erreichte Lena. Obwohl er ihr nicht erzählte, wie nahe er am Abgrund gestanden hatte, war sie vollkommen aufgelöst. Er musste versprechen, noch am Abend zu ihr zu kommen, um sich verarzten zu lassen.

»Hesskopp wird es überleben.« Hilgersen war zurückgekommen und nahm sein Mobiltelefon in Empfang. »Ich rufe jetzt Franziska an. Sie wird begeistert sein, wenn ich ihr die neueste Geschichte von Bogomil erzähle. Und du solltest dich in die Klinik fahren lassen.«

»Ich erhalte eine Privatbehandlung inklusive Psychotherapie. Jemand muss die Flensburger informieren.«

»Das mach ich. Es ist sowieso zu spät, jetzt noch nach Hamburg zu fahren. Das Halsband solltest du ab jetzt immer bei dir tragen, damit du nicht verloren gehst.« Hilgersen lachte.

»Gute Idee.«

# 44

»Was machst du hier?«, empfing Hilgersen Flottmann am nächsten Morgen.

»Arbeiten, was denn sonst?«

»Bist du nicht krankgeschrieben? Wie geht es deiner Schulter?«

»Ist nur 'ne Prellung. Lena hat mich verarztet. Sie kann Wunder vollbringen.« Flottmann hängte seine Jacke an den Garderobenständer neben der Tür und setzte sich an seinen Schreibtisch.

»Und deiner Psyche?«

»Der geht es prima. Aber wenn ich daran denke, dass ich mein Leben meinem Kater und einer Kette von Zufällen zu verdanken habe, wird mir immer noch speiübel.«

»Das nennt man posttraumatische Belastungsstörung. Die kommt ganz schleichend. Symptome sind Vergesslichkeit, Konzentrationsstörungen und Reizbarkeit, hab ich im Internet gelesen. Na ja, dann sind bei dir ja kaum Veränderungen zu erwarten. Trotzdem solltest du dich behandeln lassen.«

»Wenn ich Probleme kriege, versuche ich es mit Bachblüten oder besser mit der MET-Klopftherapie. Die sollen Wunder bewirken.«

»Hm. Weißt du, was ich mir überlegt habe?«

»Na?«

»Wir sollten Bogomil für den XY-Preis vorschlagen. Schließlich hat er dir das Leben gerettet.«

»Verdient hätte er es. Aber er macht sich nichts aus solchen Auszeichnungen. Außerdem hat mein Kollege mit seinem Scharfsinn einen wesentlichen Anteil an meiner Rettung gehabt.«

»Das klingt ja fast wie ein Kompliment.«

»War nicht so gemeint.«

»Verstehe.«

»Was gibt es für uns in der Nahtodsache noch zu tun?«

Hilgersen zuckte die Schultern. »Nichts weiter. Die Flensburger haben alles an sich gerissen. Angeblich waren auch ihnen Zweifel gekommen, dass Schwerthfeger der Täter ist. Schwerthfeger hat einen regen Handel mit den Medikamenten getrieben, die er in der Augsburger Rettungswache gestohlen hatte. Nicht nur Hesskopp war sein Kunde, sondern auch Katzenbach. Der hat tatsächlich hier in Husum die Narkosepartys in einem kleinen Kreis fortgeführt, bis er irgendwann endgültig kalte Füße bekommen hat. Er hat dann das ›Nadelöhr‹ gegründet und sich dort engagiert.«

»Was haben die Flensburger Kollegen über Hesskopp herausgefunden?«

»Seine Mutter ist bei einem Brand ums Leben gekommen. Da war er sechs Jahre alt. Zunächst war sein Vater in Verdacht geraten, das Feuer gelegt zu haben. In der Ehe hatte es wohl massive Probleme gegeben. Schließlich kamen aber die Ermittlungen zu dem Ergebnis, dass sein Sohn im Keller des Hauses gezündelt hatte. Tja, und dann gab es Jahre später noch einen Vorfall in der Nähe der Seeschleuse beziehungsweise des Sperrwerks, wie du sagen würdest. Bei einem Ausflug mit einem Motorboot kam Hesskopps Vater ums Leben. An Bord war ein Feuer ausgebrochen. Der Sohn überlebte knapp. Der Schleusenwärter hat das brennende Boot von seinem Turm aus gesehen und Hilfe herbeigerufen. Die Küstenwache hat den Jungen aus dem Wasser gefischt.«

»Dann scheint er schon damals eine hohe Affinität zu Feuer gehabt zu haben.«

»Kann man so sagen. Jedenfalls konnte ihm nie nachgewiesen werden, dass er dafür verantwortlich war.«

»Wie alt war er zu der Zeit?«

»Fünfzehn. Er hat Wochen mit Verletzungen im Krankenhaus gelegen. Und war danach über ein Jahr in der Psychiatrie.«

»Und dann hat er Psychologie studiert, um sich selbst zu therapieren.« Flottmann schüttelte den Kopf. »Aber wie ist er auf den Trip mit dem Nahtod gekommen?«

»Keine Ahnung. Vielleicht hatte er bei dem Bootsunglück eine Nahtoderfahrung. Seine Vernehmung wird sicher noch einiges Interessantes ans Tageslicht bringen.«

»Hast du schon Entwarnung gegeben? Ich meine, hast du Daniela Herzog und Simone Fassbinder benachrichtigt, dass der Täter gefasst wurde?«

»Nee. Die hatten wir ja schon informiert, wenn auch etwas verfrüht.«

»Allerdings sollte ich die Fassbinder noch einmal anrufen. Ich hatte sie gewarnt, dass sie immer noch in Gefahr sei. Ganz abwegig war das ja auch nicht.«

»Du hattest ihre Bekanntschaft vom Pub in Verdacht?«

»Nicht wirklich. Vielleicht ein bisschen.«

Flottmann griff zum Hörer. Er erreichte Simone Fassbinder auf ihrem Mobiltelefon.

»Mein Anruf gestern ist sicher etwas verwirrend für Sie gewesen. Das tut mir leid.«

»Kein Problem. Ich hatte gute Laune. Mein – mein Freund und ich waren auf dem Weg zur Hundestation. Ehrlich gesagt, habe ich nicht verstanden, was Sie von mir wollten.«

»Das ist jetzt auch nicht mehr wichtig. Der Täter ist gefasst. Von ihm geht keine Gefahr mehr aus.«

»Das hatten Sie mir bereits gesagt.«

»Äh – ja. Ich wollte das nur noch einmal unterstreichen. Ich wünsche Ihnen alles Gute, Frau Fassbinder.«

»Vielen Dank, Herr Kommissar. Ich wünsche Ihnen das Gleiche.«

»Danke.« Flottmann legte auf.

»Sie klang so, als habe sie alles gut weggesteckt. Vielleicht findet sie Unterstützung bei ihrem neuen Freund. Apropos: Wie läuft es mit Franziska? Hat sie es dir nicht übel genommen, dass du so spontan nach Husum zurückgefahren bist?«

»Nein. Franziska hatte mich quasi dazu überredet. Sie konnte sich gut in Lena hineinversetzen. Frauen können so etwas.«

»Hm.«

Eine Weile herrschte Stille im Büro.

Flottmann blätterte in einer Akte, ohne den Inhalt zu registrieren. »Weißt du, dass mich schon wieder diese große Leere erfasst? Immer wenn ein Mordfall gelöst ist. Geht es dir nicht auch so?«

»Ja. Jetzt, wo du das sagst.«

»Was können wir dagegen tun?«

»Arbeit hilft. Die Stapel auf unseren Schreibtischen sind in letzter Zeit arg angewachsen. Das meiste davon wird sich nicht von selbst erledigen.«

Hilgersen hatte recht, und Flottmann bemühte sich, in den Routinemodus umzuschalten. Aber es gelang ihm nur mit mäßigem Erfolg. Alle Fälle auf seinem Tisch waren wichtig, speziell für die Geschädigten, für die Seniorin, die ein Enkeltrickbetrüger um fünftausend Euro gebracht hatte, und für den Züchter, dem ein Suffolk-Schafbock von der Weide gestohlen worden war.

Trotzdem wanderten seine Gedanken ständig zurück zu den Geschehnissen der letzten Tage und Wochen. Am Nachmittag rief er Fred Weber an und unterrichtete ihn über die Festnahme des Täters und über einige Einzelheiten, die er ohne größere Bedenken weitergeben konnte.

»Nehmen Sie weiterhin an den ›Nadelöhr‹-Veranstaltungen teil?«, fragte er.

»Nein, ich werde mich da ausklinken, jetzt, da Sie mich nicht mehr als Undercoveragent brauchen. Die Treffen werden mir etwas zu esoterisch. Aber ich werde mich weiter mit dem Thema beschäftigen. Solche Grenzgebiete der Wissenschaft haben schon immer eine gewisse Faszination auf mich ausgeübt.«

»Ich danke Ihnen für Ihre Unterstützung, Herr Weber.«

»War mir ein Vergnügen. Auf Wiederhören, Herr Hauptkommissar.«

Anschließend rief Flottmann Leon Gerber an. Er hatte das Bedürfnis, auch mit ihm zu reden, um mit dem Nahtodfall abschließen zu können. Er erreichte den Musiker in seinem Tonstudio.

»Hier ist Waldemar. Darf ich dich kurz stören?«

»Ja, natürlich.«

»Wie geht es dir?«

»Gut. Sehr gut.«

»Keine Nachwirkungen durch die Entführung?«

»Ich hab meine Eindrücke musikalisch verarbeitet, insbesondere die, die ich während meiner Bewusstlosigkeit gewonnen habe. Ich hab währenddessen Musik von unglaublicher Schönheit gehört. Glaubst du, dass es so etwas wie ein globales Bewusstsein gibt, aus dem man Kreativität schöpfen kann?«

»Da fragst du den Falschen, Leon. Vielleicht gibt es so etwas. Vielleicht aber hat sich dein Gehirn ganz besonders auf deine eigene musikalische Kreativität konzentriert, nachdem alle äußeren Reize ausgeschaltet waren. Ich denke, dass die Musik in deinem Kopf steckt. Was macht übrigens die Glocke beziehungsweise das Schiffswrack, das du bei deinen Unterwasseraufnahmen entdeckt hast?«

»Ich hab Kontakt mit der Uni Kiel. Das Wrack kann leider nicht gehoben werden. Das wäre zu aufwendig. Aber die Archäologen werden es untersuchen und ein genaues 3D-Abbild davon am Computer erstellen. Vielleicht kann die Glocke irgendwann einmal geborgen werden. Das wäre toll.«

»Halte mich auf dem Laufenden.«

»Gerne.«

Flottmann lehnte sich zurück. Die Leere, die er noch am Vormittag verspürt hatte, war verflogen.

# Nachwort

Die Handlung im vorliegenden Kriminalroman ist frei erfunden. Aber sie beruht auf Tatsachen und Erfahrungsberichten von Menschen, die ein Nahtoderlebnis hatten. Den genannten »Augsburger Kreis« hat es nie gegeben. Allerdings wurden in Augsburg und anderswo tatsächlich »Narkosepartys« wie beschrieben veranstaltet. Die Teilnehmer haben jedoch nichts mit den im Roman genannten Personen zu tun.

Das »globale Bewusstsein« ist keine Erfindung des Autors, ebenso wenig wie das »Global Consciousness Project«, an dem sich Forscher auf der ganzen Welt beteiligen. Einige Wissenschaftler halten es für möglich, dass kreative Köpfe (wie Leon Gerber) Zugriff auf die Informationen des globalen Bewusstseins haben. Der Autor steht solchen Theorien zwar skeptisch gegenüber, ist aber wie die Romanfigur Fred Weber der Überzeugung, dass wir Menschen nur die Schatten der Wirklichkeit erkennen können.

Gerd Kramer
## DAS FLÜSTERN IM WATT
Broschur, 272 Seiten
ISBN 978-3-7408-0190-8

*»Sehr genial, sehr gelungen, auf jeden Fall eine Leseempfehlung.«*
Steffis bunte Lesewelt – Radio Foerde

Gerd Kramer
## TIDETOD
Broschur, 272 Seiten
ISBN 978-3-7408-0406-0

*»Ein kurzweiliger Küstenkrimi für kalte Nächte am Kamin.«*
St. Peter-Ording Magazin

www.emons-verlag.de

Gerd Kramer
**TOD AN DER SEEBRÜCKE**
Broschur, 288 Seiten
ISBN 978-3-7408-0650-7

»*Geschickt entfaltet Kramer verschiedene Szenarien, die er am Ende alle gekonnt miteinander verwebt. Auch wenn Flottmann meint, dass Hilgersens Witze schon mal besser waren, amüsieren wir uns köstlich.*«    Magazin St. Peter-Ording und Eiderstedt